下堂婦逆轉人生 1

風 文創 841

饞饞貓 著

目錄

序

饞饞貓

寫這篇文的緣由是我文荒了，作為一名常年混跡於各大文學網站看文的讀者來說，文荒著實是件難以忍受的事情。

從小學六年級接觸第一本玄幻小說開始，我在閱讀小說、尤其是言情小說的道路上越走越遠。第一次嘗試著寫文時，總有許多不如意，修修改改後總算將自己的第一部作品完結了。雖然讀者很少，卻也倍感欣慰。

寫《下堂婦逆轉人生》時，借鑒第一部作品的經驗，構思了許久才決定下筆。故事靈感來源於我的夢境，夢中那個與顏娘有著類似經歷的女子，在與丈夫離婚後獨自撫養女兒，再也沒有遇到過讓自己能夠託付終生的良人。

生活中的我一直厭煩第三者插足或者男主太渣，並且喜歡那種女主離開渣男男主後過得很好、啪啪打臉渣男的情節。夢醒後，夢裡的結局實在讓我很難受，所以才有了不同於夢境的故事情節誕生。

由於寫作經驗的不足，在處理故事情節的時候不夠謹慎，寫著寫著又遇到瓶頸，很多時候都想要放棄，但看到讀者朋友們的鼓勵和建議時，感動之餘又多了一絲責任感。哪怕只有一個讀者在看文，我也要將這個故事寫到結局，我不能辜負支持我的讀者朋友。

寫文寫到三分之二時，一個突然出現又在意料之中的驚喜到來了——我懷孕了。為了備孕，我辭掉了工作，辦了健身卡，每天堅持早起早睡的作息，一連幾個月造人失敗後，索性不再關注此事，沒想到驚喜卻在這時到來。

懷孕後，由於孕吐反應強烈，更文便沒有那麼穩定了，我跟我的讀者朋友解釋了原因，他們都很理解我，並囑咐我好好照顧自己。看到他們的留言，我真的很感動，真是一群善解人意的小可愛。

這部作品完結後，我在安心養胎之餘，又開始構思下一個作品了，希望新文能在生完寶寶後與大家見面。

最後，藉著這個機會，再次感謝那些在我創作過程中支持我、鼓勵我的讀者朋友們，謝謝你們的支持與理解。同時也希望看到此文的所有讀者朋友們在看文的過程中能夠有愉悅的心情和輕鬆的狀態，希望我們所有人都能越來越好！

第一章

天剛破曉，聶顏娘便從夢中醒來，她擁著被子朝窗外看去，只見微弱的亮光透過窗洞落進來，屋內也明亮了不少。她嘆了口氣，麻利的起床穿衣，等到收拾整齊後，準備去灶房做飯。

時辰還早，聶家小院靜悄悄的，顏娘先從缸裡舀了一瓢水，舒舒服服的洗了把臉，涼意傳來，頓時整個人清醒了不少。

今日聶老爹和聶大哥父子倆應徵修河堤，聶二哥要去地裡伺候莊稼，早飯顏娘煮了一大鍋地瓜粥，蒸了兩籠屜白麵饅頭並涼碟酸辣黃瓜。聶家家有薄產，在吃食上要比村裡其他人家豐盛得多，至少平常人家年節上才能吃的白麵饅頭，聶家隔三五天就能吃上一回。

饅頭的香味從灶房裡傳出來，聶家其他人才慢慢的起床。聶大嫂柳氏顧不得丈夫的癡纏，急急忙忙起身，穿戴好後連忙去了灶房。看到灶房裡小姑子忙碌的身影，暗道：一會兒又要被婆婆責罵了。

和她前後腳到的還有聶二嫂于氏，她從柳氏旁邊的空隙穿過去，笑著從小姑子手上奪走火鉗，道：「顏娘，妳快別忙活了，過幾日凌家就要上門提親，娘吩咐了，要妳好好在屋裡待著就好。」

聽她這麼說，顏娘臉上頓時升上了熱意，于氏瞅了她一眼，不由得嚇了一跳，只見小姑子白胖的臉上佈滿了紅色的印痕，尤其是臉頰和下巴，就像是打翻了胭脂盒，看著著實嚇人。

柳氏也進來了，看到顏娘的臉，連忙道：「顏娘，快去屋裡歇一下吧，等會飯菜端上桌了我來喊妳。」

于氏也跟著附和。

顏娘拗不過她們，只好脫下圍裙回了房間。等她一走，柳氏和于氏臉上都掛上了愁色。

「大嫂，妳說顏娘這副模樣，凌家會看得上嗎？」

柳氏也不確定，但她只能往好的方面想。「凌家是耕讀世家，凌二郎是讀書人，應該不會做出背信棄義的事情來。」

「可顏娘去年就及笄了，為什麼今年才說要來提親，我看八成是迫於無奈才……」她正說得起勁，就見門口出現了一個身材壯碩的中年婦人，被她盯著，于氏下半句話還沒說完就卡在嗓子眼上，手中的動作也變得有些慌亂。

「娘。」于氏低聲喊道。

柳氏聞言轉身，看到婆婆後也連忙招呼。這中年婦人不是別人，正是聶家的當家婦人聶大娘，顏娘的親娘，柳氏、于氏的婆婆。

她們在背後議論小姑子的婚事，被婆婆聽了個正著，柳氏和于氏都有些忐忑不安。好在聶大娘只是狠狠的瞪了她們兩眼，並未斥責，兩人這才鬆了口氣。

回房間後，顏娘在床邊坐了一會兒，隨後就聽到柳氏喊自己出來吃飯。她應了一聲，連忙朝堂屋走去。

聶家人多，堂屋裡搭了兩張飯桌，男人們一桌，女人和孩子一桌。顏娘進去時，聶家的女人和小輩們都坐好了。顏娘挨著大哥家的兩個姪女坐著，對面就是聶大娘。

看到女兒通紅的臉，她皺了皺眉。「不是讓妳在屋裡待著嗎？去灶房弄成這副鬼樣，妳是不是不想嫁人了？」

她的語氣裡滿是嫌棄，顏娘埋著頭小口喝粥，見她這樣，聶大娘來了氣，衝著兩個兒媳道：「妳們兩個就不能早點起來弄飯嗎，非要待嫁的小姑子伺候一大家子，還有沒有半點規矩了？」

當著孩子的面被婆婆責罵，柳氏和于氏有些難堪，但迫於婆婆的威勢，兩人只能乖乖的受著。只是她們能忍，但她們的孩子可忍不下去。

「奶，小姑姑一向勤快能幹，做的飯菜比娘和二嬸做的好吃，今天爹和爺爺要去修河堤，二叔要去地裡，吃了小姑姑做的飯菜才有力氣啊。」

說話的是柳氏雙生女兒中的老大聶歡，她和妹妹聶喜向來得聶大娘的喜愛，所以敢這麼跟聶大娘說話。

聶大娘依舊沈著臉，聶喜又連忙接腔：「姐姐說的對，奶奶，小姑姑馬上就要出嫁了，以後就很難吃到她做的飯菜，趁著小姑姑還在家裡，奶奶妳就當心疼我們，讓我們多嚐嚐小姑姑的手藝吧。」

她話音剛落，另外幾個小的也都央求，聶大娘見孫子孫女都開口了，氣也就慢慢散了。兩個兒媳婦嫁來聶家十幾年，替聶家生了好些個孫子孫女，也不能讓她們沒了臉面。

吃完早飯，聶家的男人們上工的上工、下地的下地，柳氏和于氏去灶房洗碗，其他的小輩各有各的事情。聶大娘跟著顏娘去了她的房間，關起門來將女兒數落了一通。顏娘不敢吭聲，埋著頭看著自己的鞋尖。

聶大娘見狀，生出一股恨鐵不成鋼的鬱悶來。顏娘是他們的老來女，小時候長得玉雪可愛，她和丈夫一直嬌慣著，誰知長著長著越來越胖，胖也就算了，過了十三歲，臉上竟然生了一片痘瘡。

鎮上、縣上的大夫看遍了，也沒有好轉，後來還是她娘家嫂子送了一個偏方來，才治好了女兒臉上的痘瘡，但不幸的是，痘瘡雖然好了，臉上卻留下斑斑點點的紅印。這下好了，不僅胖還醜，也因為這樣，顏娘成了遠近聞名的無鹽女。

聶大娘的愛女之心在這些年的求醫中慢慢淡去，恰好大兒媳生的雙生子孫女長得清秀可人，久而久之，兩個孫女在她心中的地位超過了女兒。

顏娘本就敏感自卑，見自己的娘只對兩個姪女好，心裡再難受也只有忍著，從來不會表現出來，漸漸地，聶家人都習慣了她謹小慎微的樣子。

顏娘跟著外祖母學了一手刺繡的本事，因為自從長胖後就不愛出門，每日除了幹些家務活，便經常待在屋裡做女紅，聶老爹把她做的繡品送去鎮上的鋪子代賣，一幅蓮台觀音小屏風賣到了十兩銀子。

這幾年顏娘賣繡品所得的銀子共有八十多兩，其中六十兩交給了聶大娘，二十多兩自己留在身邊，本來想著這輩子可能嫁不出去了，便打算靠做繡品多攢點銀子，以後跟著兄嫂也不擔白吃白喝的名頭。

等娘數落完，顏娘取過旁邊的針線笸籮，拿出繡了一半的繡品問道：「娘，這幾針我怎麼都繡不好，您幫我看看行嗎？」

聶大娘接過繡品看了一眼，隨意在上面指了指，顏娘連忙照著改，直到她改好了針法，聶大娘也就出去了。

顏娘見狀這才鬆了口氣，她苦笑了一下，這幅繡品她是故意亂走了幾針，要不是為了躲避母親的責難，她又何苦讓她娘這個連花都不會繡的人來指導呢。

過了幾日，來到了凌家人托人帶信說要來提親的五月初八，當天聶家一家老小都留在家裡。顏娘是主角，吃完早飯後，聶大娘便督促著女兒換上一套新做的裙衫，粉色的衣料上繡著栩栩如生的薔薇花，這一針一線都是顏娘花了心思的。

聶歡捂著嘴偷笑，雖然小姑姑這裙子做得好看，但穿在她身上就像是一塊五花肉，一點也不嬌羞可人，反倒顯得有些膩味。聶喜倒是沒笑，心裡只想著要是這條裙子穿在自己身上該多好啊。

顏娘囁嚅道：「娘，我這樣子怎麼能穿這麼鮮嫩的顏色，我還是換一身吧。」

聶大娘狠狠的剜了她一眼，沒好氣道：「我怎麼生了妳這個討債鬼，粉色怎麼了，妳才十六歲，正是穿這樣鮮嫩顏色的年紀，我讓妳穿妳就穿，別那麼多廢話。」

顏娘不敢反駁，只覺得身上像是爬滿了蝨子，全身都難受得很。

快到晌午的時候，凌家人終於到了。聶老爹帶著兩個兒子招呼男客，聶大娘則與長媳接待女眷，于氏和大房的雙生子在廚房忙碌著，只有顏娘一個人孤孤單單的在屋裡坐著。她聽著外面傳來的談笑聲，心裡五味雜陳。

又過了大約半炷香的時間，大嫂柳氏帶著一個年輕的媳婦走進顏娘閨房，乍一見生人，顏娘連忙低下頭。

柳氏快步上前，拉著顏娘起身。「小姑，這是凌家的大姑奶奶，快跟人見禮。」

凌家的大姑奶奶凌元娘，正是凌二郎的大姐。

顏娘立時乖巧地對著凌氏行禮，凌氏一眼就看見眼前女子躬身見禮的時候，胸上和肚子上的肥肉擠成一團。

她捏著帕子的手緊了緊，眼裡也透露出一絲嫌惡來，但她掩飾得很好，就連站在對面的柳氏都沒看出來。

她扯了扯嘴角，對顏娘道：「顏娘妹子可否抬頭讓我瞧一下？」

聽到這句話，顏娘只覺得脖子僵硬無比，怎麼也抬不起來，還是柳氏輕輕碰了碰她，她才慢慢抬起頭。

見到未來弟媳的真面目以後，凌氏如遭雷擊，她無論如何也沒想到，這聶顏娘竟然長得又醜又胖。想到自己俊秀如玉的弟弟，心裡如吃了蒼蠅一般膈應。她再次仔細打量了顏娘一遍，臉色變得越來越難看，一句話也未留下就掀了簾子出去了。

柳氏見狀，連忙也追了出去。

凌氏回到母親身邊後，將所見低聲告訴了母親溫氏。溫氏一聽頓時心驚肉跳，心裡生出要與聶家退親的心思。只是她終究忍住了，畢竟這門親事是凌家老太爺與聶家老太爺在世時定下的，如果貿然退親，定會遭人口舌。

凌氏心有不甘卻拗不過母親，便坐到一旁生悶氣。沒人反對，凌家與聶家便確定了親事，兩家商議後，請了鎮上的算命先生算了日子，將婚期定在今年的九月十九。

如今是五月初，距九月十九還有四個月，聶老爹和聶大娘在女兒婚期定下後，開始為女兒準備嫁妝。

聶家雖然不是什麼大戶人家，但也是附近幾個村子中有名的富戶，當初顏娘無鹽女的名聲傳出去後，凌家又遲遲未履行婚約，有很多家貧、好吃懶做的人打過聶家的主意，但聶老爹不願意與這些人家結親，通通不客氣的回絕了。

凌家與聶家家世相當，當初兩位老太爺在縣學是同窗，關係親如兄弟，後來凌老太爺考上了舉人，聶老太爺卻落了榜。凌老太爺在縣裡謀了個縣丞的缺，聶老太爺則娶了縣裡富商的女兒，回村裡買田買地當起了地主。

兩人的下一代都不爭氣，不是讀書的料，等到了第三代出生，家裡便不如之前富庶，但也好過一般的人家。

兩家結親，聶家夫妻倆決定將凌家的聘禮原封不動的還回去，他們再出十二台嫁妝，也算是對女兒仁至義盡了。

聶家夫妻給顏娘準備嫁妝並未瞞著兒子兒媳，聶家兄弟也沒意見，心裡想著，妹妹這副模樣嫁到凌家，要是嫁妝多給一些，凌家那邊也會高看聶家一些。但柳氏和于氏卻不這麼想，妯娌倆覺得，嫁出去的閨女如潑出去的水，公婆為小姑準備那麼多的嫁妝，等於是把聶家的家財往凌家送，絲毫不顧及聶家其他的兒孫。

妯娌倆不敢跟公婆明說，卻對著顏娘陰陽怪氣，後來更是忍不住在聶大娘面前提了好幾回，聶大娘雖然氣惱，但靜下心來後，竟也覺得兩個兒媳的話頗有道理。大兒子家的雙生子即將及笄，也要置辦嫁妝嫁人，二兒子家的大郎成功是聶家的長孫，過兩年便要娶妻，聘禮又是一筆開銷，更不用說下面還有四個小孫子，都要去學堂讀書，束脩一年也需十幾兩。

她琢磨了幾天，將這些顧慮說給了聶老爹聽，聶老爹沈默了好一陣，並未反對削減女兒的嫁妝。夫妻倆一合計，決定將凌家送來的聘禮退還一半，聶家再出六台嫁妝，如此湊齊十二台嫁妝，雖然這樣做對顏娘有些不公平，不過嫁出去的女兒潑出去的水，不能虧了自家人，就只好委屈顏娘了。

第二日聶大娘將這個結果告知了兩個兒媳，柳氏和于氏雖然覺得十二台嫁妝仍舊有些多，但公婆已經讓步，她們也不好再說什麼，只是心裡打定主意，添妝時絕不能多添了。

顏娘對於嫁妝減少一無所知，自從婚期定了以後，她便被娘關在屋裡繡嫁妝，再加上手上還有一座小屏風沒有繡完，除了吃睡，幾乎每時每刻都待在屋裡飛針走線。

時下女子成親，嫁衣、蓋頭、被面等一概物事都由新嫁娘包攬，同時還要給婆家人出見面禮，有些家貧的只揀重要的準備，像聶家這樣的富戶，就要準備齊全些。顏娘手裡捏著繡花針，一針一線都飽含了對未來的憧憬。

有時候累了歇息的時候，她會想像凌家二郎的模樣，覺得他應該是一個很好的人，要不然怎麼會答應娶自己這樣的女子為妻呢？這樣想著，顏娘頓時覺得婚後的生活有了盼頭。

小河村凌家，凌二郎凌績鳴自訂親後，除了在縣學上學的日子，回到家便將自己關在書房內。他從大姐凌氏那裡聽說了顏娘貌醜體胖，連讀書都沒什麼心思了，很想說服爹娘退了這門親事，但凌家人重信譽，特別是凌老爹。

之前聽傳言說聶顏娘貌若無鹽，凌家一直拖著沒有去提親，凌老爹早就愧疚不已，如今婚期已定，依照凌老爹的性子，再也沒有轉圜的餘地。

凌績鳴心氣不順，覺得擺在面前的書本也有些礙眼。他氣沖沖的出了門，只說是去陵江鎮上與同窗們相聚。凌老爹和溫氏也不敢拘著他，權當是讓他出去散心。

陵江鎮沿著陵江而建，鎮上有座名為聚福樓的酒樓，凌績鳴和同窗們就約在這座酒樓裡。受邀而來的三位同窗均是縣學的學生，其中有兩個住在小河村附近，另一個則住在鎮上。

酒菜一上桌，凌績鳴便一口飲盡了杯中酒，旁邊名為胡秀生的同窗道：「凌兄不厚道，請我們喝酒卻自己獨飲，該罰，該罰。」

另一個叫賀文才的書生執酒道：「凌兄，聽說你家裡已為你定下婚事，愚兄在這裡祝你與未來弟妹琴瑟和鳴，恩愛白首。」

聽了這話，凌績鳴頓時沈了臉，招來小二結帳，然後不顧席上的三人，拂袖走了。

賀文才滿頭霧水，不知自己這話為何將他得罪了，還是胡秀生給他解了疑。「賀兄真是哪壺不開提哪壺，凌兄要娶的是聶家村遠近聞名的無鹽女。你住鎮上可能不清楚，那聶家女貌若無鹽，體態粗壯，凌兄想必是不願娶這樣的女子為妻，只是迫於長輩的遺願才不得不娶，你一上來便提起這事，他不給你甩臉子才怪。」

賀文才這才恍然大悟，只因他與其他三人住得遠，所以才不知道這些緣由，如今知道了，倒有些怪自己心直口快，正想著下回見面一定好好地向凌績鳴道歉，卻聽一直沒有出聲的姜裕成開口——

「我覺得，凌兄這火氣實在是大了些。那聶家女雖然樣貌不出眾，但有一手精湛的刺繡手藝，我還聽說，此女性子溫柔和順，若娶為妻室，必定能將家裡打理得井井有條。」

聞言，胡秀生搖頭反駁。「非也，非也，雖然《女戒》中並未要求女子必須容貌出眾，但你我皆為讀書之人，日後中舉做官必定少不了官場應酬，若是別家夫人端莊賢淑，而凌兄卻帶著一個貌若無鹽的女子，那豈不是貽笑大方。」

他這話看似有理，卻禁不起推敲，姜裕成道：「在我看來，女子的內在比外貌更為重要，若要我娶一個貌若天仙卻蛇蠍心腸的妻子，還不如要一個外貌普通、心地善良的姑娘。所以胡兄的話我不敢認同。」

他話音落下，賀文才卻打趣道：「表弟是身在福中不知福，你家中有貌美賢淑的未婚妻，又怎會去娶那無鹽醜女？這些話當著我們的面說說也就是了，可千萬別當著凌兄的面說啊。」

賀文才說這話也是有原因的，他與姜裕成本就是連襟，賀文才的妻子冷茹茹，是姜裕成未婚妻冷嬌嬌的親姐姐，而這冷家姐妹又是姜裕成姑姑的女兒，只因為兩人父母早逝，從小就生活在姜家，後來賀文才娶冷茹茹時，也是從姜家出嫁的。

冷茹茹與妹妹冷嬌嬌的溫柔和順不同，她一向潑辣大膽，自嫁給賀文才以後，將賀文才管得死死的，出門與同窗聚會，也必須要有姜裕成在場才行。

姜裕成聽他說起自己的未婚妻，心裡邊有些不自在。前幾日，表姐回家曾提起他與表妹的婚事，因著表妹的身體越來越差，母親便有些不同意，不過礙於從小定下的婚約，只說讓表妹自己做主。

對於這樁婚事，姜裕成並沒有多大的感觸，他對表妹只有兄妹之情，表妹對他似乎也沒有什麼男女之情，但有婚約在，兩人就必須要成親。原先定的日子是在臘月初十，後來跟表姐商量了一陣，決定將日子改到九月十九，這樣一來，便跟凌績鳴成親的日子重疊了。

想到這裡他不由笑道：「說起這事，我可要請胡兄吃喜酒了。」

胡秀生連忙問：「什麼時候？」

姜裕成道：「跟凌兄同一天。」

胡秀生一聽垮臉道：「你們是商量好的嗎？竟然都是九月十九成親，那我到時候要去哪家觀禮啊？」

姜裕成笑了笑沒再說話。

另一邊凌績鳴從聚福樓離開後，又在鎮上逛了兩圈，日暮西垂才回到家。溫氏在村頭翹首以盼，看見兒子的身影後趕緊迎上前。「二郎，你總算回來了，快跟娘回家，娘做了你最愛吃的紅燒肘子。」

凌績鳴臉上閃過驚訝，自從他進學後，原本還算富裕的家底便慢慢掏空了，頭兩年他進了縣學，每旬能從縣學領一些粟米外，家裡的進帳就靠他娘在鎮上的嫁妝鋪子。大姐出嫁的嫁妝、他娶妻的聘禮都不是小數目，這兩年家裡的吃食便節儉了許多。沒想到，今日竟能吃到紅燒肘子。

母子倆回到家後，溫氏招呼小女兒凌三娘擺飯，凌三娘聞著肘子的香味早就餓了，聞聲後立刻去了灶房。

等擺好飯，凌三娘又去叫了凌老爹，一家四口開始吃晚飯。凌三娘咽著口水想去夾肘子，卻被溫氏呵斥：「妳急什麼急，就不能等二郎先吃？」

凌三娘撇了撇嘴，悶悶不樂的放下筷子。

「娘太偏心了，二哥才從鎮上回來，午飯肯定是在聚福樓吃的，我卻很久沒吃肘子了。」

被女兒頂嘴，溫氏面上有些不好看，凌老爹疼女兒，夾了一大筷子油汪汪的肘子肉給凌三娘，她這才眉開眼笑的吃起來。

溫氏自然是照顧兒子的，她一邊給兒子夾肉，一邊埋怨小女兒：「妳二哥迫於無奈要娶個醜八怪，妳作為妹妹不心疼兄長就算了，還跟他搶肉吃，還好意思說我偏心。」

這話一出，凌老爹啪的一聲放下筷子。「跟妳說過多少次了，不許把醜八怪三個字掛嘴邊。顏娘雖然樣貌不好看，但人能幹，二郎娶這樣的媳婦不吃虧。」

溫氏不滿的反駁：「哪裡不吃虧了，那聶顏娘又醜又胖，我兒娶了她，這十里八村的哪個不取笑他？哎，也是我二郎命苦，偏偏公公要與那聶老頭定了這個婚約，若是沒有這事，二郎娶縣太爺的千金也是夠格的。」

她的話讓凌老爹無言以對，他作為父親，怎麼會不希望兒子娶一個對前途有幫助的妻子呢，只是亡父遺願不可違，思及此，他也只有無奈嘆息。

一頓飯吃得毫無滋味，凌績鳴只吃了幾口便擱下筷子回屋了。凌三娘本來還想找他教自己認字，見他心情不好，只能不了了之。

時間一晃就到了九月十九，顏娘與凌績鳴的婚期。

天還未亮，顏娘就被娘親從床上叫起來，洗漱過後由妝娘上妝梳頭。因為之前臉上長痘瘡，顏娘臉部的皮膚很薄，稍不注意就會滿臉紅斑。妝娘不敢給她絞面，聽從聶大娘的囑咐，只在她臉上撲了一層薄粉，又抹了一點胭脂，看著有氣色一些。最後，顏娘又照著妝娘的話，輕輕抿了抿鮮紅的口脂。

上完妝後，妝娘喚來聶大娘檢查，當聶大娘看到女兒那張上了妝的臉後，頓時心驚肉跳，轉身壓低聲音問妝娘：「能不能化好看些，這樣也太……」

後面的話她有些難說出口，妝娘自然知道她想說什麼，她看了一眼顏娘，為難的搖了搖頭。聶大娘想了想，對妝娘道：「口脂能淡一點嗎？」

妝娘點了點頭，用熱水打濕巾子，在顏娘嘴唇上沾了沾，口脂顏色淡了許多，看著也沒之前嚇人了。

顏娘就像個木頭人，任由著她們折騰，她知道自己長得不好看，只能冀望借妝娘那雙巧手讓自己變得好看幾分。聶大娘和妝娘想盡了辦法，最後總算將顏娘裝扮好了，不細看多少還能唬住人的。

上完妝後，房間裡只留了顏娘一人，照理說這個時候娘家的姐妹應該來閨房添妝，但顏娘本家沒有堂姐妹，外家也沒有表姐妹，除了家裡的嫂子和姪女，也沒有給她添妝的人。

家裡要辦喜事，兩個嫂子肯定是沒空來的，來的只有聶歡和聶喜。看到她們，顏娘臉上有了笑容，聶歡和聶喜兩姐妹分坐在兩側，將顏娘圍在中間。

「姑姑，這是我爹娘給妳添妝的東西，妳可要收好啊。」說著將一個看著有些年頭的銀手鐲放到了她的手上，另外一邊，聶喜也將于氏托她轉交的一支銀釵遞給她。

顏娘連忙收了，讓兩個姪女幫忙給嫂子們道謝。聶歡和聶喜相視一眼，各自拿出一張繡了幾朵小花的素淨帕子來。「姑姑，我和姐姐也沒什麼好東西給妳添妝，這兩張帕子是我和姐姐繡了好幾天的成果，算是我們的一點心意，希望姑姑和姑父白頭偕老、夫妻美滿。」

聽了聶喜的話，顏娘又開心又羞澀，她將兩張帕子整整齊齊的疊放在箱子裡。顏娘不擅言辭，雙生姐妹花說話她又插不進去，索性聽她們說，聶歡和聶喜在屋裡坐了一會，藉口還有客人要招呼走了，兩人一走，屋裡又只剩下顏娘一人。

大約過了一炷香的時間，忽然聽到外面傳來喧鬧聲，有人在大喊：「新郎官來嘍，新郎官來嘍！」緊接著就是一陣噼哩啪啦的炮仗聲。

顏娘只覺得緊張極了，雙手緊握著，不知道該如何緩解。這時柳氏掀開簾子進來，身後跟著胡媒婆和聶歡、聶喜兩姐妹。

胡媒婆快步走到顏娘面前，催促道：「快把新娘子的蓋頭蓋上，新郎官已經到門口了。」柳氏哎了一聲，連忙將繡著鴛鴦戲水的紅蓋頭給小姑子蓋上。一瞬間，顏娘只覺得滿目的光亮被鮮紅代替，手心汗津津的。

她被胡媒婆扶著出了房間，走到堂屋時停了下來。聶大娘和聶老爹穿著嶄新的衣裳高坐在上首，胡媒婆大聲道：「新娘子拜別父母雙親。」

于氏連忙拿了一個蒲團放在顏娘面前，顏娘跪在蒲團上給爹娘磕了三個頭，也許是因為女兒要出嫁了，聶大娘此時臉上也帶了一絲傷感。

「顏娘，今天出了聶家門，日後便是凌家婦，做別人家的媳婦，不像做姑娘的時候，一定要孝順公婆、敬重夫君、善待小姑，萬事都要謹言慎行，千萬莫丟了我們聶家的臉面。」

顏娘點了點頭。

聶老爹道：「以後和女婿好好過日子。」

顏娘再次點頭。

拜別爹娘後，聶大郎蹲下身將顏娘揹起朝門外走去，凌績鳴著一身喜氣的紅袍，臉上卻看不出絲毫的喜氣，明眼人都知道他對這樁婚事的不喜，惹得看熱鬧的人議論紛紛。

凌績鳴繃著一張臉，對議論聲充耳不聞，倒是顏娘，雖然蓋著蓋頭，卻還是受到了來自四面八方眼神的注視，緊張得差點不知道該邁哪隻腳。

上了花轎後，這種芒刺在背的感覺才消散了一些，花轎一顛一顛的朝著小河村去，嗩吶鑼鼓一路響個不停，終於在半個時辰後到了小河村。

就在顏娘心思起伏不定時，轎子停下了，胡媒婆大聲道：「新郎踢轎門，接新娘下轎。」

顏娘蓋著蓋頭看不到外面的情形，只聽轎門響了一聲，接著轎簾掀開，一隻纖細白皙的大手遞了紅綢進來，顏娘連忙接住，被紅綢牽引著出了轎子。

接下來就是拜堂，胡媒婆怎麼說她就怎麼做，拜完堂後就被送到了新房內。

顏娘端坐在床沿上，腰背挺得筆直，屋裡靜悄悄的，顯然沒有其他人。

過了一會兒，就聽外面傳來一陣嬉笑聲，接著有人推門進來了。

「三娘，今兒個妳二哥給妳娶了個心靈手巧的嫂子，以後妳就不用被逼著學女紅了。」一個爽朗的聲音打趣道。

叫三娘的女孩兒嚷道：「我二哥娶的是媳婦，又不是繡娘，大表嫂妳可別胡說啊。」

「我們三娘還是個護短的，這新娘子才剛進門，小姑子就護上了。」大表嫂笑著對凌氏道：「元娘，妳看看三娘多貼心。」

一個少女尖聲道：「三娘姐姐，妳幹麼護著她呀？二表哥娶了一個醜陋的妻子，難道妳不嫌丟人嗎？元娘姐姐就不像妳。」

這話一出，屋裡頓時靜謐無聲，顏娘一顆心涼透了。

「妳胡說什麼！」凌三娘瞪了少女一眼。

大表嫂連忙打圓場道：「元娘、三娘，冬梅心直口快，妳們別跟她計較。」

凌元娘笑了笑並不言語，但手上捏得皺巴巴的帕子洩漏了她此刻的不滿。她向來是個愛面子的人，不願意親戚家的女眷在新房裡多待，便招呼著大家去外面吃茶，於是新房裡只有凌三娘留了下來。

「二嫂，妳要吃東西嗎？」新房裡靜悄悄的，凌三娘不習慣的找了個話題。

顏娘低聲回答：「謝謝小姑，我現在還不餓。」

她的聲音很輕柔，凌三娘覺得還挺悅耳，兩人又說了一會兒話，當然大半都是凌三娘問、顏娘回答，凌三娘一直在新房裡待到凌績鳴回房才走。

凌績鳴醉醺醺的回到新房，當他看到婚床上坐著的壯碩身影時，臉上閃過一絲嫌惡，突然像是受了刺激一般，三步併作兩步走到床前，一把扯掉了顏娘的蓋頭，一張又白又胖的臉出現在他眼前。

「臉上抹那什麼東西？」他一言不發的看了她許久，最後說了這麼一句：「真倒楣。」

顏娘先是一臉錯愕，接著又是落寞和傷心，這時她還不知道，後面還有更難堪的事情等著自己。

當兩人喝完合巹酒後，顏娘躲到屏風後洗漱，凌績鳴打算將蠟燭吹滅，顏娘連忙出聲：「夫君，喜燭不能滅的。」說完，忐忑不安的盯著凌績鳴。

凌績鳴皺了皺眉，問：「那妳有帕子嗎？」

顏娘連忙取了一條乾淨的帕子遞給他，凌績鳴命令道：「自己去床上躺著。」

顏娘紅了紅臉，照著他的話做了，隔了一會兒凌績鳴也上了床，他居高臨下的看了顏娘一眼，隨後將顏娘取來的那條帕子蓋在了她的臉上。

「夫君。」顏娘不由得低聲喊道：「這是做……做什麼？」

卻聽他毫無感情的聲音傳來。「妳別管那麼多。」說話間，顏娘感覺領口開了，察覺到他的動作，顏娘再傻也明白他是在嫌棄她的臉，等到一陣涼意傳來，她忍不住顫抖。

為什麼會這樣呢？她想不明白，他不是讀書人嗎，為什麼要這樣屈辱的對待她呢？這些疑問顏娘沒有問出口，她知道答案，也知道出嫁前的那些美好憧憬在這一刻全都化為了泡影。

她沒有反抗，任由著凌績鳴折騰，等到完事後，凌績鳴隨意擦了擦就翻身躺到一旁，不一會兒就傳來輕微的鼾聲。

顏娘這才掀開帕子，掙扎著坐起來，在喜燭微弱的燭光下，她看到他熟睡的臉上眉頭緊皺，一顆心猶如被涼水浸泡過，眼淚忍不住流了出來。她帶著滿臉淚意去屏風後擦洗，身上全是青青紫紫的印痕，那些印痕以及那方手帕，都是夫君不喜自己的證據。

顏娘經歷了從少女到女人的轉變，她的夫君對她毫不憐惜，那一刻，顏娘覺得自己的心快要死了。

這一夜顏娘睡得並不安穩，她作了一個夢，夢裡她狼狽的奔跑著，身後跟著一隻張著血盆大口的大蟲，她很害怕，只能用盡全力奔跑，跑著跑著就醒了，身上汗津津的，原來褻衣被冷汗浸濕了。

成親後，凌績鳴只在家待一天便回縣學了，走之前也沒跟顏娘說過一句話，凌家其他人的態度也很明白，凌老爹只在敬茶那天說了幾句告誡的話外，基本上對顏娘都是無視的態度；溫氏對顏娘比凌績鳴對她的嫌惡更甚，家裡的活計全部交給她來做，並且規定不做完不能吃飯，只有凌三娘偶爾會幫一下忙。

也因為這點微弱的善意，顏娘覺得這個冰冷的家還不至於讓自己無所適從。

回門之日，顏娘帶著回門禮獨自往聶家村走去，她看著胖卻很虛弱，走到半路便走不動了，於是就在路邊找了塊石頭歇息，等歇好了又繼續往前走。

「這不是村東頭聶家的閨女嗎，怎麼一個人回來了？」走到村口的時候，顏娘碰到了村裡的于大娘，顏娘連忙跟她打招呼。

于大娘問：「今日是妳回門的日子嗎？」

顏娘點了點頭，于大娘皺了皺眉。「妳該不會記錯了吧？」

聽她這樣問，顏娘不禁有些疑惑，于大娘嘖嘖了兩聲道：「我剛從村東頭過來，好像你們家沒人在家，院門都鎖了。」說著又嘀咕了一句。「這是多不待見自個的閨女啊。」

顏娘聽了臉色有些發白，她同于大娘說了幾句話，便急匆匆的朝娘家走去，路上也碰到了幾個鄉親，大家似乎約好了一般，看到她說的第一句話就是爹娘兄嫂沒人在家。

等看到那座熟悉的院子，她沒有近鄉情怯的感觸，因為她看到了院門上那把明晃晃的大鎖，顏娘只覺得渾身發涼，她靠著牆根慢慢坐下，手中的回門禮散落一地。

顏娘在娘家門口坐了兩個時辰，這期間隔壁胡嬸讓她去自己家歇會兒，被顏娘婉言拒絕了。最後她將回門禮放到了隔壁胡嬸家，托胡嬸將東西交給家人，道謝後拖著笨重的身子回小河村了。

回到凌家時，凌家人才吃完午食，溫氏看到顏娘兩手空空，臉色變得有些難看。凌三娘見狀，連忙對溫氏道：「娘，妳幹什麼呀，二嫂一路走回來也累了，妳讓她歇會兒吧。」

聽她這麼說，溫氏的神色緩和了一些，她剜了顏娘兩眼，沒好氣道：「還傻站幹什麼，趕緊過來洗碗。」

顏娘連忙上前收拾碗筷，她回娘家連家門都沒進成，只在胡嬸家喝了一碗開水，這會兒已經饑腸轆轆，但她不敢說，只趁著去灶房洗碗的時候，偷偷吃了一塊雜糧餅子，怕被溫氏發現，她囫圇兩口吞下，差點沒把自己噎死。

下午沒什麼事情，顏娘便待在屋裡做女紅，她那裡還有幾塊素淨的帕子，打算繡點花樣送給小姑子，在這個家裡，也只有心善的小姑子才會幫自己說話。

凌三娘喜歡蘭花，顏娘就在帕子右下角繡了一叢君子蘭，繡好後凌三娘看了簡直是愛不釋手。開心之餘，她對顏娘道：「二嫂，妳抽時間也給娘做點什麼，俗話說吃人嘴短，拿人手軟，我娘收了妳的東西，肯定不好意思尋妳的錯處。」

顏娘知道小姑子是在給自己出主意，她連忙應了，又向凌三娘打聽婆婆的喜好，最後決定做一件夾襖，她的嫁妝裡有一疋靛青色松花紋的料子，比較適合婆婆這個年紀的人。

顏娘手腳麻利，每日趁著閒隙縫衣，不到五天，一件雙層夾襖就完工了。

這一日，她將做好的夾襖送到溫氏手中，溫氏拿著夾襖看了看，問：「這是做給我的？」

顏娘點了點頭。

溫氏臉上神情不辨喜怒，顏娘忐忑不安的看著她，過了半晌，溫氏終於才開口：「妳的心意我收下了，以後就不必給我做衣裳了，多花點心思在二郎身上，二郎在外面讀書，沒幾件好衣裳怎麼成，妳要是有空就給二郎多做幾件吧。」

顏娘連忙應了。見她恭順守禮，溫氏總算覺得這個兒媳婦看著順眼了一些。

顏娘也感覺到了婆婆對自己態度的改變，在給凌績鳴做完兩身衣裳後，她鼓起勇氣去跟溫氏商量在鎮上繡品鋪子接繡活的事情。

在她嫁過來之前，溫氏就聽說顏娘繡技好，也聽說她一副上等的繡品可以賣上十兩銀子，如今聽她這麼說了，沈思了一陣，覺得二郎讀書和三娘出嫁都需要銀子，自己在鎮上的那個嫁妝鋪子收益只能供兒子讀書，兒媳婦的繡品若賣了錢，三娘的嫁妝也有著落了，於是便點頭應了。

「正好我明日要去鎮上查帳，妳就跟我同去吧。」

顏娘欣喜的點了點頭。

隔日一早，顏娘跟著溫氏去了鎮上，溫氏去了自己鋪子上查帳，顏娘則去了之前接繡活的錦繡閣，錦繡閣的戚掌櫃見到她，連忙熱情的迎了上來。

「顏娘啊，聽說妳成親了，我正準備去小河村找妳呢，沒想到今天妳自己來了。」

顏娘有些不適應別人的熱情，她不著痕跡往後退了兩步。「戚掌櫃，我今天來是想問你還有繡活嗎？」

戚掌櫃忙不迭的點頭。「有有有，我這裡剛接了一個大單，鎮上的蘇員外嫁女，喜服、蓋頭、被面那些全都要找人做，蘇員外說了，只要做得好，錢不是問題。」說著他問顏娘：「如果妳願意接的話，我只收取兩成的費用，剩下的全都是妳的。怎麼樣？」

顏娘沒有忙著答應，而是問蘇家什麼時候來取繡品，戚掌櫃道：「婚期定在明年的八月，最遲要在六月交貨。」

聞言，顏娘思索了一陣後應下了。

戚掌櫃當然開心不已，蘇員外出手大方，他只在中間牽線，事成之後就能有十兩銀子的收入，而且還不用自己出布料，如果蘇員外滿意，說不定他這錦繡閣又要多一個大主顧。

看了顏娘一眼，他不免有些遺憾，若是顏娘沒成親，他一定會想辦法把她雇到自己的繡坊來，那就相當於錦繡閣多了一塊活招牌。

蘇員外女兒的嫁妝繡品不是小數目，顏娘一個人搬不動，戚掌櫃便讓夥計幫忙搬到溫氏的鋪子裡。溫氏看著堆成小山的布料，著實嚇了一跳。

顏娘連忙將原委告知溫氏，溫氏一聽這些東西完工後竟能賺四十兩銀子，不由得瞠目結舌。她這家雜貨鋪子一年累死累活也只能賺百來兩，扣除掌櫃、夥計的工錢還有其他一些開銷，也只有九十兩左右，而顏娘一個人不用一年就能賺這麼多！

溫氏心裡一時五味雜陳。

從鎮上回來後，顏娘就一門心思的投入到繡活上，家裡的活計被溫氏和凌三娘包攬了。溫氏看著女兒已經十二歲，便讓她沒事的時候去顏娘屋裡做女紅，也是存了讓顏娘指點她的心思。

凌三娘不愛做女紅，但從她娘那裡聽說顏娘做的繡品可以賺四十兩銀子時，不免有些動心了。她也想做些手絹、荷包什麼的賣錢，她不求像顏娘那般能幹，賣的錢只要能買一些零嘴和珠花就行。

顏娘很喜歡這個小姑子，也願意教她，凌三娘在嫂子的指導下做完了一個荷包，等溫氏去鎮上的時候，讓她帶去賣了，結果竟賣了十五文，雖然不是很多，但凌三娘已經很滿足了。

自此之後，她的幹勁越來越足，溫氏見女兒這般，對顏娘的成見減了不少。

一個月很快過去，月底的時候，凌績鳴從縣學回來了，一看到他，顏娘就想起新婚夜的情景，那種羞辱和不自在讓她難受極了。

但她躲不了，凌績鳴是她的夫君，無論他做什麼，她只能聽之任之。好在這次不像上一回，兩人安置時，凌績鳴將燭火滅了，房間裡漆黑一片，顏娘閉著眼睛任由凌績鳴折騰，耳邊是他充滿忍耐的沈重喘息。

第二日一早，顏娘看著還在熟睡的男人，輕輕下了床，簡單的梳洗後，她披著衣裳去了灶房，開始做早飯。

她真的不想跟他待在同一個空間裡，只要一看到他，就如同被掐住了脖子，難受得喘不過氣來。灶膛裡的火焰熊熊燃燒著，顏娘的目光落到火焰上，只覺得渾身的肉皮都在被炙烤。

早飯後，凌老爹發話，說上次凌績鳴去了縣學，沒有陪顏娘回門，今天就讓凌績鳴陪著她回去一趟。聞言，顏娘不由得攥緊了雙手。

上次回門的情景歷歷在目，凌家這邊還不知道她在自己娘家吃了個閉門羹，如果凌績鳴真的跟自己回去，要是上次的事情被他知道了，她又怎麼在凌家立足？

但不管是娘家還是婆家，她都沒有話語權，只能聽從長輩們的吩咐。

幸運的是，她同凌績鳴回聶家村的時候，一路並沒有碰到村裡的人，一直來到了聶家門口，才看到出來倒水的胡嬸。

「顏娘和女婿回來啦？」胡嬸笑著問。

顏娘怕她說出上回的事情來，胡亂的應了幾句，胡嬸似乎看出什麼來，也沒有見怪，只說：「快進去吧，妳爹娘他們都在呢。」

顏娘點了點頭。

推門進去，院子裡只有二哥家的老二聶成才在玩耍，看到顏娘他們，聶成才大聲朝屋裡吼道：「奶，我小姑姑和姑父來了。」

他聲音剛落，聶大娘從屋裡出來了。

「娘。」顏娘低聲喊道。

凌績鳴也道：「岳母。」

聶大娘哎了一聲，連忙說：「快進來歇會兒。」說完，立即讓聶成才去喊聶老爹和二兒子過來陪女婿說話，另外又讓柳氏去村口王屠夫那裡割點肉回來。

顏娘抬腳朝自己出嫁前的閨房走去，卻聽親娘說：「顏娘啊，妳那屋子我做主給歡歡和喜喜用了，妳要歇息就去娘那屋裡吧。」

顏娘腳步頓了頓，只好跟著娘去了她和爹的屋子。

進了屋，聶大娘第一句話就提起了她上次回門的事情，說他們忙昏了頭，忘記了顏娘回門的日子，讓顏娘不要怪家裡。

顏娘勉強的笑了笑，連一句埋怨的話都說不出口。其實就算能說出口，她又能怎樣呢，逞一時口舌之快，與娘家鬧翻？如果真這樣做了，恐怕凌家就真的沒人看得起自己了。

聶大娘見顏娘低頭恭順的樣子，也知道這個閨女沒脾氣、不記仇，原本的愧疚之心也慢慢散去，又問起她同凌績鳴房裡的事情。

「顏娘，趁著女婿這幾日在家，妳多跟他親熱親熱，好能早點懷上。」

「娘，別說了。」顏娘臉一下子紅了，有些不知所措的揉著衣角。

見她這副模樣，聶大娘恨鐵不成鋼的戳了戳她的額頭。「我就說妳是個笨的，他們家本就嫌棄妳，妳就算是為了自己好過一些，也應該早點懷上。」

顏娘其實沒那麼期待孩子，她手上還有蘇家的繡活沒做完，要是真的懷上了，恐怕會延誤交貨時間。另外，其實還有一個更大的原因，她害怕生出一個像自己一樣的女兒，到時候女兒也要承受她所經歷過的痛苦。

這些話，她只能在心裡默默思索。

顏娘和凌績鳴在娘家吃了午飯才回小河村，回到家裡，凌績鳴說鎮上同窗邀約，跟溫氏說了一聲就出門了，顏娘便一頭栽進房裡做繡活。

晚上凌績鳴沒有回來，讓溫氏嫁妝鋪子裡的小夥計跑了一趟，說是留宿在同窗家裡。聽說他不回來，顏娘心裡莫名的鬆了一口氣。

後來幾天，凌績鳴幾乎不在家裡待，溫氏知道他是不想看到顏娘，想著兒子這次回來都沒好好吃過家裡的飯菜，不免對顏娘有了幾分遷怒。顏娘只能更加的謹言慎行，避免觸霉頭。

假期一過，凌績鳴又要回縣學了，去縣學的前一晚，兩人不可避免的睡在了一張床上，顏娘起初還很緊張，最後見他只是睡覺，也慢慢的放下戒備睡去了。

第二章

接近年底，天越來越冷，做繡活的時候，顏娘經常感覺手沒有之前那麼靈活，尤其是臘月一到，坐在屋裡都能感覺到涼意直往身上鑽。

原本凌三娘建議在屋裡擺上一個火盆子，卻被顏娘制止，蘇員外女兒的嫁衣等布料都是上等料子，要是被火星子濺著，反倒是一樁麻煩事。

見她自己有主意，凌三娘也就不再說什麼，明顯的往她這裡來得少了，就算是來了也待不了好一會兒。

今年的初雪來得比往年晚一些，初雪降下前，小河村上方的天空已經陰沈了好幾天，過了臘八才姍姍來遲。因著天色陰沈，顏娘這幾日便沒有動針線，與凌三娘一起幫著溫氏打理家務。

臘月二十五，縣學才停課放假，凌績鳴同姜裕成、胡秀生結伴回家，天寒地凍，三人便共同雇了一輛馬車，只為遮擋寒冷的北風。

三人雖不住同一村，卻也相隔不遠，到姜裕成和胡秀生家需要經過小河村，所以凌績鳴是最先到家的。馬車剛駛到村口，凌績鳴一下車就見到寒風中立著一個人，只一眼他就確定那人是幾月前娶進門的妻子。

顏娘也看到了凌績鳴的身影，她猶豫了一下還是朝著他走去，凌績鳴見她越走越近，剛要跟車上的同窗告別，就聽到胡秀生道了一句：「凌兄真是好福氣，這麼冷的天，嫂夫人竟不懼寒風來接你。」

凌績鳴面上僵了一下，他知道胡秀生並不是在嘲笑自己，但在顏娘出現的那一刻，他還是感覺到了難堪，好在姜裕成道：「既然凌兄已經到了，那我們也就不再多留。」說完對趕車人道：「大叔，我們掉頭去姜家村吧。」

趕車人也想送完人早點回家，於是很快便驅車走了。

顏娘將手裡的披風遞給凌績鳴。「夫君，娘讓我來接你，這披風也是她讓我帶來的。」

凌績鳴看也沒看她，直接從她面前走過，顏娘只好抱著披風緊跟在他身後。

回到家，溫氏見凌績鳴身上沒有披風，又看到顏娘亦步亦趨的跟在他後面，狠狠的剜了她一眼，轉頭對兒子道：「二郎，這麼冷的天該凍著了吧，快進屋，娘給你煮了薑湯，先喝一碗去去寒。」

顏娘看她對凌績鳴噓寒問暖，沒有空斥責自己，連忙回屋將披風放下，又去灶房裡烤火。在灶房裡坐了一會兒，她才覺得身體暖和了一點，先前凌績鳴還沒到，溫氏便讓她去村口等著，這一等就是一個時辰，她在寒風中差點被凍僵。

她也想喝一碗薑湯，但溫氏為了讓兒子回來就能喝上，把熬薑湯的砂鍋搬到了她那屋裡的爐子上煨著，顏娘不想過去自找不痛快，想了想，切了兩片生薑嚼了吞下肚。

辛辣刺鼻的味道充斥著口鼻，顏娘忍不住紅了眼睛，卻也是生薑的這個狠勁讓她感覺到五臟六腑充滿了暖意。

凌績鳴回來了，晚飯自然準備的要比往日豐盛得多，溫氏一晚上不停的為兒子夾菜，凌三娘則照例埋怨溫氏偏心，凌老爹偶爾也會插上幾句話，只有顏娘一個人捧著碗一聲不吭的吃飯。

吃完飯，凌績鳴被溫氏和凌老爹叫到了房裡，顏娘在灶房收拾，凌三娘則坐在灶膛前跟嫂子抱怨。

「二嫂，我娘太偏心了，我二哥就是她的命根子，只要他一回來，我就跟撿來的一樣。」

兒媳婦不能說婆婆的壞話，顏娘只好道：「妳二哥一個月才能回來幾天，娘定是覺得他讀書辛苦便多疼了他幾分。」

凌三娘撇了撇嘴。「才不是呢，我娘就是不疼我，大姐還沒出嫁前，她對大姐和二哥一樣好，為什麼到我這裡就變了。」

這話顏娘不知道該怎麼接，為難之際她看到凌績鳴站在灶房門口，連忙問：「夫君，你怎麼來了？」

凌績鳴是讀書人，溫氏和凌老爹從來不讓他挨近灶房，說什麼君子遠庖廚，現下看到他出現在這裡，顏娘不免有些驚訝。

凌三娘也看到了他，衝他哼哼了兩句，連二哥都沒喊就走了。

凌績鳴對顏娘道：「我有話跟妳說，妳跟我回屋裡去。」

顏娘連忙道：「要不你先回房等一下，我弄完了就馬上過來。」

凌績鳴點了點頭。

等顏娘急急忙忙收拾好灶房回屋，就看見凌績鳴半倚在床邊，手上翻著一本書。顏娘進來時的聲響引他抬起頭。

顏娘不肯挨著他坐，但也不想站著說話，於是將平時做針線活的小杌子挪過來坐下。問：「夫君，你要跟我說什麼？」

凌績鳴沒有回答她，視線落在針線笸籮上，過了好一會兒才道：「以後妳不要去鎮上接繡活了。」

聽了這話，顏娘倏地抬頭看向他。「夫君為何要這樣說？」

凌績鳴繃著臉道：「我們凌家還沒落魄到需要女人來養家餬口，妳照我說的話做就是。」說完這一句，見顏娘沒有應聲，又冷聲道：「妳要是執迷不悟，那就回娘家去吧，我不會要一個讓我丟臉的妻子。」適才從娘親口中得知此事，他一聽就覺不快。

這話的意思已經很明瞭，如果顏娘執意要接繡活，他就會休了她。

顏娘聞言，臉上頓時血色盡失，慘白著一張臉怔怔的盯著他。她不明白，她只是接了一點繡活而已，而且賣繡品得來的銀子她都會悉數上交給婆婆，一沒偷二沒搶，怎麼就讓他丟臉了呢？

看來還是嫌棄她樣貌醜陋吧，這就成了她的原罪，無論她做什麼都是錯。

「夫君有句話說錯了。」這一刻她不知道哪裡來的勇氣，面帶嘲諷的看著他。「你說凌家不用靠女人，可據我所知，夫君讀書的束脩以及家用，幾乎全是婆婆陪嫁鋪子賺來的，難道不是嗎？」

這話一出，凌績鳴不禁惱羞成怒。「妳能跟我娘比嗎？妳也不看看妳長成那副鬼樣子，我真是倒楣透頂才會娶了妳這樣的女人！」說完嫌惡的看了她一眼，砰地一聲關上門走了。

隔壁屋裡的溫氏和凌老爹也聽到了響動，連忙出來看，就見凌績鳴正朝著院門走去。

「二郎，這麼晚了你要去哪裡？」溫氏連忙叫住他。

凌績鳴充耳不聞，凌老爹跑上前將他拉住。「二郎，你娘問你話你沒聽到嗎？」

凌績鳴冷漠道：「我聽到了。」

「既然聽到了為什麼還要走？」凌老爹皺眉看著他。

「這個家我待著還有意思嗎？你們真的是我的親爹娘啊，竟然給我娶了那樣一個妻子，讓我的臉面、我的尊嚴被人踩在地上踐踏。我不想待在家裡，只要一看到聶氏那張臉，我就覺得比死還難受！」

聽了這話凌老爹當場愣住，溫氏卻如同瘋了一樣衝進顏娘的屋子，不分青紅皂白的對著顏娘又打又罵。

「妳這個喪門星！要不是娶了妳，我的二郎怎麼會連家都不想回！妳長成這副鬼樣子，為什麼還要不要臉的嫁進凌家，要不是妳，我們也不會被二郎埋怨……」

顏娘被她嚇到了，挨打的時候忘記躲閃，背上腰上被溫氏狠狠的捶了幾下。凌三娘聽到吵鬧聲，連忙跑過來拉架，溫氏卻下了狠心要好好收拾顏娘一頓，凌三娘拉她的時候，還差點被誤傷。

屋裡鬧成一團，凌老爹看著凌績鳴。「你娘你媳婦都鬧成這樣了，你難道還要走嗎？」

凌績鳴沒有說話，凌老爹鬆開他，去顏娘屋裡將溫氏拉了出來，凌績鳴在院子裡站了一會兒，才轉身回去。

顏娘平白無故挨了一頓打，滿腹委屈和怨氣。她緊緊咬著唇，一點一點的將溫氏撒潑時扔在地上的東西撿起來，凌績鳴進來時，她也沒有看他一眼。

收拾好後，她去了凌三娘的屋子，問她能不能在她那裡將就一晚，凌三娘見她可憐，點頭應了。

躺在床上，顏娘怎麼都睡不著，身上疼，心裡也疼，她不知道自己錯在哪裡，為什麼溫氏恨不得她去死。

既然不願意讓她進凌家門，那當初就不應該來提親啊，原本她都已經打算當個不嫁人的老姑子了，她沒有逼凌績鳴娶她，她何錯之有？

經過這麼一場鬧劇，凌績鳴還是沒在家裡多待，第二日便去了鎮上，一直到臘月三十才回來。這幾天溫氏看到她就來氣，顏娘做完自己分內的事情後，儘量不沾她的邊。

初二這天，是出嫁女回娘家的日子，顏娘知道凌績鳴不會跟她去，早早便準備一個人回村。溫氏不待見她，也沒有準備節禮，顏娘偷偷用自己嫁妝的布料給爹娘做了一身衣裳，又用攢下來的銀子買了幾斤點心帶回去。

回到聶家，兄嫂們帶著姪兒姪女回娘家了，家裡只有聶老爹和聶大娘在。聶大娘看到女兒孤零零的回來，不滿的問：「怎麼就妳一個人，女婿呢？」

顏娘道：「在家裡溫書呢。」

聶大娘顯然對這個回答不滿意，但也沒繼續問，她的視線落在顏娘提回來的那包點心上。「妳婆婆就給妳準備了這麼點東西？」

聽了這話，顏娘險些紅了眼眶，她不能告訴她娘，婆家什麼東西都沒準備，這包點心還是她自己買的。

聶大娘罵罵咧咧了幾句，顏娘知道她是在說溫氏摳門，她沒有辯解什麼。

聶大娘出去後，屋裡就只剩她跟聶老爹，父女倆也沒什麼話說，不一會兒聶老爹就坐不住了，留下顏娘一個人在屋裡待著。

顏娘望著空蕩蕩的屋子，不知道從什麼時候起，她總是變成一個人。嫁人前，她是一個人，嫁人後她還是一個人。她就像是一株沒有根鬚的浮萍，明明有婆家有娘家，卻沒有一個家屬於自己。

顏娘沒有在娘家多待，回小河村前，聶大娘比照顏娘帶回來的點心，裝了一包飴糖讓她帶回去。她沒有說什麼，帶著那包飴糖慢慢的往小河村走去。

不管是嫁人前還是嫁人後，顏娘都很少出門，她不想太快回到凌家，出了村口就放慢了步伐。走到半道上，突然從路邊竄出一個穿得破破爛爛、渾身髒兮兮的小乞丐來。

那小乞丐看著年紀不大，身子瘦瘦小小的，也不知是男是女。

顏娘被嚇了一跳，下意識的後退了好幾步。

「姐姐，妳行行好，給我點吃的吧，我已經好幾天沒吃東西了。」那小乞丐忽然攔住了她。

聲音聽著像是一個小姑娘，看著她不住的哀求自己，顏娘乘機打量了對方幾眼，只見亂糟糟的頭髮下藏著一張面黃肌瘦的小臉。見她可憐，她遞了一塊飴糖給她。「妳先吃這個吧，我身上沒有別的吃的了。」

那小姑娘連忙接了過去，三兩下就將飴糖吃了，吃完後，又眼巴巴的望著顏娘手上的紙包，顏娘只好又拿了一塊給她。

也許是有一塊飴糖墊底，小姑娘的吃相沒有之前那麼粗魯，一邊吃還一邊跟顏娘道謝。

顏娘心生憐憫，問她為何成了這副樣子，小姑娘眼眶立刻紅了，她告訴顏娘，她跟家人走散了，最後遇到人販子，好不容易才從人販子手裡逃出來。

顏娘同情她的遭遇，於是便將一包飴糖全部給了她，還將荷包裡僅有的十幾文銅錢也一併塞到她手裡。

小姑娘卻不願意要，問能不能跟顏娘回家，顏娘為難的搖了搖頭。要是她把人帶回去了，婆婆肯定會連她一起趕出來。

也許是看出了顏娘的為難，小姑娘沒有堅持，目送著顏娘遠去。

過了正月十五，淩績鳴又回了縣學，顏娘也重新做起了繡活，前幾日戚掌櫃親自來了一趟，蘇家那邊希望三月底就能拿到成品，為此還多付了顏娘十兩銀子。

顏娘全身心的投入到繡活中，總算在三月中旬做完了所有的東西，便通知戚掌櫃過來驗貨。

戚掌櫃來的時候，蘇員外夫人身邊的蘇嬤嬤也跟著來了，她仔仔細細的將嫁衣、被面等翻看了好幾遍，見沒有問題，嚴肅的臉上才有了笑意，直誇她手藝好，還問她願不願意去蘇府當繡娘。

顏娘笑著搖頭，戚掌櫃在一旁道：「淩家二郎是縣學的學子，日後是有大造化的人。」言外之意就是顏娘不可能去蘇家的。

蘇嬤嬤也只是隨口提了一句，見顏娘不肯也就沒再繼續。

送走了戚掌櫃和蘇嬤嬤，溫氏板著一張臉將銀子全部收走，一文錢都沒有給顏娘留。顏娘沒有說什麼，倒是凌三娘替她不滿：「娘，二嫂辛辛苦苦繡了那麼久，妳怎麼全部拿走了啊。」

溫氏瞪了她一眼。「妳嫂子都沒說什麼，妳倒是咋咋呼呼的。」說完也不理她，徑直回房了。

顏娘無所謂的笑了笑，反正以後也不能接繡活了，不會再有下一次。

二月中旬，凌績鳴從縣學回來，帶了一個小姑娘回來，說是小姑娘自賣自身，他看著不忍心便將人買回來當丫頭。

看到人的那一刻，顏娘不由得大吃一驚，原來凌績鳴帶回來的小姑娘就是年初二時她在半路上遇到的那個。

小姑娘叫海棠，跟凌三娘差不多大，個頭卻沒凌三娘高，溫氏讓顏娘燒了一鍋水給她洗乾淨，又將凌三娘的兩套舊衣裳給了她。

海棠是簽了賣身契的，在凌家養了幾天後，溫氏就讓她跟著顏娘幹活。至於凌三娘，有了海棠以後，溫氏便不肯讓小女兒再沾這些事了。

前幾日，大女兒元娘回來跟她通了個氣，說是有門極好的親事想要替三娘定下，男方是女婿表姑的兒子，姓金，據說才十五歲就中了秀才，表姑父在縣上開了兩家鋪子，家底還算豐厚。

溫氏便有些心動，為了這事兒能成，還特意讓兒子回來一趟，為的就是讓他去縣上打聽一番。她認為小女兒以後是要嫁到縣城去的，就應該像大戶人家的千金一樣好好養著。

海棠手腳麻利，總是爭搶著幹活，有她在，顏娘輕鬆了許多。她似乎格外喜歡顏娘，空閒的時候，也都待在顏娘身邊。溫氏對此有些不滿，不過她眼前有更重要的事情，所以敲打了海棠幾句就算了。

這天，溫氏帶著凌三娘去元娘的婆家，凌老爹去了鎮上的鋪子，家裡只有顏娘和海棠在。顏娘從早上起床就有些氣悶難受，她以為是昨晚沒睡好，誰知到了中午，眼前一黑差點栽了跟頭。

見狀，海棠連忙扶著她去床上躺著。

「海棠，妳去做妳的事吧，我歇一會兒就好。」顏娘道。

海棠沒有說話，左手突然抓住她的手，右手則輕輕的搭在她的手腕上，神情非常嚴肅。

顏娘不解的看著她。「海棠，妳……」

海棠皺了皺眉，問道：「顏娘姐姐，妳的月事是不是沒來？」

顏娘的月事一直不準，有時候好幾個月才來一次，所以她根本不關心月事來不來。海棠道：「我剛剛給妳把了脈，好像是有孕了。」

這話一出，顏娘頓時愣住了。

接著又聽海棠十分懊惱地說：「我也不知道準不準，早知道當初就應該跟爹爹好好學了。」

顏娘回過神道：「不準也沒什麼。」她本想問海棠為何會把脈，又怕小姑娘想起爹娘傷神，便什麼也沒提。

等海棠出去後，她才小心翼翼的將手覆在小腹上，難道她真的懷孕了嗎？她思索這幾日身體出現的異常，直覺告訴她，海棠沒有把錯脈。

心裡升出一股複雜的情緒，她不知道這個孩子到底該不該來？

從這一日起，海棠便不肯讓顏娘幹重活了，又過了十多天，她再一次給顏娘把脈，眼神一下子亮了。「顏娘姐姐，妳真的有孕了。」

顏娘笑了笑。「海棠真有本事。」

聽她誇獎自己，海棠難得紅了臉，她馬上將這個消息告訴了溫氏，不過她留了個心眼，沒說是自己診出來的，只說看見顏娘嘔吐了好幾次。溫氏一聽先是愣了愣，緊接著就是歡喜，這兒媳婦總算是開懷了。

她讓凌老爹請了村裡的郎中過來，郎中把脈後笑著跟他們道喜。算算日子，顏娘是在過年那幾日懷上的，預產期在九月中旬，而凌績鳴八月要參加秋闈，凌家的兩樁大事竟撞到一起了。

得知顏娘有孕，溫氏就像變了一個人似的，對顏娘不再像以前那樣橫眉怒目，雖然比不上對凌三娘那麼好，但只要她不故意找茬，顏娘就很滿足了。

過了幾日，凌老爹托人給凌績鳴帶了一封信，在信中說了顏娘懷孕的消息。凌績鳴看完信後，心裡卻沒有一絲欣喜的感覺。

賀文才見他繃著臉，問：「凌兄，收到家書為何還愁眉不展？」

凌績鳴搖了搖頭。「沒什麼，家裡發生了一些事情，我爹娘覺得應該告訴我一聲。」

賀文才見狀拍了拍他的肩。「放寬心。」說完又嘆了口氣。「最近我們家也不太平，我妻妹的身體已經藥石無靈，估計也就這兩天了。」

凌績鳴詫異道：「真的不行了？」

賀文才點頭。「妹夫這幾日告了假在家陪著，夫妻一場，總要送著走完最後一程。」

凌績鳴這才恍然大悟，怪不得好幾日都沒有見到姜裕成的身影了。

姜家村

姜裕成守在妻子的床前，冷嬌嬌已經時日無多，整個人骨瘦如柴，臉色蒼白如紙，她看著這幾日憔悴了許多的丈夫，心裡愧疚極了。

「表哥，都是我連累了你，當初你不該娶我的。」

姜裕成握著她的手，安慰道：「這不怪妳，這婚約是我們幼時定下的，妳說這話，豈不是想讓我成為背信忘義之人？」

冷嬌嬌眼眶泛紅。「表哥，你是個好人，若不是舅舅怕我夭折，也不會讓你跟我訂親。我這個病秧子占了你原配正妻的位置，是我對不起你。你答應我，我去了以後，過了頭三個月你就不要再守了，找一個健康的姑娘成婚，讓舅母早日抱上孫子。」

說著說著，不由得淚如雨下。「都怪我不爭氣，不僅沒有做到當妻子和兒媳的責任，反而讓你和舅母為我受累。」

她哭得傷心，姜裕成又安慰了她一陣，許是哭得累了，不一會兒便睡了過去，姜裕成沒有離開，一直守著她。

快到酉時了，冷嬌嬌又突然醒了過來，精神看著比之前好了很多。她對姜裕成道：「表哥，我想見姐姐。」

姜裕成心裡咯噔一下，忙不迭的往隔壁跑，慌亂中還帶倒了凳子。

「娘，快讓人去通知表姐，嬌嬌她……她好像不行了。」姜裕成的聲音夾雜著顫抖，姜母見他手足無措的樣子也是一驚，回過神後趕忙讓他去鎮上喊大外甥女，自己則加緊腳步去了兒媳婦那裡。

冷嬌嬌披著衣裳依靠在床頭，見姜母進來，身子往前傾了一下，郭氏連忙上前。「妳這孩子，怎麼這麼不愛惜自己的身體呢。」

冷嬌嬌虛弱的笑了笑。「舅母，我沒事。」

就算平時再不喜歡這個兒媳，到了這個時候，姜母也只剩下憐憫。她才十七歲，鮮嫩的花一樣的年紀，卻……

冷嬌嬌望著姜母道：「舅母，嬌嬌對不住您，這些年的養育之恩我一直記在心裡，這輩子我再也不能報答您了，您的恩情我只有來世再報。」
姜母只覺得鼻頭發酸，拍了拍她的手。「好孩子，別說了，舅母都明白。」
冷嬌嬌搖頭。「舅母，我已經跟表哥說了，我去了以後，讓他不必替我守著。您一定要給他挑一個身體康健、賢慧持家的姑娘，這樣我才能瞑目啊。
「還有姐姐，她性子直，又跟姐夫的娘合不來，若是日後在賀家受了委屈，還請舅母和表哥看在血緣親情的分上，多看顧她一些。」
「妳不說我也省得。」姜母趕緊點了點頭。
冷嬌嬌笑了笑，眼睛一直盯著門口，姜母知道她是在等冷茹茹回來，剛想安慰幾句，她的手卻突然垂了下來，抬頭一看，眼睛也已經閉上了。
她急忙喊道：「嬌嬌，妳可不能閉眼睛，茹茹還沒到呢。」
回答她的，只有冷嬌嬌漸漸變涼的身體。
賀文才和冷茹茹夫妻趕到的時候，冷嬌嬌已經去了半個時辰，姜母為她擦了身子，換了衣裳。冷茹茹沒有見到妹妹最後一面，差點哭暈了過去。
年紀輕輕的姜裕成，娶親不過一載便成了鰥夫。
姜裕成喪妻的消息附近幾個村都聽說了，又聽說了冷嬌嬌留的遺言，家裡有閨女的都想跟姜家結親。畢竟姜裕成年紀輕輕就有了功名，教過他的先生都說他前途無量，若是把女兒嫁過去，未來官老爺豈不是成了自家的女婿。

姜裕成喪妻後成了個香餑餑，姜家陸陸續續的有媒人上門，但都被姜裕成打發了，他告訴姜母，他要為亡妻守三年，郭氏拗不過他，只好隨他去了。

但不知為何，漸漸的就有人傳姜裕成剋妻，冷嬌嬌之所以年紀輕輕就去了，就是被姜裕成剋死的。

在家養胎的顏娘也聽說了，她還知道這個說法是從凌家傳出去的。原因無他，溫氏娘家弟弟想將女兒嫁給姜裕成，被姜家拒絕後，溫氏的弟媳當著溫氏的面抱怨了一通。

正好當時有幾個在凌家串門的女人，其中一個姓吳的嬸子也打過姜裕成的主意，當然沒有成功，於是跟溫氏的弟媳妳一言我一語的數落姜裕成和姜母，說著說著姜裕成剋妻的名聲就傳出去了。

「顏娘姐姐，我覺得那個姜裕成有些倒楣，平白無故的被人傳成這樣。」海棠小聲的對顏娘道。

顏娘嘆了嘆氣。「三人成虎，說的人越多，不管你是不是那樣的人，傳到最後你也會成為他們口中的那樣。」

顏娘深有體會，便說了當年她臉上長痘瘡的事，村裡那些愛說是非的婦人，總是喜歡在外面幫她宣揚，久而久之，附近的幾個村都知道她又胖又醜，更過分的是還有人說她貌如鍾馗，能嚇跑惡鬼。從那以後，她幾乎沒有踏出院門一步。

得知了顏娘的過往，海棠有些氣惱。「怎麼有那麼缺德的人。」她仔細盯著顏娘的臉瞧了瞧，道：「顏娘姐姐，美人在骨不在皮，我覺得妳瘦了一定很好看。」
聽她這麼說，顏娘有些不好意思，笑著道：「妳這又是哪裡聽來的歪理？」
海棠正色道：「顏娘姐姐，我這可不是什麼歪理，這是我爹說的。」
「妳爹？」
「嗯，我爹可是我們那裡有名的大夫，很多達官貴人都找他看病。我爹說，人的長相好不好看，是由骨相決定的，顏娘姐姐的骨相極佳，總之，我雖然沒有我爹那麼有本事，但從小耳濡目染也是懂一些的。」
顏娘見她說得頭頭是道，不禁有些疑惑。「妳爹既然那麼有名，妳為什麼不回去找他呢？」為什麼還要自賣自身？
一聽這話，海棠突然沈默了，臉色也有些發白。見她這副模樣，顏娘連忙說：「不說也沒關係，我只是隨口問問。」
海棠道：「顏娘姐姐，不是我不告訴妳，我只是有不得已的苦衷，若是以後有機會，我一定告訴妳我的秘密。」
顏娘點了點頭。
五月，顏娘的肚子漸漸顯懷了，但她人胖，不仔細瞧還看不出來她懷有身孕，懷孕這幾個月，她的胃口一直很好，人也因此胖了一圈，跟纖瘦的海棠站在一塊，顯得十分壯碩。

懷孕以後她十分怕熱，不喜歡待在屋子裡，於是就常和海棠坐在院子裡的杏子樹下，給還未出生的孩子做衣裳。這一天，她剛將針線笸籮端出來，凌績鳴就回來了，身後還跟著一個清瘦的年輕男子。

看到她，凌績鳴板著臉道：「要做回屋去做，別在這裡礙眼。」

對於他的呵斥，顏娘已經習以為常，她又將笸籮搬了回去。

凌績鳴見她還算聽話，臉色好看了許多，他轉身對姜裕成道：「內子不堪，讓姜兄見笑了。」

姜裕成擺手，說了一句：「無妨。」

跟著凌績鳴進屋前，他鬼使神差的朝顏娘的背影望了一眼，思及凌績鳴對她的態度，不由得對她有了一絲同情。

顏娘並不知道見了一面的陌生人對自己存了同情之心，她現在一顆心都在自己的肚子上，就在剛剛她明顯感覺到了孩子在動，這是懷孕以來的第一次。她很想找個人分享自己此刻的喜悅，只是海棠跟著婆婆出去了，凌三娘又不在家，家裡只有凌績鳴和客人在，她不想往丈夫跟前湊。

凌績鳴沒在家裡多待，他同姜裕成是回來取東西的，取完東西馬上又走了。所以除了顏娘，凌家沒有人知道他回來過。

快到晌午的時候，凌三娘哭哭啼啼的回來了，顏娘嚇了一跳，連忙問她出了什麼事。凌三娘卻只一逕的哭，一直不肯說自己怎麼了。

顏娘見狀，只好給她兌了一杯糖水，喝完後，凌三娘的情緒才慢慢緩和。

「二嫂，我以後再也不去大姐家了。」她一邊抽泣一邊道：「那金家人實在太過分了，我又沒招誰惹誰，誰知金二郎的表妹卻跑來罵我，說我不知羞恥勾引她表哥。」

凌三娘越說越氣。「要不是金二郎的表妹罵我，我還不知道大姐攛掇著娘要把我嫁到金家去。」

聽了這話，顏娘愣了愣，這段日子婆婆常帶著凌三娘去凌元娘家小住，原來是為了給凌三娘說親。不過這也太心急了吧，小姑子才十三歲，就是再等兩年也使得。

她安撫凌三娘道：「三娘，妳先別哭了，這事還是等婆婆回來再說吧。」

畢竟她在這個家裡沒有話語權，不能插手這些事情。

沒過多久，溫氏帶著海棠回來了，凌三娘立即將自己被人罵了的事情告訴了親娘，氣得溫氏破口大罵金二郎的表妹，罵著罵著連大女兒凌元娘也被遷怒上了。

見她在氣頭上，顏娘帶著海棠躲到了灶房。

「顏娘姐姐，今天有沒有不舒服的地方？」海棠關心的看著她的肚子。

顏娘搖搖頭，又低聲跟她說：「沒有哪裡不舒服，不過先前孩子好像動了。」

海棠眼睛亮了。「真的嗎？」她又在腦海裡回想之前看過的醫書，道：「這就是胎動，有胎動，說明胎兒很健康。」

聽了這話顏娘也很開心，但很快又被憂慮所取代。「我還是有些害怕，怕孩子以後隨了我，若是個男孩兒還好，若是女孩兒，指不定又要被人取笑和厭棄。」

海棠抓住她的手，試著穩住她的心。「顏娘姐姐，妳可千萬不能這麼想，妳又不是生來就這樣，妳就放寬心吧，妳肚子裡的孩子不管是男是女，都會長得很好看。還有啊，這懷孕的婦人是不能胡思亂想的，不然會影響孩子的。」

聞言，顏娘暫時放下憂慮，她低頭看了一眼自己的肚子，心裡默默祈禱這孩子日後長得像凌績鳴。

凌家最近除了凌三娘的事情外，一直都風平浪靜。凌三娘自從哭著從親姐姐家跑回來後，就再也不肯去她那了。後來金二郎的母親帶著金表妹親自前來道歉，溫氏仍想將女兒和金二郎湊成一對，卻被金母岔開了話題，溫氏明白對方沒有結親的心思，頓時惱怒不已，最後兩人自是不歡而散。

金母離開後，溫氏見誰都是心氣不順，顏娘已經很小心的躲著她了，卻還是被她尋著錯處罵了幾次，也不管兒媳婦懷著身孕。海棠為顏娘不平，顏娘卻勸她不要跟溫氏頂嘴，畢竟在凌家，溫氏是當家作主的，而海棠只是一個簽了賣身契的丫鬟，與溫氏對上，無異於是以卵擊石。

嫁過來快滿一年，溫氏的脾氣顏娘已經領教過了，如果看一個人不順眼，哪怕那人再能幹，她都能從雞蛋裡挑出骨頭來，例如她。反之，如果是她疼愛的人，就算有天大的錯處也是小事，例如兒子凌績鳴。

自從上次被她無故打罵後，顏娘對她已經沒有絲毫的敬重之情，能做的不過是看在她是長輩的面上，不與她頂嘴對抗，卻是不肯再像以前那般處處體貼恭順。

海棠最聽顏娘的話，見她不在意，也就私下裡偷偷抱怨幾句，面上絕對不會表現出來。有時候凌三娘也會在顏娘面前埋怨娘親偏心，海棠聽了也絕不參言。

日子一天天的過去，顏娘的肚子越來越大，隨之而來手腳開始腫脹，她本來就體胖，隨著孩子的長大，整個人變得圓滾滾的，看著就像要把衣裳撐破一般，走路必須要有人扶著，不然走一步都困難。

見她這樣，溫氏連罵她的心情也沒了，畢竟顏娘肚子裡懷著他們凌家的種，為了她親孫子的安危，她讓海棠去鎮上請了安和堂的劉大夫。

劉大夫是陵江鎮有名的婦科聖手，平日見過不少因懷孕變胖的婦人，但顏娘這種胖得嚇人的還是第一次見。

他先給顏娘把脈，把完脈後，轉頭對溫氏道：「妳兒媳肚子裡的孩子很健康。」

溫氏一聽大喜，卻又聽他說：「不過大人卻有些不好，我待會寫一個養身的方子，妳們按方揀藥，讓妳兒媳吃上三副便可。」

說著便拿出筆墨紙硯開始寫藥方，溫氏有些顧慮的問：「劉大夫，吃這藥會不會對我孫子有什麼危害？」

劉大夫頭也沒抬，硬邦邦的吐出兩個字：「不會。」

在他看來，溫氏問這話就是不相信自己的醫術，所以對溫氏自然沒有好語氣。溫氏只好訕訕的閉了嘴。

劉大夫開好藥方後，又對顏娘囑咐道：「從今日起，妳每一餐的飲食都要減半，麵食特別是饅頭，儘量少吃，肥肉也要控制，炒菜油水不要太足，少吃飴糖點心，多吃蘿蔔、青菜等蔬菜。」

顏娘連忙點了點頭。

海棠在一旁插嘴問：「劉大夫，手腳的浮腫有沒有什麼舒緩的法子？」

劉大夫凝神想了想，道：「飲食吃清淡一些，不要久坐久躺，每天可以多走走活動活動筋骨。」

聽了這話，海棠連忙應了，心想這大夫看來還是有兩把刷子，當初她娘懷小弟的時候，也出現了手腳浮腫的情形，她爹也是這麼處理的。

劉大夫看完診後，海棠便跟著他去鎮上揀藥，溫氏瞥了一眼兒媳婦，陰陽怪氣嘀咕了幾句，顏娘雖然沒有聽到她在說什麼，卻知道不外乎就是罵她小姐身子丫鬟命、懷個身子比宮裡娘娘還嬌貴之類的話。

等溫氏罵完離開，顏娘輕輕撫了撫肚子，肚子裡的小傢伙突然蹬了她一下，肚皮上出現了一個小腳印，真是個調皮的孩子，顏娘笑著想。

劉大夫醫術不錯，喝了幾副藥後，顏娘精神好了很多，再加上控制食量，顏娘瘦了一圈，雖然還是胖，但總算沒那麼嚇人了。

顏娘的預產期本在九月中旬，沒想到卻在九月初一這天提前發動了，疼了一天一夜，生下了一個瘦弱的女兒，溫氏聽到產婆說是個孫女時，冷著一張臉，連看一眼孩子都不肯。凌老爹態度要好一點，畢竟聶家人在場，只笑著說先開花後結果。

而作為父親的凌績鳴卻一直不見人影，說起來，顏娘會提前生產也是因為他造成的。八月份，凌績鳴參加了秋闈，不負眾望的考中了舉人。縣學這次考中的有十來個學子，虞城知縣范玨便在府中設宴款待舉子們，一來，是看中了其中幾個舉人的學識，想要跟未來同僚打好關係；二來，也是為家中的小女兒范瑾擇婿。

原本他看中了姜家村的姜裕成，雖然是鰥夫，但在他看來，此人絕非池中物。但知縣夫人范柳氏聽聞姜裕成剋妻，堅決不肯將女兒嫁給他，還要脅夫君若是一意孤行，就帶著女兒回娘家去。

范玨本來就是靠著范柳氏娘家的關係才做了官，見她都這樣說了，也就不再勉強。索性將中舉的學子全部請到府上，專門將未成家的舉子安排在一塊兒，讓女兒躲在屏風後觀察挑選。

誰知那些未成家的舉子范瑾一個都看不上，一雙美目在姜裕成和凌績鳴之間來來回回了好幾遍，最後摒棄了剋妻名聲的姜裕成，一顆芳心落在了已有家室的凌績鳴身上。

凌績鳴相貌俊美、身材修長，身上有股讀書人特有的清雋氣質。旁邊的姜裕成雖然樣貌也不錯，但還是比不過凌績鳴。

散席後范玨去了後院，問女兒挑中了誰，范瑾將凌績鳴的名字說出來後，范玨和范柳氏均不贊成。

「瑾兒，那凌績鳴已經娶妻了。」范玨皺眉，想要以此打消女兒的念頭。

哪知范瑾卻不以為意的說道：「娶妻又如何？休了便是。」

這話一出，范玨臉色漸漸嚴肅起來。「那凌績鳴之妻沒有任何錯處，且懷了凌家的骨肉，怎能說休便休！」說著說著見妻子一臉不虞的盯著自己，遂放緩了語氣。「瑾兒，爹覺得東街翠玉坊金掌櫃家的老二也不錯。」

范玨說的金家老二，正是之前溫氏想要說給凌三娘的金二郎，在溫氏眼裡，這天底下的兒郎除了自己的兒子凌績鳴，就數金二郎最有出息。

范瑾哼了一聲。「我才看不上他，雖然是讀書人，卻滿身的銅臭味。」說著說著又不滿的看向范玨。「爹，你請的那些人裡，我只看得上凌績鳴，明天你就去跟他說，讓他休妻娶我。」

女兒被夫人養得委實驕縱了些，不然范玨也不會在寒門舉子中找女婿，為的就是讓她婚後能夠過得順心一些。

他費盡心思替女兒操持，哪知女兒未婚的青年才俊看不上，反倒看上了一個有婦之夫，范玨只覺得頭疼。這也就罷了，讓他更頭疼的是自家夫人好像也被女兒說服了，兩人一起逼著他去跟凌績鳴說這事。

沒辦法，范玨只好命人將凌績鳴請來。

這個凌績鳴的確長得相貌堂堂，但依他看來，他日後的仕途不如姜裕成順暢，原因無他，只因為姜裕成為人處世要圓滑謹慎的多。

不過這時候他也不得不承認，女兒眼光不錯，只有仕途不順暢的人，日後才需要依仗岳家，既然對岳家有所依仗，那麼對妻子也會看重一些。

他就是現成的例子，與范柳氏成親十幾年，後院只她一家獨大，范柳氏生不出兒子，他連抱怨都不能明說，還不是因為她背後的娘家勢大。

范玨開門見山的說出自己的目的，凌績鳴當場愣住了。「大人，學生已經娶妻。」

范玨笑了笑，道：「我當然知道你已娶妻，不然也不會叫你來此。」撫了撫鬍鬚繼續道：「你一表人才，又有功名在身，我那女兒看上你也不為過。」

「大人，我……」

凌績鳴剛想開口，卻被范玨打斷：「我知道你要說什麼。」他一瞬不瞬的盯著他。「你可要想清楚了，我派人打聽過，你與現在的妻子是自幼定下的親事，但聶氏其人卻是貌醜體胖，你岳家又只是普通人家，雖有幾分薄產，對你的前途沒有任何幫助。

「自你們成婚後，相處日子不多，相信你與那聶家女並無感情。我今日請你來，就是想讓你好好考慮考慮我的提議，別的我不敢保證，唯一能夠保證的就是，你娶了我的女兒，不僅不會被人嘲笑，反而會被人羨慕。」

聽了這話，凌績鳴內心產生了波動。他不得不承認，知縣大人的話的確很誘人，雖然在這之前，他從未有過休妻另娶的想法，但現在他心動了。

娶聶氏不是他自願，就像范玨說的那樣，聶氏外貌平庸，聶家對自己的前途又無任何幫助，現在有一個更好的選擇，他為什麼不能博一把呢？

心裡雖這樣想著，他卻沒有立刻答應，只說自己要回去同父母商量一番。

范瑾得知之後，氣惱道：「這事還用得著商量？讓他娶我是看得起他！」

丫鬟梅枝偷偷湊到她耳邊說了一句話，范瑾褪去了怒意，似笑非笑道：「看在他是我未來夫君的分上，我去幫他解決這個麻煩。」

范瑾帶著梅枝偷溜出府前往小河村，打聽到凌家的住處，直接登門拜訪了。

彼時顏娘正由海棠攙扶著在院子裡散步，凌三娘在屋裡繡花，溫氏和凌老爹都去了鎮上。乍一見到兩個陌生的姑娘出現在門口，顏娘和海棠都有些吃驚。

「這裡可是凌績鳴凌舉人家？」梅枝大聲問。

海棠答了一聲是，又問她們有何事，范瑾主僕卻沒有回答。

范瑾的視線落在顏娘身上，臉上滿是嘲諷和怒意，就是眼前這個又胖又醜的女人，竟然占了凌績嗚原配嫡妻的身分。

顏娘被她盯得心裡發慌，忍不住問：「姑娘，妳來我們家是有什麼事嗎？」

范瑾突然笑了。「我今天是專門來找妳的。」

顏娘錯愕，她不認識她啊。

「妳又醜又胖，根本配不上凌二郎，要是識趣的話不如自請下堂，我還可以補償妳一筆錢財；若妳不識趣，那就別怪我不客氣。」

這話一出，顏娘驚呆了。「姑娘，妳、妳說什麼？」

范瑾傲慢看著她，示意梅枝又將剛才的話重複了一遍，氣得海棠從牆角抄起掃帚趕人。

「我呸！怎麼有這麼不要臉的人，青天白日下竟然跑到別人家搶男人，是嫁不出去了嗎？滾！滾得越遠越好！」

范瑾和梅枝見海棠氣勢洶洶的樣子，嚇得趕緊退了出去，這時凌三娘也聽到了吵鬧聲，連忙放下針線從屋裡出來，剛好看到顏娘抱著肚子一副痛苦至極的模樣，急忙跑過去扶著她。「二嫂，妳怎麼了？不要嚇我啊。」

顏娘肚子疼得說不出話來，豆大的汗珠順著臉頰流下來，嘴唇一絲血色也無，凌三娘嚇壞了，連忙喊海棠過來幫忙。

海棠見狀也顧不得轟人了，丟下掃帚跑過去，她伸手在顏娘裙子下摸了摸，摸得一手的濕意，大驚失色道：「不好，顏娘姐姐怕是要生了！三娘，妳快去請隔壁文嬸子過來幫忙接生。」

凌三娘應了，急匆匆的往隔壁跑，海棠則扶著顏娘慢慢往屋裡走。

院子裡發生的這一幕被門口的主僕倆看在眼裡，梅枝討好的對范瑾道：「姑娘，依奴婢看，這聶氏要是一屍兩命才好，這樣就沒人擋姑娘的路了。」

范瑾冷哼一聲。「她還不能死，她死了，就永遠霸佔著凌績鳴原配嫡妻的位置了，就算我嫁到凌家來，也要矮她一頭。」說到這裡，她不由得看向梅枝，惱怒道：「妳這個賤婢，也不知安得什麼心，竟然攛掇我來找聶氏的麻煩，她要是死了，妳也別想好過！」

梅枝害怕的縮了縮脖子。「姑娘，奴婢對妳絕無二心，奴婢只是想為姑娘分憂，是奴婢蠢笨，沒有顧全大局，還請姑娘息怒。」

「哼。」范瑾見她唯唯諾諾的樣子，心氣順了不少。「諒妳也不敢做對不起我的事情。」說完，扔下一句「回府去」，就離開了凌家門口，梅枝連忙跟上。

另一邊凌三娘將文嬸子請了過來，又被文嬸子支去鎮上喊溫氏回家，海棠則被安排到灶房燒水。

顏娘已經疼得不行，文嬸子看了不由責怪道：「這麼大的肚子，怎麼不小心些？」說完見顏娘十分痛苦，又出言安撫：「女人生孩子都這樣，妳別叫了，留著點力氣待會生孩子用。」

聽她這麼說，顏娘只好緊緊咬住嘴唇，不讓自己叫出來。

此時海棠燒好開水端進來，文嬸子讓她先出去等著，海棠不肯，文嬸子只好讓她留下來。

凌老爹和溫氏很快趕了回來，溫氏一回來就衝進屋裡。「文嬸子，怎麼樣，我孫子沒事吧？」

文嬸子被她嚇了一跳，沒好氣道：「還沒生呢。我說大妹子，妳都當祖母的人了，怎麼還這麼風風火火呢。」

溫氏訕笑了一聲。「都怪我太心急了些。」說完又沈著臉問海棠。「怎麼突然就要生了，我走之前不是還好好的嗎？」

海棠剛要說話，被顏娘叫住了，顏娘讓她去聶家村請她娘家人來。海棠哎了一聲，一溜煙跑了。

顏娘生產不太順利，聶大娘和聶老爹過來時，還沒有要生的跡象，一直到隔日下午，孩子才生出來。

只因這胎是女兒，溫氏和凌老爹都有些不待見，更過分的是凌元娘回來看了一眼，直言丫頭片子都是賠錢貨，氣得顏娘大哭了一場。

她生產後，聶大娘留在凌家照看了一天就回去了，溫氏萬事不管，只有海棠和凌三娘兩個小姑娘忙前忙後，要不是海棠將顏娘早產的原因說出來，溫氏還不許凌三娘插手。

顏娘給女兒取了個乳名叫滿滿，希望她一生圓滿順遂，無憂無慮。滿滿出生半個月後，凌績鳴才回來，回來後只看了女兒一眼，臉上沒有一絲欣喜。

顏娘替女兒不值，央求道：「夫君抱一下滿滿吧。」

凌績鳴不耐煩的從她手中接過孩子，抱了抱又立刻放下，顏娘還想讓他給女兒取名，凌績鳴卻不給她開口的機會，轉身便出去了。顏娘望著女兒的小臉，不敢相信他竟這麼狠心，連對親生骨肉都這般漠視。

她不禁想到讓自己早產的罪魁禍首，從她們囂張的態度中可以得知，凌績鳴似乎要成為別人家的乘龍快婿，而她也許會落到被休棄的下場……

第三章

小孩子都是見風長，到了滿月的時候，滿滿不再像出生之時那麼又瘦又小，反而變得白白嫩嫩，小手臂長得跟藕節一般，別提有多喜人了。除了顏娘這個當母親的，海棠和凌三娘一有空就湊到屋裡來逗弄小姪女，就連對親生女兒漠不關心的凌績鳴也難得的生出了一副慈父心腸。

他給滿滿取名為「清芷」，出自南朝江淹《燈夜和殷長史》：「此心冀可緩，清芷在沅湘。」希望滿滿長大以後成為一個高潔美好的女孩兒。

顏娘不懂詩詞，覺得清芷唸起來好聽得緊，對凌績鳴竟然生了一絲期待。海棠卻越發的看不上凌績鳴，只覺得這樣的男人不配為人夫、為人父。

凌績鳴在女兒滿月後便不見來客，關門在家裡讀書，準備第二年的春闈，凌家人不敢打擾他，做什麼都躡手躡腳的。

另一邊，范玨沒有等到凌績鳴的答覆，在女兒的催促下又派人來請了兩次，均被他回絕，只說目前要專心讀書，不想分心想其他事情。范瑾得知後，氣得摔了一屋子的東西，范玨只好親自來到凌家見人。

知縣大人踏足凌家，溫氏和凌老爹嚇了一大跳，也就是這時候才相信范玨真的要招兒子做東床快婿，兩人又驚又喜。

「他爹，你說咱們兒子是不是轉運了，竟然被知縣老爺看上了，哎喲，我這心肝撲通撲通的跳個不停，就像作夢一樣。」溫氏撫著胸口道。

凌老爹也跟她一樣驚喜交加，不過很快就笑不出來了。「他娘，妳可別高興太早了，二郎可是有妻室的人，總不能讓知縣千金給咱們兒子做小吧？」

一聽這話，溫氏急了。「那怎麼辦？我們兒子就該配知縣的千金。」說著就要往顏娘屋子裡去。「我去找聶氏，讓她滾回聶家去。」

凌老爹趕緊拉住她。「我說妳怎麼聽風就是雨，縣老爺還沒走呢，等他跟二郎說完話再做決定也不遲。」

溫氏一想，似乎只能這樣，可她卻沒料到兒子會再三拒絕范玨嫁女的提議。

「范大人，聶氏並無過錯，且剛為學生誕下一女，學生不能平白無故休棄她，令嫒是知縣千金，人品貴重，學生配不上她，讓范大人失望了。」

范玨盯著他看了幾眼，突然問了一個風牛馬不相及的問題。「績鳴是否有表字？」

凌績鳴說了一個「無」字，對他的話甚是不解。依大宴風俗，男子滿二十及冠，方由父親或者老師取字。

范玨笑了笑。「那老夫贈你『無功』二字，你看如何？」

「無功？」凌績鳴喃喃地重複了兩遍，猛然抬頭望向范玨。「范大人這是何意？」

范玨撫了撫鬍鬚，意味深長道：「這就要看你怎麼選擇了，你是聰明人，自然知道什麼才是對自己有利的。」

說完，也不看凌績鳴臉色如何，笑著離開了凌家。

溫氏和凌老爹一直等在門口，見范玨笑著出來，還以為他和兒子已經談妥。恭敬的送走范玨後，溫氏連忙進屋去。

「二郎，知縣大人真的要將女兒嫁給你嗎？」

她只顧著高興，根本沒有看到兒子臉色鐵青，凌績鳴不耐煩應付她，將她推了出去。

他在書房裡將自己關了一夜，第二日便去了縣上。

昨夜他一夜未睡，實在是想不出好的辦法，於是便去找了自己的恩師張元清。張元清是進士出身，不過卻是前朝的進士，當今聖上繼位後，一朝天子一朝臣，張元清不受新帝重用，於是便辭了官，回虞城縣縣學當了一名教書先生。

他在縣學待了二十多年，可謂是桃李滿天下，凌績鳴之所以來找他，也是為了讓他幫自己一把，明年春闈防著范玨朝自己下手。

張元清聽學生講了緣由，頓時氣得拍案大罵范玨權勢逼人，讓凌績鳴先暫時留在虞城縣。

「績鳴啊，現下萬事莫管，只專心讀書，京城那邊為師會給勇毅侯帶信，那范玨再猖狂，也不敢違背勇毅侯的意思。」

凌績鳴點頭應下，疑惑的問：「老師，這勇毅侯與范大人是何關係？」

張元清帶著淡淡的嘲諷道：「范玨當年為了傍上勇毅侯府，娶了勇毅侯的庶女，所以勇毅侯柳晉輝是范玨的岳丈。」

他見凌績鳴臉色有些不好，安撫道：「你大可放心，勇毅侯是個正直的人，不會因為范玨是他的女婿就包庇他。」

凌績鳴這才鬆了口氣。

自此以後，他便留在了虞城縣，在縣學附近租了一間房，平日裡關起門來苦讀，有不解之處便去縣學請教張元清。

范府這邊，范瑾得知凌績鳴不願娶自己，鬧著要去小河村找凌績鳴問清楚，剛要出門時被范玨制止後帶到了書房。

他勸女兒：「瑾兒，那凌績鳴不識好歹，妳就不要再惦記他了。」

范瑾卻不肯，最開始她看上的是凌績鳴的長相，後來凌績鳴三番五次拒絕娶她，她反倒是被激起了興致，她長這麼大還沒有人敢這麼對她，這個凌績鳴她一定要拿下。

見女兒不聽勸，范玨示意梅枝去請范柳氏，范柳氏來了以後，嘲諷道：「那凌績鳴如此狂妄，老爺竟也能忍下這口氣。」

范玨臉色變了變，卻不敢和她頂嘴，好言道：「夫人不知，那凌績鳴是張元清的愛徒，我先前用功名要脅凌績鳴，被張元清寫信告訴了岳父，他老人家剛剛來信斥責了我一頓，讓我不得為難凌績鳴。」說著，將勇毅侯的親筆書信交到了范柳氏的手中。

范柳氏看完書信後，臉色委實難看，恨恨道：「父親怎麼胳膊肘往外拐？」

聽了爹娘的對話，范瑾反倒沒有先前那麼氣了，她笑道：「爹，你怎麼沒想到，這正是好機會啊！那張元清學生眾多，在朝為官的大有人在，日後凌績鳴入了仕，他的那些學生看在同門之誼上必會多多提攜。若是凌績鳴前程大好，爹身為他的岳丈豈不是更少不了好處？咱們家會越來越好，到時候外祖父看在眼裡，也會出手提攜你。」

范瑾小女兒之言卻讓范玨有了意動，他當年為了前程娶了勇毅侯的庶女，本以為靠著勇毅侯府，再怎麼也不會太差。誰知勇毅侯根本不疼范柳氏這個女兒，任由侯夫人使了手段將他們趕到了虞城縣，他在虞城知縣這個位置上一待就是十幾年。

范玨思索了一陣，對女兒道：「瑾兒，妳真的認為妳外祖父會提攜為父？」

范瑾道：「那當然了，要是日後岳丈的官職比不過女婿，不僅父親被人嘲笑，外祖父也沒面子啊。」

聽她說得這麼直白，范玨不自在的咳嗽了兩聲。

范柳氏也道：「我覺得瑾兒說的有道理。」她看向范玨，忍不住埋怨。「都怪你沒本事，讓我在姐妹中抬不起頭來，當年又醜又笨的柳香枝都成了正四品恭人，只有我連個誥命都沒有。」

被妻子直言沒出息，范玨臉上快掛不住了，范柳氏見好就收。「老爺，我們只有瑾兒一個孩子，也沒個兄弟撐腰，我是不願她嫁進高門大戶的，如今她看上了凌績鳴，我倒覺得不錯。凌績鳴家世上比不過我們瑾兒，若是娶了她，必不敢亂來，畢竟瑾兒是勇毅侯的外孫女，那凌績鳴要是聰明，就不會虧待瑾兒。」

范玨這些年一直被范柳氏壓著，妾室姨娘一個也沒有，范柳氏只生了范瑾一個，夫妻倆把范瑾當成眼珠子看待，將她寵成刁蠻驕縱的性子。兩人都覺得，女兒只有低嫁才能過得好。

夫妻倆一合計，決定順著女兒，讓女兒從凌績鳴身上下手，一改之前的威逼利誘，要讓凌績鳴心甘情願的求娶范瑾。

范柳氏派人打聽到了凌績鳴租住的地方，花錢將隔壁的宅子買了下來，讓范瑾帶人搬了進去，每日親送三餐給凌績鳴，一開始凌績鳴堅決不肯與她糾纏，也不吃她送來的飯菜，范瑾卻一改往日驕縱的作風，親自下廚為他做飯。

凌績鳴見到她放下身分為自己做飯，態度不由得軟化了幾分，甚至主動勸她不要在自己身上浪費時間。范瑾卻仍不肯放棄，凌績鳴無可奈何，也就不再多說，只每日往縣學去得頻繁了些。

又過了幾日，張元清將幾個得意門生喊到了縣學，考校他們最近苦讀的成果。

凌績鳴每日都能向先生請教，自己又勤學苦練，自然輕鬆過關。而姜裕成向來優秀，一篇《時事政論》句句道中要害，張元清認為，只要考場清明，以姜裕成的才學，定能進入前十名。另外幾個學生也都不錯，不過要在會試中勝出，還需要再努力一些。

姜裕成的《時事政論》被恩師誇讚，凌績鳴不由得對這位相交甚好的同窗多了幾分嫉妒。他認為這次自己落入下風是因為不夠勤奮，於是回到住處後，除了吃喝拉撒，將心思全部都用在了讀書上。

也許是將自己逼得太緊，在淋了一場小雨後，凌績鳴病倒了。

這可急壞了范瑾，連忙派人去請大夫，大夫把脈後道：「舉人老爺憂思過重，再加上淋雨受涼，看著才嚴重了些，老朽開幾味藥，喝下去發發汗便能好轉。」

范瑾聽了急忙催促：「那你趕緊開方子呀。」

大夫見狀立刻提筆開了藥方，范瑾吩咐梅枝跟著大夫去藥鋪抓藥，自己則留下親自照顧凌績鳴。

凌績鳴臉色蠟黃，沒有一絲血色，嘴唇蒼白乾裂，與之前清俊文雅的模樣顯得大相徑庭，看起來還有幾分狼狽，但就是這樣的他，反倒比平常看著要平易近人一些。

范瑾就這樣一瞬不瞬的盯著他看，她也不知道為什麼自己會喜歡這個男人，明明他總是對自己避之不及，又不是什麼王孫公子，她怎麼就無法自拔的陷進去了呢？

她的思緒飛到了第一次見到他的時候，那天她爹設宴宴請中舉學子，她躲在屏風後偷看，凌績鳴俊美的樣貌在一群舉子中鶴立雞群，當時她就覺得，長得這麼好看的男人應該屬於自己。

宴席結束後，她爹問她看中了誰，她說出了他的名字，她爹卻十分反對，只因他已有妻室，但范瑾不想放手，她從小到大，只要看中了的東西，費盡心思也要得到。

這些日子她就住在他的隔壁，多多少少對他也有了一些瞭解。他人聰明又有才華，對她也沒有算計和巴結，她不禁對他更加愛慕了。

「水……水。」一道沙啞的聲音打斷了范瑾的沈思，原來是凌績鳴醒了想喝水。

她連忙倒了一杯熱水給他，喝完水後，凌績鳴又昏昏沈沈的睡了過去，睡夢中感覺到有人在幫自己擦汗，等再次醒來時，就看見范瑾端著藥走了進來。

「二郎，你醒了。」她輕聲道：「正好該喝藥了。」

說著將托盤放到桌上，自己則端著藥來到凌績鳴的床前。凌績鳴一瞬不瞬的盯著她，心裡卻是思緒萬千。

「范姑娘，其實妳不必為我做這些的。」他啞著嗓子道：「凌某何德何能，竟得知縣千金侍奉湯藥。」

范瑾笑了。「那是因為我喜歡你，所以才願意對你好。若是換了其他人，又與我有何干係？」說著便舀了一勺藥遞到他嘴邊。「二郎，這藥是我親自熬的，喝了以後風寒才能痊癒。」

凌績鳴只好張嘴喝了，范瑾又繼續餵他喝藥，一碗藥很快便見了底。喝完藥後，范瑾扶著他躺下，還替他掖了掖被角，然後才端著托盤出去。

接連幾天，范瑾都親自照顧著凌績鳴，熬藥、煮粥都不假於人手。在她的精心照顧下，凌績鳴很快就好了起來。

這天，就在凌績鳴喝完最後一碗藥後，遞碗的時候，碗沿不小心碰到了她的手腕，只聽她「啊」了一聲，接著滿臉痛苦的捂住手腕。

凌績鳴見狀連忙問道：「范姑娘，妳沒事吧？」

范瑾咬著唇搖頭，表示自己沒事。

「那能給我看看嗎？」凌績鳴接著要求。

范瑾只好鬆開手，輕輕掀開袖子將手腕露了出來。在看到她手腕上那個又大又亮的水泡時，凌績鳴愣住了，過了好一陣才問：「這是怎麼回事？」

范瑾連忙將手縮了回來。「沒事，就是熬藥的時候不小心燙到了。」說完，也不給凌績鳴說話的機會，急急忙忙的離開了房間。

凌績鳴望著她的背影，這一刻他的心亂了。

范瑾回到自己的房間後，撩開袖子看了一眼水泡，忍著疼用銀針戳破，一股黃色的膿水立即流了出來。她用帕子將膿水擦乾淨，然後又自殘似的在破皮處狠狠搓了兩下，疼痛讓她不由得倒吸了一口涼氣。

梅枝進來時，正好看到她在蹂躪傷口，嚇得大聲道：「姑娘，千萬別碰傷處，可是會留疤的。」

說話間急忙找出金瘡藥打算給她敷上，卻被范瑾制止了。梅枝不敢違背她的命令，只能乾著急的看著。

梅枝不知道，范瑾做這些就是為了留下疤痕，她這幾日為凌績鳴忙前忙後，總得讓他知道為了他，她吃了多少苦、受了多少罪，不然她的心思全都白費了。

好在凌績鳴不是一個鐵石心腸的人，在她將手腕露出來時，她如願從他眼裡看到了震驚和憐惜。接下來只要藉著這燙傷好好謀劃，她相信，這人很快就會被她收服。

范瑾預料得沒錯，凌績鳴得知她為了給他熬藥被燙傷後，心裡又是愧疚又是心疼，還專門去買了藥膏送來。

范瑾收下藥膏後，笑著朝他道了謝，接著又有些沮喪。「只希望我用了這藥膏有效果，不要留疤才好。」

「如果這個藥膏沒效果，我會去找效果更好的藥膏給妳。」凌績鳴急忙安慰她。

聽了他的話，范瑾卻突然揚頭問他。「二郎，若是我真的留了疤，沒人願意娶我怎麼辦？」

凌績鳴愣了愣，似乎沒有朝這個方向想過。

范瑾嘆了嘆氣，自嘲道：「我不該問你這個問題，畢竟這是我自己燙傷的，你沒有責任對我負責。」

她長相本是明麗動人的那一類，平日裡喜歡穿銀紅、杏黃等明亮鮮豔的衣裙，今日卻穿了一件領邊點綴一圈淺淺白毛的月白高領蘭花刺繡長襖，尤其是現下眉目輕蹙，更顯嬌媚柔弱。

凌績鳴突然脫口而出：「若真留疤，我願意負責。」

范瑾睜大眼睛看向他，似乎有些不敢置信。凌績鳴連忙道：「范姑娘，妳是替我熬藥才燙傷了手腕，我不能做一個忘恩負義的人。」

「可你已經娶妻，又如何對我負責？」

「我……我……」

面對她提出的問題，凌績鳴不知如何作答，為難之際卻又聽她道：「還是算了吧，我不用你負責。」

凌績鳴內心一片苦澀，他沈默了一陣，最後道：「范姑娘，如果妳願意，我可以認妳為義妹，日後再幫妳找一個疼愛妳的夫君，如果他敢嫌棄妳手上有疤，我會替妳好好的教訓他。」

聽了這話，范瑾頓時驚呆了，這與她的期望根本是風馬牛不相及，她要的是凌績鳴當她的丈夫，而不是什麼義兄。

到了這個時候，她也不想再扮柔弱了，橫眉怒目的瞪著凌績鳴，大聲道：「凌二郎，你明明知道我喜歡你，你卻要把我推給其他男人，難道你就這麼不想娶我？」

他想要辯解：「我、我不是……」

范瑾打斷他的話道：「我不管，我就要你對我負責。我不想當你的義妹，我要當你的妻子，你要是不答應娶我，我就一輩子不嫁人，一輩子為你守著。」

她情緒變得很激動，說著說著竟然哭了起來。

凌績鳴沒想到事情會越來越複雜，頓時有些手足無措。范瑾的哭聲落在他耳裡，他覺得自己似乎被人在心上砍了一刀，痛得他難受極了。

「妳別哭了。」他乾巴巴的安慰道。

范瑾卻越哭越凶，凌績鳴嘆了嘆氣，從懷裡掏出帕子輕輕的為她拭去淚水，察覺到他的動作，范瑾突然撲進他懷裡。

凌績鳴身體一僵，拿著帕子的手頓在半空中，范瑾緊緊的抱著他，將頭埋在他的胸口，他似乎聞到了她身上淡淡的香味，就是這股香味讓他不由得亂了心神。

深吸了一口氣，他將手輕輕的放到了她的背上，凌績鳴的回應讓范瑾欣喜萬分，環在他腰間的手又加大了幾分力道。

接下來的日子裡，范瑾加緊了對凌績鳴的柔情攻勢，只要凌績鳴在的地方，她總是風雨無阻的出現，就算是他去了縣學，她也會帶著梅枝在外面等著他下學，於是在一個下著大雪的冬夜，她與他以冬雪為盟，將彼此交給了對方。

眼看著天越來越冷，溫氏不免擔心獨身一人在虞城縣的兒子，她收拾兩件新做的棉衣和一些吃食，打算讓凌老爹送到虞城縣去。

就在凌老爹將要出發時，她想了想，還是決定跟著一起去看看，夫妻倆雇了村裡的牛車，頂著獵獵寒風去了縣上。當初兒子寄信回來說過，他租住在離縣學不遠的一處房子裡，凌老爹和溫氏到了虞城以後，向人打聽一番後，總算找到了兒子的住處。

只是挨著縣學最近的有兩處院子，他們不知道兒子到底住哪一處，兩人相視一眼後，走到了左邊那處院子敲門。

敲了幾下後，只聽到裡面有人在說：「來了，來了。」

隨即院門被打開，裡面站著一個腰圓臂粗的中年婦女，一雙銅鈴大的眼睛疑惑的盯著溫氏和凌老爹，嘴裡不客氣的問：「你們是誰，敲門幹什麼？」

溫氏以為她是租房子給兒子的房東，衝她哈了哈腰，笑著說：「大姐，我是來找我兒子的。」

中年婦女將溫氏和凌老爹上上下下打量了一番，接著面無表情的開始趕人。「要找人去其他地方找，這裡沒有妳兒子。」說完，砰的一聲將門關上了。

夫妻倆拎著一個大包袱，吃了一頓閉門羹，自從兒子中了秀才，再到中了舉人，溫氏還沒在外面受過氣，氣得她幾乎要破口大罵，還是凌老爹勸住了她，說：「妳就忍忍吧，這縣上不像小河村，不要在外面給兒子丟人。」

溫氏這才忍住了，她問凌老爹：「他爹，你說咱們兒子到底住在哪裡啊，這信上也沒寫清楚，這要到哪裡去找人啊？」

凌老爹也一籌莫展，早知道當初回信的時候就該問問。就在夫妻倆準備去敲隔壁的門時，那扇門突然被打開了，從裡面出來一個穿著銀紅色交領長襖的姑娘。

溫氏見狀連忙上前詢問：「姑娘，可是有一個叫凌績鳴的租住在此？」

那姑娘聞言皺了皺眉，不答反問：「你們是誰，找他作甚？」

溫氏一聽，似乎就是這家了，連忙笑著道：「那是我兒。我和他爹是來給他送東西的，煩請姑娘帶我們進去見見人。」

姑娘仔細打量了眼前這對老夫妻幾眼，也沒說要帶他們進去，只說要進去問一下，讓溫氏和凌老爹在外面等著。

此時凌績鳴正與范瑾在書房裡玩耍，范瑾畫了一幅紅梅映雪圖，鬧著要凌績鳴在畫上題詩，凌績鳴也想在心上人面前賣弄一番，稍作沈思便提筆寫了一首《寒梅頌》。

「寒冬風盡肆，凜冽紅梅開，紅白交相映，佳人踏雪來。」

范瑾小聲唸了一遍，臉上帶著嬌羞道：「讓二郎為紅梅作詩，二郎怎地將我也寫進去了？」

凌績鳴將人輕輕摟進懷裡，柔聲道：「在我心裡，瑾兒比白雪紅梅還好看。」

范瑾將頭埋在他胸口，心裡甜蜜極了。

外面寒風肆虐，屋裡卻暖意融融。梅枝站在門口，不敢敲門打擾兩人，過了大約半炷香的時間，想起還在外面等待的溫氏和凌老爹，梅枝壯著膽子敲了敲門。

「姑娘，凌公子，奴婢有事要稟報。」

范瑾從凌績鳴懷裡起來，有些不高興道：「進來吧。」

梅枝應了一聲是，接著推門進來。「姑娘，外面有一對自稱是凌公子爹娘的中年夫婦，奴婢不知真假，便回來稟報。」

凌績鳴急忙問：「妳看到那兩人是什麼模樣？」

梅枝簡要描述了一番，凌績鳴一聽就知道是自家爹娘，他對范瑾說了一句：「我出去看看。」然後，急匆匆往外走去。

范瑾臉色有些不好看，梅枝小心翼翼問：「姑娘，凌公子的爹娘來了，我們用不用躲一躲？」

范瑾瞥了她一眼，轉身在旁邊的凳子上坐下。「為什麼要躲，我就是要讓他的爹娘知道，我和二郎情意相投，那聶氏根本配不上二郎。」

梅枝討好道：「我們姑娘長得好，家世也好，奴婢覺得，除非是凌公子的爹娘瞎了眼才看不上您。」

話說完才發覺自己似乎說錯了話，在范瑾冷冷的目光下，梅枝連忙低頭認錯：「姑娘息怒，奴婢腦子進了水才胡言亂語，請姑娘饒了奴婢這回。」

范瑾沒有出聲，梅枝的頭埋得更低了。

這時凌績鳴領著溫氏和凌老爹進來了，書房裡燃著炭火，比其他屋子暖和的多。溫氏和凌老爹顯然是被凍壞了，進屋就朝著爐子跑去，以至於忽略了范瑾主僕倆。

凌績鳴面上有些尷尬，他拉著范瑾走到父母面前，介紹道：「爹，娘，這是瑾兒。」

溫氏和凌老爹這才抬頭看向與兒子站在一起的姑娘，兩人眼裡閃過驚訝，溫氏率先開口問道：「二郎，這位姑娘是……」

凌績鳴剛要說話就被范瑾打斷。「伯父伯母好，我叫范瑾，我爹是虞城縣的知縣范玨。」

聽她這麼一說，溫氏和凌老爹終於知道她是誰了。

凌老爹看向凌績鳴。「二郎，這是怎麼回事，知縣大人的千金怎麼會在這裡？」

凌績鳴看了范瑾一眼，道：「爹，我和瑾兒情投意合，我打算明年開春就去范府提親。」

「什麼？」

「提親？」

溫氏和凌老爹被他的話嚇了一跳，凌老爹臉色沈了下來。「那顏娘怎麼辦？她可是你明媒正娶回來的妻子啊。」

一聽這話，在場的幾人臉上都有些不好看了，尤其是范瑾，聽到顏娘的名字後，眼裡頓時蓄積了一片水霧。

凌績鳴不忍心上人受委屈，道：「爹，我不喜歡聶氏，我喜歡的人是瑾兒，我會給聶氏一封休書，然後再把瑾兒娶回家。」

凌老爹剛要說話，被溫氏搶先道：「對，早就該休了她，長得醜不說，連兒子都生不出來，我可不稀罕這樣的兒媳婦。」說著又拉著范瑾的手誇道：「我兒子一表人才，又有功名在身，跟知縣大人的千金正好相配。」

聽了她的話，范瑾羞澀的低下了頭。

再過幾日縣學就要停課放假，溫氏和凌老爹乾脆住下了，到時候跟兒子一塊兒回去。

自從知道了兒子和知縣千金好上了，溫氏臉上的笑容就沒消失過，整天念叨著要儘快休了顏娘，然後好將范瑾娶進門。

凌老爹不耐煩她天天說起這事兒，沒好氣道：「這事要真那麼容易就好辦了。聶家雖然不是什麼大戶人家，但也不是那麼好惹的，若二郎真要休了顏娘，聶家人會願意？」

溫氏不以為然道：「不願意又能怎樣，我兒子是舉人，我未來親家是知縣大人，那聶家要是識趣的話，就乖乖把人領回去。」

凌老爹瞪了老妻一眼。「二郎是有舉人功名，但這事兒鬧大了，對他的名聲有影響，畢竟是我們家對不住聶家在先，就算知縣大人肯把女兒嫁給二郎，難道他還能不讓人說閒話？」

溫氏急了，連忙問：「那怎麼辦？二郎的名聲千萬不能受影響。」

凌老爹沈思了一陣道：「為今之計，只能讓顏娘自己提出和離。」

「不行，憑什麼和離，聶氏長成那副鬼樣，連兒子都生不出來，還有臉提和離，只能讓二郎休了她。」溫氏尖聲反駁。

凌老爹道：「妳懂個屁，如果顏娘自己提出和離，對二郎造成的影響比休妻要好得多，妳要是真為了二郎好，就不應該扯他的後腿。」

溫氏這才冷靜下來。

夫妻倆又說了半晌話，都是在商量如何解決顏娘和凌績鳴和離的事情。

臘月二十，因連日的大雪，縣學提前停課放假，張元清也要回隔壁縣的老家過年，凌績鳴、姜裕成幾個跟著他讀書的也都要各自回家。

一大早，凌績鳴就帶著爹娘回到了小河村。這幾日兩個當家的不在家，顏娘、海棠以及凌三娘別提過得多麼舒心。

尤其是凌三娘，自從上次和金二郎的婚事沒了著落以後，溫氏時不時就在耳邊數落她，弄得她瞧見自個兒親娘就煩。這幾天沒人在她面前嘮叨，凌三娘覺得整個世界都清靜了。

現下爹娘回來了，她心裡沒來由的多了幾絲煩躁。

顏娘和海棠倒不像她那麼煩心，這個家本來就是溫氏和凌老爹當家作主，他們回來與否任何人都沒權利反對。

不過，對於顏娘來說，凌績鳴回來她還是很高興的，滿滿已經有兩個多月沒見到父親，她還是想女兒能夠多見見親爹。

滿滿被顏娘養得很好，才三個多月就知道認人，凌績鳴回來後，顏娘抱著她指著凌績鳴道：「滿滿快看，那是妳爹爹。」

滿滿似乎聽懂了，順著她指的方向看過去，看了兩眼後，突然朝著顏娘咧嘴笑了。

顏娘笑著逗她。「滿滿還記得爹爹嗎？走，我們讓爹爹抱抱。」

說完便抱著女兒走向凌績鳴。

凌績鳴喜歡上嬌俏可人的范瑾後，再看顏娘時就覺得自己當初一定昏了頭，才會答應娶這樣的女人。他不想看見顏娘，連帶著對唯一的女兒也沒有好臉色，更別提抱她了。

他想的是，女兒以後范瑾會給他生，眼下這一個他不稀罕。

看到丈夫不願意抱女兒，顏娘的臉色白了白，她直覺凌績鳴出去了兩個月回來就變了，以前雖然也對自己不待見，但對滿滿還是疼愛的。

她抱著女兒心不在焉的回到房間，看著一個人在床上蹬手蹬腳玩得開心的滿滿，顏娘覺得，她一定要弄清楚凌績鳴到底遇到了什麼事情。

她喊來海棠，讓她幫忙留意溫氏和凌老爹之間的交談，有關於凌績鳴的事情都來跟她說，海棠連忙應下了。

溫氏被凌老爹警告過，在家裡不要提起任何關於范瑾的事情，連小女兒凌三娘也不許透露。溫氏本就不是藏得住事兒的人，憋了幾天後，對顏娘和滿滿越發沒有好臉。

在她看來，若不是顏娘占住了凌家兒媳婦的位置，她的二郎早就把知縣千金娶進門了。但她還記著不能輕舉妄動，於是只好請了大女兒回來，讓她幫忙想想辦法。

凌元娘得知弟弟跟知縣千金好上了，驚訝了好一陣才回過神來。「我就說嘛，憑二郎的才學和長相，就是千金小姐也是娶得的。」

溫氏點了點頭。「我和妳爹也覺得，二郎配知縣千金正合適。」她嘆了口氣又繼續道：「元娘，妳打小主意就多，娘問問妳，怎麼才能休了聶氏，又不影響妳弟弟的名聲？」

聽了這話，凌元娘開始思索，過了一會兒她眼神亮了亮，道：「娘，咱們就說聶氏背著弟弟偷漢子怎麼樣？正好前幾日你們不在家，就說聶氏把姦夫喊到了家裡，被你們回來發現了，凌家容不得這種兒媳婦，所以才要二郎休妻。」

「不行不行。」溫氏想都沒想就拒絕了。「要是聶氏偷漢子，妳弟弟臉上會好看？人家只會嘲笑他連婆娘都管不住，還不如直接休了聶氏。」

凌元娘一想似乎是這個道理，很快她又有了主意。「這樣吧，娘妳現在就開始裝病，讓聶氏在妳床前侍奉，妳就使勁的折磨她，她受不了自然會反抗，到時候妳就以她不孝為由，讓二郎休了她。」

行。」

聽說要裝病，溫氏堅決不同意。「這都快過年了，我裝病不是咒自己嗎，這個法子不行。」

凌元娘無奈道：「娘，這也不行，那也不行，妳還讓我給妳出主意幹什麼？」

溫氏道：「還不是怪妳的法子不好，不是讓妳弟弟戴綠帽子就是讓我咒自己，我要是同意了才真是傻。」說完又催促女兒想辦法，凌元娘想了一會兒，眼前突然浮現出一張白白嫩嫩的小臉，頓時有了主意。

「娘，妳不是不喜歡聶氏生的女兒嗎？那我們就從她女兒下手。」

溫氏心裡一驚，連忙問：「什麼意思？」

凌元娘湊到親娘耳邊嘀嘀咕咕說了好一陣，溫氏被嚇得心驚肉跳。

「元娘，滿滿那丫頭可是妳弟弟的親骨肉。」

凌元娘不在意的道：「娘，妳看聶氏那副鬼樣，她生的女兒能好到哪裡去？丟的還不是凌家的臉。再說了，二郎就要娶知縣千金了，以後別說一個孫女了，就算是孫子也會有的。」

溫氏還是有些猶豫，凌元娘又下了一劑猛藥。「娘，妳可是跟我說過，二郎跟那范瑾有了夫妻之實，說不定她肚子裡已經有了我們凌家的骨肉，妳要是再不抓緊時間，小心沒了親孫子。」

這話一出，溫氏也不猶豫了，拍了拍大腿，下定決心道：「好，就這麼辦。元娘，妳弟弟能不能娶知縣千金就靠妳了。」

凌元娘自然滿口答應。

凌元娘出去的時候，溫氏又叮囑道：「千萬別讓妳爹和弟弟知道了。」

凌元娘點了點頭。

第二日，她回了夫家一趟，藉口兒子想外公外婆了，帶著兒子孫棟來了娘家。孫棟三歲多一點，長得虎頭虎腦的十分可愛，他不像母親那麼勢利自私，見到比自己小很多的妹妹後，還開心的將自己荷包裡的小點心分給她吃。

顏娘見狀，連忙道：「謝謝棟兒，妹妹還小，不能吃點心。來，舅母這裡有一塊飴糖，你拿去吃吧。」

孫棟見了飴糖，連忙伸手拿了揣進自己荷包裡。這一幕正好被凌元娘看見，她招手將兒子喚了過去。「棟兒，你把糕糕給妹妹吃了沒有？」

孫棟搖了搖頭。「妹妹小，不能吃糕糕。」

凌元娘哄他。「糕糕很軟的，妹妹可以吃。」

孫棟再次搖頭。「舅母不讓我給妹妹吃。」

「那你悄悄給她吃啊。來，娘這裡還有一塊糕糕，你一會兒就去餵給妹妹吃，要是你做到了，娘回去獎勵你五顆松子糖。」

孫棟眼睛亮了，他吃過松子糖，比飴糖好吃很多，他點了點頭。「娘，我一定餵妹妹吃糕糕。」

凌元娘這才放他去玩。

接下來，她跟溫氏分別將顏娘和海棠絆住，不讓她們有機會去看滿滿。顏娘擔心女兒，好幾次想要回房，都被溫氏找理由留下了，顏娘心裡著急，卻被溫氏攔著不讓走。

海棠那邊也是，凌元娘讓她和凌三娘一起幫她做事，凌三娘做了一會兒想偷懶，便趁著她不注意悄悄溜了出去，凌元娘的心思全在海棠身上，根本就沒發現妹妹不在這裡了。

凌三娘偷溜出去後，轉頭去了西廂房看小姪女，她剛走到門口，就看到孫棟正捏著一塊白色的東西往滿滿嘴裡塞，嚇得她趕緊跑上前。

「棟兒，你在幹什麼？」也許是她看著比平時嚴厲，孫棟被嚇到了，結結巴巴道：「我……我給……妹、妹妹餵糕糕。」

凌三娘瞪了他一眼。「妹妹那麼小，誰叫你給她餵這個的，是不是想挨揍了？」

孫棟怕挨揍，連忙把手裡的點心遞到凌三娘的嘴邊，討好道：「給小姨吃糕糕，不要打棟兒。」

凌三娘聞言一下子笑了，她咬了一口點心，柔聲道：「棟兒是個好孩子，以後可不許這麼做了。」

孫棟連忙點頭。

凌三娘吃完點心後，見滿滿睡得正香，於是帶著孫棟去外面玩，走了不到兩步，突然覺得肚子絞痛無比，接著就是頭暈目眩，眼前一黑倒在了地上。

孫棟見小姨突然倒地，愣了一下後嚇得大哭，最先聽到哭聲的是溫氏和顏娘，兩人急急忙忙丟下手中的事情跑了過來。

「棟兒，你在哭什麼？」溫氏一邊跑一邊喊，等到了現場，看到倒在地上的女兒，溫氏急白了臉。「這是怎麼了？三娘，三娘，妳可別嚇娘啊。」

這時，凌家的男人們也聞聲趕來，看到凌三娘這個樣子，凌績鳴扔下一句「我去請大夫」後急匆匆的跑了出去。

凌老爹對溫氏和顏娘道：「妳們快把三娘弄到屋裡去，一會兒大夫來了，人還躺在地上像什麼話。」

溫氏和顏娘連忙將凌三娘抬回屋裡的床上。

凌元娘聽到西廂房那邊傳來的哭鬧聲，心裡想著肯定是聶氏的女兒出事了，她看了一眼心急如焚的海棠，故意磨蹭了一會兒才道：「不知道那邊出了什麼事，我們也過去看看。」

她話音剛落，海棠就跟一陣風似的跑了出去。

凌元娘比海棠落後幾步，她到門口的時候，只聽到溫氏哭天搶地的喊聲，心裡不禁疑惑，難道聶氏傷心的暈過去了，怎麼不見她出聲呢？

正這麼想著，忽地聽裡面傳來顏娘的聲音。「娘，夫君已經去請大夫了，三妹她不會有事的。」

凌元娘猛地抬起頭，三娘？三娘怎麼了？

她急忙走進去，一眼就看到躺在床上昏迷不醒的親妹妹。

「娘，到底發生什麼事了，三娘她怎麼了？」她焦急的問道。

溫氏哭著說：「我在東屋聽到棟兒在哭，跑過來一看就見三娘躺在地上，怎麼喊都喊不醒。」

凌元娘又問：「請大夫了嗎？」

「二郎去請了。」

正好這時候凌績鳴帶著村裡的吳大夫來了，溫氏趕緊讓開位置讓吳大夫給女兒看診。吳大夫診完脈後，又翻開凌三娘的眼皮看了一眼，道：「三娘這是中毒了。」

「中毒？三娘怎麼可能中毒？」溫氏大喊了一聲，似乎有些不敢置信，她立即看向大女兒，臉上滿是驚愕。

凌元娘怕她露餡，急忙道：「娘，現在最要緊是給三娘解毒，至於怎麼中毒的，等三妹醒了再說吧。」

溫氏這才如夢初醒，對吳大夫懇求道：「吳大夫，求你救救我的三娘。」

吳大夫道：「三娘這毒倒不是很嚴重，老夫開副藥，熬了喝上六天便可清除體內毒素。」

聽了大夫的說法後，凌績鳴忍不住問道：「既然中毒不嚴重，為何我妹妹昏迷不醒？」

「可能是受驚過度。」吳大夫解釋：「三娘年紀小，從未有過中毒的經歷，可能一時驚慌便暈厥了。」

吳大夫的話讓凌家人都有些不敢置信，凌老爹最先回過神，等吳大夫寫完藥方後，又快馬加鞭的去鎮上藥鋪抓藥。

凌三娘醒來的時候，天已經黑了，她覺得整個人暈乎乎的，就跟喝醉酒一樣。見她醒了，守在床前的海棠連忙將所有人喊了過來。

溫氏來得最快，剛走到門口就迫不及待的問：「三娘，妳醒了，有沒有哪裡不舒服？」

凌三娘疑惑的看向她。「娘，我這是怎麼了？」

凌老爹這時也進屋來了，語帶責備道：「妳這是中毒了！妳這丫頭到底吃了什麼東西，怎麼就中毒了呢？」

中毒？凌三娘腦子亂了，她怎麼會中毒？她從早上到現在，除了外甥孫棟的那塊點心，她哪裡吃過其他東西？

對了，外甥給她吃的點心！

突然之間，她想到了什麼，臉上多了一絲驚惶。

「大姐，棟兒吃的米糕是哪裡來的？」凌三娘臉色難看的盯著自家大姐。

凌元娘被她盯得有些心慌，故作鎮定道：「還能是哪裡來的，當然是在外面買的啊。」

凌三娘一聽，不顧頭還暈著，焦急道：「那米糕吃不得，我就是吃了這個米糕才中毒的。」說完還怕他們不信，繼續道：「我看到棟兒要餵滿滿吃米糕，訓了他兩句，他怕我揍他，於是把米糕分給我吃了，我吃完後肚子絞痛，眼前一黑就什麼都不知道了。」

這話一出，猶如平靜的湖面被人扔了一顆石子，盪起了一圈圈的漣漪，所有人的視線都落到了凌元娘身上，凌元娘只覺得芒刺在背，恨不得立即離開這裡。

而顏娘在聽到孫棟給滿滿餵米糕時，嚇得差點軟了腿，也不顧小姑子才醒，急忙跑回去看女兒，見到女兒睡得香甜時，心裡的大石才落了下來。她輕輕的撫了撫女兒白嫩的臉蛋，眼眶一下紅了。

她不敢想，要是女兒今天吃了米糕，結果會怎樣，三娘那麼大的人，吃了一小塊就睡了好幾個時辰，要是換了她的滿滿，說不定連命都沒了。

哭了一會兒，她擦乾眼淚回到凌三娘的屋裡，凌老爹正在追問大女兒那米糕在哪裡買的，凌元娘一會兒說是在鎮上買的，一會兒說是親戚蒸了送給她婆婆的。

她嘴裡沒有一句實話，凌老爹結合小女兒的話，哪還有什麼不明白的，今天這些事都是長女在搞鬼。他狠狠的瞪了凌元娘一眼，吩咐凌績鳴：「二郎，馬上把你大姐和外甥送回孫家去。」

凌元娘聽了不滿道：「爹，你竟然要趕我走？」

凌老爹冷著一張臉。「元娘，妳已經嫁人了，不能老是往娘家跑，不然親家那邊該有意見了。」

凌績鳴差不多也知道大姐在小妹中毒這件事裡插了一手，雖然最終的目的不是凌三娘，但這狠毒的心思著實讓人害怕。

「大姐不能走。」顏娘突然出聲制止。「三娘剛剛說了，棟兒要餵滿滿吃米糕被她發現，她誤食米糕後才中的毒。如果三娘沒有阻止，是不是今日中毒的就是滿滿？」

她恨恨的盯著凌元娘，一字一句的問：「大姐，妳是想借棟兒的手毒死我的女兒，是不是？」

凌元娘被她盯得心裡發怵，想要反駁，卻一句話也說不出來。

「聶氏，妳胡說什麼？妳大姐怎麼會有那種心思？」溫氏急忙幫凌元娘開脫。

顏娘又將矛頭對準她。「如果我沒猜錯，娘也有份吧？平時最討厭看到我，今天卻一直讓我跟在身邊。我想去看滿滿，妳總是指使我做這做那，讓我根本脫不開身，是不是就是為了製造凌元娘害我女兒的機會？」

溫氏從未見過顏娘發怒的樣子，乍一見還沒反應過來，倒是凌績鳴生了惱意，呵斥顏娘：「胡言亂語，娘和大姐怎麼會害滿滿？我看妳是瘋了吧，才會說出這樣大逆不道的話。」

顏娘聞言冷笑了兩聲，指著他大聲道：「凌績鳴，事情的真相到底是什麼，你心裡應該清楚。」

這是她第一次大聲喊他的名字，以往顏娘總是自卑，覺得凌績鳴迫於婚約娶了自己，對他一直懷著愧疚之情，哪怕他從一開始就沒有掩飾過對自己的厭惡，她在他面前一直是恭順守禮的。

就連上次范瑾氣得她早產，她也從未出言怨懟過，只是希望他能給予女兒幾分寵愛，對她是好是壞都無所謂。

但人都是有逆鱗的，滿滿就是她的逆鱗，溫氏和凌元娘意圖毒害滿滿，觸碰到了她的逆鱗，她再也不願意忍氣吞聲。

「聶氏，妳還有沒有規矩了？」有兒子撐腰，溫氏又成了往日那個尖酸刻薄的溫氏，她指著顏娘的腦門道：「你們聶家就是這樣教養女兒的嗎？竟然敢冤枉姑姐、頂撞婆母、不敬夫婿，我看合該給妳一封休書，讓妳滾出我們凌家。」

「總算是露出你們的真面目了。」顏娘面帶嘲諷的將溫氏、凌元娘、凌老爹以及凌三娘全都看了個遍，最後視線落在凌績鳴身上。「想必你早就跟那位千金小姐勾搭在一起了吧，所以才迫不及待讓你娘、你大姐來害我的女兒，就是想逼我去死，然後給她騰位置是不是？」

凌績鳴被她逼問得顏面無光，怒斥道：「不知所謂。」

不得不說，顏娘這一番話的確說中了溫氏和凌元娘的心思，她們原本就是這個目的。滿滿是顏娘的命，如果滿滿沒了，顏娘不死也會瘋，到時候就能解決掉顏娘這個麻煩。

溫氏和凌元娘相視一眼，竟然都沒有反駁，她們想的是反正已經撕破臉了，沒必要再繼續掩飾。

溫氏道：「若不是我們家老太爺與妳爺爺定下了婚約，就憑妳這個樣子能嫁到我們凌家來？妳若是識趣的話，自己滾回娘家去，還能留得幾分顏面。」

凌元娘也道：「我娘說得對，妳若是有自知之明，就知道怎樣做才對妳有利。」

凌三娘聽了大半天，這時候才明白，原來所有的一切都是娘和大姐的算計，為的就是逼走顏娘。「娘、大姐，妳們到底在說什麼？二嫂哪裡不好了，妳們要逼她走？」

她又朝著凌老爹道：「爹，你快勸勸她們啊，咱們一家人好好的不行嗎，為什麼非得要鬧到這樣難堪的地步呢？」

凌老爹沒有吭聲，妻子和大女兒指使外孫給孫女餵有毒的米糕，這事已經暴露在顏娘面前，就算他在中間和稀泥，兩邊都不可能接受。

他看了顏娘一眼，放緩了語氣。「顏娘，是我凌家對不住妳，妳放心，我絕對不會讓二郎休了妳。只是妳也看到了，事情鬧到這個地步，已經無法收場，不如妳和二郎和離吧。」

在他看來，允許顏娘與兒子和離，是對顏娘最大的善意。

顏娘卻不這麼認為，聽到和離兩個字後，她心涼了半截。

凌家的這些人，總算說出了他們最終目的，她不蠢不笨，當然知道凌老爹為什麼要提議自己與凌績鳴和離，說來說去還是為了保住凌績鳴的名聲罷了。

「那滿滿呢？」她問：「我要是跟你兒子和離了，我的女兒怎麼辦？」

「滿滿是我們凌家的孩子，我們是不會虧待她的。」凌老爹不假思索地回答。

顏娘卻難以接受，只要一想到她十月懷胎生下的女兒，日後要一個人留在凌家，爹不喜、爺奶不愛、還有個繼母虎視眈眈，她就心疼得喘不過氣來。

不行，就算是和離，她也不能離開滿滿。

顏娘慢慢冷靜下來，用帕子擦乾臉上的淚水，斬釘截鐵道：「要我答應和離也行，但我有兩個條件。」

「妳別蹬鼻子上臉，讓妳跟二郎和離已經算是妳佔便宜了，妳竟然還有臉提要求？」溫氏聞言怒道。

顏娘卻嗤笑道：「那好啊，妳讓他寫休書休了我啊。我倒要看看，妳兒子前腳才休了我，後腳就把知縣千金娶進門，他這讀書人的名聲還要不要了？」說著又指著凌元娘道：「還有妳這大女兒，唆使幼子給親姪女餵毒米糕，要是傳了出去，孫家是否還能容得下她？外面的那些人又會怎麼看待你們凌家的教養？」

「妳敢！」

「二嫂！」

溫氏與凌三娘齊齊出聲。

顏娘看著小姑子焦急的神情，安慰道：「三娘，妳是個好姑娘，就算我離開了凌家，也不會將妳娘和大姐犯的錯遷怒到妳身上。」

「二嫂，妳能不能不要怪我大姐，若是被孫家知道她做了這樣的事情，那孫婆子會讓姐夫休了她的。」凌元娘同婆婆關係不好，凌三娘憂心孫婆子會借此打壓凌元娘。

顏娘搖了搖頭。「如果妳爹娘答應我的要求，我自然不會出去亂說，若是他們不肯，就怪不得我了。」

這話顏娘是對凌三娘說的，眼睛卻盯著凌老爹，等著他作決定。

顏娘不是個與人為惡的性子，但她知道，這個時候自己要是不硬氣些，恐怕真的會被凌家人吃得連骨頭都不剩。

凌老爹沈思著，過了許久才聽到他說：「好，我答應妳，說說妳的條件吧。」

聽他答應了，顏娘也不再磨嘰，直接道：「第一，我要帶走滿滿和我的嫁妝。第二，我要海棠的賣身契。」

在顏娘看來，這兩個條件並不苛刻，她要求的不多，只要能跟女兒在一起就很滿足。至於海棠，這丫頭當初為了她得罪過范瑾，若是留在凌家，日後等范瑾嫁進來，海棠的日子就難過了。

海棠沒想到顏娘會提到自己，她感激的看了她一眼，心裡卻欣喜極了，只是礙於凌家人在場，不敢表現得那麼明顯。

凌老爹一聽顏娘要帶走滿滿，下意識的就要拒絕，卻聽溫氏湊到他耳邊道：「他爹，不就是一個丫頭片子嘛，她要就給她，現下最要緊的是把二郎正妻的位置騰出來。」

海棠嘛，一個小丫鬟，值不了幾個錢，等知縣千金嫁進來，還怕沒有奴婢使喚嗎？

凌老爹覺得溫氏說的有道理，不過他卻不像溫氏那麼迫不及待的想答應，而是意有所指道：「滿滿姓凌，若是讓妳帶走，我們凌家豈不是要被外人嘲笑連個孫女都養不起。」

顏娘一聽沈了臉，大聲道：「怎麼，你們想反悔？」

說完以後發現有些不對勁，聽凌老爹這語氣似乎在同她講條件。

她慢慢的讓自己冷靜下來。「你們怎樣才肯讓我帶走滿滿？」

凌老爹道：「妳必須把嫁妝留下，不然別想帶走我凌家的孫女。」

這句話一出口，顏娘很震驚，她沒想到公公竟然在打她嫁妝的主意，她不敢置信的看了他一眼，第一次覺得她這個公公並不如表面上那般正直。

「妳那嫁妝裡有一半都是我凌家的聘禮，另外一半雖然是娘家為妳準備的，但妳帶走了我凌家的血脈，那些東西就當是對凌家的補償。」

顏娘見他把賣孫女說得那麼冠冕堂皇，覺得這人也太無恥了。縱觀凌家這些人，除了凌三娘善良直爽外，溫氏尖酸刻薄、愛慕虛榮，凌老爹虛偽無恥、凌績鳴狠心無情、凌元娘陰險毒辣，有這些人在，她真的不敢把滿滿留在凌家。

她雖然拿凌元娘毒害滿滿這事要脅他們，但她害怕的是他們狗急跳牆，若是拚著不顧凌元娘的名聲也要留著滿滿，到時候就真的無路可走了。

「好，嫁妝我不要了，我只要滿滿和海棠。」顏娘思索再三，最後作出了讓步。

見她答應了，凌老爹便讓凌績鳴寫和離書。

凌績鳴聽到顏娘不要嫁妝，只帶滿滿和海棠走，有些不敢相信。到底他是滿滿的親父，覺得顏娘不要嫁妝，怎麼能養好女兒，於是跟凌老爹道：「爹，讓她把嫁妝帶走吧，滿滿畢竟是我的女兒，還要靠她的嫁妝養活。」

凌老爹卻道：「聶顏娘有一雙巧手，怎麼會養不起滿滿？倒是你，讀書都讀傻了，我要是不扣下她的嫁妝，你難道要空著手去范府提親？」

聽了這話，凌績鳴便閉口不提要歸還顏娘嫁妝的事情，他提筆寫下和離書，讓顏娘簽了字，只等明日拿著和離書去縣衙登記。

簽好和離書後，顏娘又拿了海棠的賣身契，不想再跟他們同處一屋，她帶著海棠回屋收拾行李，溫氏則帶著凌元娘在一旁監督，生怕顏娘多帶了什麼東西。

顏娘也不惱，自顧自的收拾，除了自己平日裡的衣物和幾樣最普通的首飾，剩下的都是滿滿的東西。

「慢著。」凌元娘突然出聲道：「妳手上的東西不能拿走。」

她指的是顏娘手上那塊長命鎖，顏娘聞言氣笑了。「這是我娘給外孫女的滿月禮，這可不是我的嫁妝，為何我不能帶走？凌元娘，妳這吃相也太難看了一些。」

「妳……」凌元娘氣得說不出話來。

溫氏當然知道女兒的心思，當時聶大娘送來那塊長命鎖的時候，凌元娘就有些眼饞，畢竟那是實心的，比普通的長命鎖值錢得多。

但她不想在這個節骨眼上惹出麻煩來，便出言制止：「元娘，讓她拿走吧。」

海棠聞言對顏娘道：「顏娘姐姐，我就說嘛，凌家還不至於眼皮子這麼淺，連小孩子的東西都要扣著。」

這話一出，溫氏和凌元娘臉色齊刷刷的變了，只是她們也只敢罵咧幾句，不敢拿海棠怎樣，畢竟海棠已經不是凌家的奴婢了。

顏娘沒有接話，行李收拾完後，讓海棠回屋去整理自己的東西。

溫氏迫不及待的想將她們趕出去，冷聲道：「既然妳們已經不是凌家人了，也就不能再待在這裡，待會妳們便搬出去吧。」

意思就是要顏娘她們馬上離開。

這場鬧劇從酉時開始到戌時，天都已經黑透了，再加上外面寒風肆虐，這個時候出去極為不安全。

海棠還想說什麼，被顏娘制止了。

最後，她將滿滿包得嚴嚴實實的，捆在自己胸前，只留下一道小口子透氣，然後和海棠將最厚的棉衣穿上，揹著幾個大包袱毫無留戀的離開了凌家。

第四章

四周寂靜無聲，只有凜冽的寒風在呼呼作響，摸索著走了一段路後，顏娘有些氣喘吁吁，兩人在路邊找了個背風的地方歇息。

歇了一會兒正準備繼續走時，就聽到車軲轆壓過地面的聲音，兩人朝聲音傳來的方向看去，只見不遠處駛來了一輛馬車，馬車的車頭上還掛著兩個燈籠。

海棠羨慕道：「要是現在我們也能坐上馬車就好了。」

顏娘抿了抿嘴，沒有說什麼。

馬車離她們越來越近，顏娘和海棠往旁邊挪了挪，給馬車讓道。誰知那馬車竟然停了下來，車夫對裡面說了句什麼，就看見裡面的人掀開簾子探出頭來。

雖然天色很暗，但借著白雪反射的光亮，顏娘一眼認出那人是凌績鳴的同窗姜裕成，之前他們在凌家有過一面之緣。

「嫂夫人這是要回娘家？」見顏娘和海棠揹著兩個大包裹，姜裕成疑惑的問道。

顏娘有些侷促，她總不能說她被趕出凌家了吧，於是便胡亂的點了點頭。

姜裕成見她似乎有難言之隱，也不再多問，只說：「天色已晚，容我送妳們一程吧。」

顏娘下意識的想拒絕，卻聽海棠欣喜道：「多謝公子，公子人真好。」

姜裕成笑了笑，從馬車上跳下來，示意她們上車。

海棠率先爬上去，又讓顏娘把滿滿抱給她，姜裕成這才發現原來她胸前竟然還捆著一個襁褓，盯著顏娘的眼神便有些深思。

顏娘費勁的爬上馬車，坐進車廂後，不由得感嘆馬車裡比外面暖和得多，她看了一眼跟車夫坐在一起的姜裕成，心中滿是感激。

離開凌家時她就打定主意，日後不再和凌績鳴有任何關聯，誰知現在卻坐在了他同窗的馬車上。

車外寒風肆虐，她隱隱約約聽見車夫在問姜裕成為何要這麼好心，還說要是凍著了，自己回去不好交差。姜裕成說了什麼她沒聽到，只覺得眼皮似有千斤重，在馬車的搖晃下，竟慢慢睡著了。

「顏娘姐姐，快醒醒，咱們到了。」不知道過了多久，顏娘被海棠叫醒，慢慢地睜開了眼睛。

「顏娘姐姐，咱們到聶家了。」海棠又重複了一遍。

顏娘這才清醒過來，原來是到家了。

她連忙起身，將滿滿抱下馬車，海棠揹著包袱緊跟其後。

顏娘跟姜裕成道謝，姜裕成擺了擺手。「舉手之勞，不必客氣。」猶豫了一下，又道：「以後若是遇到這樣的天氣，就待在家裡吧。」說完朝她拱了拱手，一頭鑽進馬車裡。

波？

顏娘望著漸漸遠去的馬車，在心裡嘆道，若凌家有自己的容身之所，她又何苦連夜奔

家門近在眼前，她鼓起勇氣敲門，然而敲了好一陣都沒人應聲。

海棠冷得直發抖，問：「顏娘姐姐，他們會不會是睡得太沈了沒聽見啊？」

話音剛落，就聽到裡面有人在問是誰，是顏娘二哥聶二郎的聲音。

顏娘連忙道：「二哥，是我！」

聽到妹妹的聲音，聶二郎顧不得疑惑，連忙開門讓人進來。

「顏娘，妳怎麼回來了？」他看了一眼海棠和那幾個大包袱，不解的問道。「這大半夜的，又冷又睏，妳不在家睡覺回娘家幹什麼？」

顏娘有些尷尬，只好簡單的跟他說了實情，聶二郎聞言大驚失色，連忙將家裡人全部叫了起來。

顏娘說了與凌績鳴和離的事情，所有人都不贊同的看著她。

聶大娘沈聲問道：「顏娘，妳怎麼能同意和離呢？」

顏娘將事情的經過原原本本的說了出來，只沒說凌元娘想要毒害滿滿的事情。聶大娘聽了，忍不住捶了她兩下。

「妳這個蠢東西喲，怎麼能人家說什麼妳就跟著做，和離了不說，連嫁妝都沒帶回來，我怎麼就生了妳這麼個蠢貨喲。」

顏娘沒有躲，任由聶大娘打罵，柳氏和于氏一左一右拉開了婆婆。

柳氏皺眉問：「小姑，難道妳要把滿滿養在我們家？」

小姑子和離回娘家，還把與前夫生的女兒帶了回來，柳氏打心底裡不喜。

「大嫂，我不會用家裡的一文錢，我可以多接些繡活來做，賺的銀子一半交給家裡，做我和滿滿、海棠三個住在這裡的嚼用。」顏娘怕大嫂不同意，連忙解釋。

柳氏看了她一眼，沒有接話，心情稍好了些許。

另一邊，聶老爹正跟兩個兒子說顏娘的事情。「你妹妹出了這事，你們怎麼看？」

聶大郎氣憤道：「凌家欺人太甚，明天我和二郎就去找他們家說理去。」

聶二郎跟著點頭附和。「對！絕不能這麼算了。」

聶老爹鐵青著臉道：「聶家和凌家有兩位老太爺的情誼在，照理說不應該鬧得這麼難看，但他們家欺負你妹妹，深更半夜的趕人，太過分了，這口氣要是忍了，日後還不被人笑話我聶家的男人慫包？」

這一夜，聶家的男人女人們一夜未睡，都在商量著明日如何去凌家討個說法。

于氏一向心眼多，看了自家男人一眼，開口道：「爹、娘，那凌二郎畢竟有功名在身，明日咱們去為妹妹討公道，可千萬不能動手啊。」

聶二郎瞪了妻子一眼。「那聶家明擺著是欺我聶家無人，我定要給他兩拳，讓他知道我的厲害！」

于氏一聽急了。「二郎，你可不要胡來，萬一這一鬧，那凌家對咱家心存怨恨咋辦？我倒是不怕，只是咱們家的幾個孩子都在學堂讀書，要是因為這事波及到了孩子們，那就不好啦。」

這話一出，聶家父子三個沖上頭的熱血一下子冷了下來。自古以來就有民不與官鬥的說法，凌績鳴雖然是舉人，但依照大宴律法，舉人也是可以選官的，更不用提他還要去參加春闈，若是中進士當了官，聶家怎麼鬥得過凌家？

屋裡的氣氛變得怪異起來，最後還是聶大娘打破了寧靜，她咬牙道：「不能輕易的算了，那凌二郎既然以後要做官，那這官夫人的位置合該我們顏娘來坐，只有顏娘當了官夫人，才能看顧娘家子姪。」

柳氏最先同意婆婆的意見，她的大兒子讀書不行，但小兒子聰明伶俐，要是有個官夫人姑姑，以後還能沾沾光。

于氏本就是人精，見大嫂都同意了，她怎麼會落人後頭？聶家的男人們都聽女人的，於是第二日，聶老爹和聶大娘帶著兒子兒媳去了小河村凌家。

凌績鳴天一亮就帶著和離書去了虞城縣，虞城縣的知縣是他未來的老丈人，衙門有人好辦事，不到半炷香時間，他就與顏娘解除了夫妻關係。

范玨見他辦事俐落，高興的將人帶回了府裡。

佔自己的男人了。

范瑾得知凌績鳴已經同顏娘和離，心裡又得意又開心，以後總算不用看著那個醜女人霸

范府未來姑爺上門，范柳氏吩咐廚上多準備幾個菜，要留凌績鳴在府裡吃飯。凌績鳴與心上人好幾日不見了，於是高興的留了下來。

只是兩人才說了不到幾句話，就聽到有人來報，說是外面來了個小姑娘自稱是凌三娘，特地從家裡趕來找凌績鳴。

范瑾吩咐丫鬟將凌三娘請了進來。

「二哥，趕快回家吧，聶家那邊來人了，說是要給二嫂討個公道。」凌三娘見到親哥後，也不管旁邊的范瑾，只急急忙忙拉著他往外走。

凌績鳴看了范瑾一眼，一下子甩開凌三娘的手，呵斥道：「我同聶顏娘已經和離了，瑾兒才是妳的二嫂。」

凌三娘沒料到他會這麼做，氣道：「你還沒娶她呢，她算我哪門子的二嫂？」

說完這話，她才看清旁邊還站著一個人，這個人恰好她認識，就是上次害得顏娘早產的女人。

「二哥，你到底回不回？」凌三娘不耐煩的問道。

凌績鳴剛要說話，就聽范瑾說：「二郎，你回去吧，別讓小妹久等。」

凌三娘把她的話當做耳邊風，眼睛只盯著凌績鳴不放。

凌績鳴無法，只得跟著妹妹往外走。

兄妹倆還沒走到大門口，就聽到背後傳來一陣喊聲，回頭一看，原來是范瑾帶著丫鬟梅枝跟了過來。

「二郎，我不放心你的安危，讓我跟你一起去吧。」范瑾一副擔憂不已的樣子。

凌三娘皺了皺眉，不客氣道：「妳是誰啊，憑什麼摻和我們家的事？」還特意在「我們家」三個字上加重了語氣。

范瑾被她懟了也不生氣，反而是梅枝欲為主子出頭，但被范瑾制止了。

凌績鳴斥責了妹妹幾句，又替她向范瑾賠罪，范瑾笑了笑，表示自己沒有把凌三娘的氣話放在心上。

等他們回到小河村的時候，聶家人和凌家人已經僵持了好幾個時辰，兩家都不肯讓步，若非有人勸說，恐怕早就打了起來。

凌家院子外面突然來了一輛馬車，大家都探著頭往外看，只見凌三娘最先從車裡下來，接著就是凌績鳴。凌績鳴下車後，又朝著馬車伸了伸手，然後在所有人的注視下，扶著一個漂亮的年輕姑娘下了車。

村裡人哪裡見過如此漂亮的姑娘，頓時都很好奇這人是誰，又見她穿金戴銀，都認為她可能是有錢人家的小姐。

溫氏眼尖，第一眼就看到了范瑾，得意的對聶大娘道：「哼，妳知道我兒扶著下馬車的是誰嗎？那是虞城縣知縣范大人的女兒，告訴妳，我兒馬上就要娶她進門了，你們家那醜八怪別想糾纏我兒。」

這話一出，圍觀的村民便議論紛紛起來。

「我的乖乖哎，怪不得那姑娘長得跟仙子似的，原來竟是縣老爺的千金啊。」

「這凌家的二郎攀上了縣老爺的女兒，看來是要發達了。」

「你懂個屁，凌二郎是舉人，要是再考中了進士，說不定比縣老爺還威風，到時候誰靠誰還不一定呢。」

「這聶家要是識趣的話，就不應該來鬧。」

……

聶大娘聽到周遭的議論聲後，心中惱意更甚，她看不慣溫氏那得意樣，語帶嘲諷的吆喝道：「我就說，為何平白無故將我女兒趕回娘家，原來是急著給人騰位置。看妳著急的樣子，怕不是人肚子裡已經揣了你們凌家的野種吧？」

這話說出來可比之前曝出范瑾的身分還要驚人，四周突然安靜下來，看熱鬧的人都忍不住將視線投在了范瑾的肚子上。

「我與范姑娘清清白白，若妳再胡言亂語誣衊人，可別怪我不客氣。」凌績鳴見狀，氣急敗壞的同聶大娘爭論。

雖然他與范瑾早就成了好事，但他卻知道范瑾不可能在這個時候有孕，原因無他，只要他們歡好過，范瑾都會服用避子藥，所以她絕對不會懷孕。
聶大娘被他吼得一愣，自從凌績鳴與顏娘成親後，哪一次對自己不是恭敬有禮，像今天這樣呵斥還是頭一回，頓時覺得臉上有些掛不住。「凌二郎，你這話是什麼意思，老娘好歹也是你的長輩，你就是這麼跟長輩說話的？」
凌績鳴剛要開口，被溫氏搶了先。「我呸！我兒子和妳女兒已經和離了，妳算他哪門子的長輩？我勸妳啊，死了讓聶顏娘與我兒復合的心，早點給她找個婆家嫁了，免得留在家裡丟人。」
溫氏仗著兒子和范瑾在，威風又得意，聶大娘恨不得抓爛她那張臉，但她終究還是忍住了，畢竟溫氏有個舉人兒子，又有縣老爺的千金撐腰。
于氏心眼多，她見婆婆吃了癟，連忙跑到她耳邊低語了幾句，聶大娘的眼神亮了。
她清了清嗓子，質問凌績鳴道：「你們凌家有權有勢，我們自認不如。但是，顏娘是你凌家三媒六聘娶回家的，你們連她娘家人都不知會一聲，說和離就和離，就算走遍天下也沒這個道理，大家說是不是？」
她話音剛落，便有人跟著附和。
凌績鳴臉色變了變，沈聲問道：「你們想要怎樣？」
聶大娘瞥了范瑾一眼，對凌績鳴說：「你的心思我明白，無非就是嫌棄顏娘長得不好看，配不上你的一表人才，既然如此，那就由我聶家出錢，買兩個美貌的丫鬟伺候你，只要你同顏娘好好過日子就成。」

「不行。」

「不許。」

凌績鳴與范瑾齊齊出聲反對。

范瑾臉上掛著怒氣，朝凌績鳴道：「若你答應了這村婦的條件，以後就別再來找我。」

凌績鳴連忙安撫她。「瑾兒放心，我只要妳就夠了，別的女人我都懶得多看一眼。」

雖然兩人說話時故意壓低了聲音，還是被聶大娘聽到了，她毫不掩飾自己的鄙夷。「喲喲，怎麼，這就心疼上了？那我的顏娘呢，在你們家做牛做馬，還為你生了個女兒，如今被趕回娘家，除了我這個當娘的，還有誰心疼她？」

凌績鳴回過頭怒道：「我與聶氏已經和離了，這輩子都不可能再復合，妳要是心疼她，當初就不應該把她生下來。」

「你……」聶大娘被他氣得說不出話來。「不愧是讀書人，老娘說不過你，今天我就把話撂這兒了，你要是不給我交代，我就不走了。」

這時，聶老爹上前將老妻拉到自己身後，對凌老爹道：「親家，今天我們來凌家只想為顏娘討個公道，顏娘生成那副模樣，當初我們也沒臉讓你們家履行婚約，只想著時間久了，這事兒就這麼算了。

「誰知，凌家到底還是重諾之家，你帶著女婿親自上門求娶，當時便知道顏娘樣貌平庸，卻還是應了這樁婚事。如今，女婿卻因此嫌棄顏娘並與她和離，親家理應給我們一個說法。」

不管是凌家還是聶家，溫氏和聶大娘在家裡說一不二，但真正當家作主的還是男人們。凌老爹與聶老爹放任各自的妻子吵鬧，引來了看笑話的人丟了兩家的臉面不說，還讓事情僵持著無法解決。

無論如何事情都要解決，凌老爹便驅散了看熱鬧的鄉親，將院門關了起來，現在院裡只剩凌聶兩家人以及范瑾主僕。

凌老爹沈著臉問道：「聶老兄要怎樣才肯甘休？」

「眼下就有一個辦法，不知親家聽說過商戶人家兩頭大的說法沒有？」聶老爹摸了摸鬍鬚，道：「顏娘是正妻，知縣千金也是正妻，日後女婿做了官，一個留在家裡伺候舅姑，一個跟著他打理後宅，這樣不是兩全其美嗎？」

凌老爹聽他提出這樣的要求，心裡倒有些猶豫了，凌績鳴卻是不肯的，他不喜歡聶氏，不想一輩子跟她綁在一塊兒，而且他也不想因此委屈了范瑾。

范瑾早在聶老爹說她與聶氏兩頭大的時候就要發怒，但她記著這是凌家，才憋著怒火隱忍不發，好在凌績鳴沒有答應這樣的提議，不然她一定會讓這些泥腿子見識什麼叫不自量力。

凌績鳴態度堅決，凌老爹也顧及著范瑾還在一旁看著，他不想得罪縣老爺，也就順著兒子的話回絕了。

見凌家不肯答應自己的提議，聶老爹大怒，要不是有人攔著，兩家人差點打起來。最終，有人請了里正過來，經過里正的調解，凌家將顏娘的嫁妝全數退回，還額外賠了五十兩銀子。

顏娘正專心的做著繡活，海棠在一旁給滿滿換尿布，換到一半滿滿突然哭了，怎麼都哄不住，海棠拿她沒辦法，顏娘只好放下針線，將女兒抱過來輕輕哄著。

回到母親的懷抱裡，滿滿哭聲小了很多，海棠擦了擦額頭的汗水道：「還是顏娘姐姐有辦法。」

顏娘輕輕點了點滿滿的小鼻子，道：「妳這小哭包，瞧把海棠小姨折騰的。」

海棠也湊了過來。「折騰好啊，我就喜歡她折騰我。」

顏娘笑了，她看得出來，海棠是真心喜歡滿滿，她忙著做繡活的時候，滿滿一直都由海棠帶著，有時候比她這個當娘的還要精心一些。

與凌績鳴和離後，顏娘將海棠的賣身契要了過來，便去官府銷了海棠的奴籍，還當著她的面將賣身契撕得粉碎。

她一直將海棠當做自己的妹妹，海棠也知道顏娘對自己是真的疼惜，所以將滿腔感激全都回報到了滿滿身上，畢竟滿滿是顏娘最重要的人。

等哄睡了滿滿，姐妹倆又說了一會兒話，海棠就去灶房幫忙了。聶家吃飯的人多，做事的也不少，但自從海棠跟著顏娘來到聶家後，灶房上一大半的事情都落在了她的身上，顏娘為此還與兩個嫂子吵了一架，最後才讓海棠輕鬆一點。

因著海棠的事，顏娘跟兩個嫂子鬧不和，兩人對顏娘也沒有什麼好態度，尤其是柳氏，總覺得顏娘和離回家，對自己兩個女兒的名聲有了影響，所以恨不得將這小姑子趕出聶家。

但她不敢，因為這個家裡不是她說了算，每次只能時不時跟于氏說幾句指桑罵槐的話，不外乎顏娘臉皮厚，帶著三張嘴在聶家白吃白喝之類的話。

顏娘聽了，也不打算像之前那樣忍氣吞聲，她直接跟爹娘提了，願意把每個月做繡活賺的銀錢，一半交給娘，做為她和海棠、滿滿三人在聶家的嚼用，另外再分了一部分是對爹娘的孝敬錢，剩下的她則自己存了起來。

顏娘交了銀錢以後，柳氏和于氏倒不敢再說什麼白吃白住的話了，但又經常在婆婆面前提議，說顏娘年紀輕輕的，總不能一輩子待在娘家，應該再找個夫家才是。

聶大娘也有些意動，她留顏娘在家裡，一是看在她是自己十月懷胎生下的親女，二是看在每月按時上繳的銀錢上。但兩個兒媳婦說得也有道理，顏娘不可能一輩子都留在娘家。

她找到顏娘，跟她提了提這事，顏娘想也不想就回絕了，明白地說了，她這輩子都不再嫁人，只想將滿滿好好的撫養長大。

顏娘的拒絕讓聶大娘很氣惱。「我這還不是為了妳好？妳一個人帶著孩子多辛苦，妳要是改嫁，也多個人幫妳分擔，總比妳天天做繡活養孩子強。」

顏娘依舊不答應，聶大娘氣著了，放話道：「妳不同意也得同意，我人都看好了，再過幾日就讓他來提親。」

「娘，妳怎麼能這樣？」顏娘不敢置信的望著她，見她鐵了心想讓自己改嫁，也沈著臉道：「我不會答應的，若是這個家容不下我，我就帶著海棠和滿滿搬出去。」

聶大娘厲聲道：「妳敢！」

「我為什麼不敢？一嫁從父，再嫁隨己，我不會再讓你們插手我的婚事。」顏娘斬釘截鐵道：「就算你們逼我，我也不會答應的。」

長這麼大，她從未用這樣的語氣跟娘說過話，如今她也想通了，父母兄長的疼愛對她來說就是奢求，當長久以來的失望變成一種習慣，慢慢的就會放下那些不切實際的想法。

聶大娘被氣到了，指著她罵了幾句，無奈顏娘就是油鹽不進，聶大娘無法，只得另想辦法。只是她還沒來得及找到讓女兒妥協的法子，就發生了一件意外的事。

滿滿不知道為什麼突然生病了，顏娘急得上火，連忙讓海棠去請了村裡的大夫來，大夫看過以後，說是受了涼才發熱，開了一副方子讓顏娘抓藥。

滿滿人小受不住藥性，顏娘將藥熬好了喝下肚，然後通過奶水將藥性轉到女兒身上，一副藥喝完，滿滿雖然退了燒，卻仍舊哭鬧不止。顏娘抱著女兒哄了很久，滿滿的哭聲一直停不下來，最後竟連聲音都嘶啞了。

見女兒一直發熱，顏娘急得嘴邊長了一圈燎泡。

這時候，海棠眼尖的發現滿滿手背上長了幾顆紅疹子，連忙告訴顏娘，顏娘翻開滿滿的衣服，只見她的背上、肚子上以及其他地方，都有這種紅疹子。

「海棠，滿滿身上長的是什麼？」顏娘焦急的問。

海棠雖然懂一些醫術，但也不敢確定滿滿得了什麼病，她心中有種不好的預感，只是不敢對顏娘提起。

見她也不知道，顏娘打算再請上次的大夫來，海棠勸道：「顏娘姐姐，還是我去鎮上請大夫吧，鎮上的大夫怎麼也比村子裡的強啊。」

顏娘聽了覺得有道理，想索性帶著滿滿去鎮上看病，海棠卻說：「滿滿身子弱，折騰不得，還是我去鎮上請大夫回來看診吧。」

顏娘只好同意。

海棠一路急急忙忙去了鎮上的安和堂，找到劉大夫後，沒有急著請他去看病，而是拐彎抹角的打聽一些關於天花發病的情況，劉大夫還好奇她問這個幹什麼，海棠扯了個謊話圓過去。

劉大夫是婦科聖手，對這類病症不是很瞭解，只講了一些自己知道的，海棠聽了臉色一白，大夫說的這些症狀，與滿滿目前的症狀相差無幾，向劉大夫道謝後，她急匆匆的跑了出去。

劉大夫望著她的背影，總覺得哪裡不對，想了半天也沒想出來，最後便忘了這事。只不過晚上睡覺時，卻突然從床上坐起，大喊一聲：「糟了！」

妻子雲氏被他吵醒，嘀咕道：「大半夜的亂喊什麼。」

劉大夫看了妻子一眼，搖頭：「就是作了個噩夢，現在沒事了，妳快睡吧。」

雲氏翻了個身，很快又睡了過去。

劉大夫慢慢躺了下去，眼皮如灌了鉛一樣沈重，卻怎麼都睡不著，於是便去了書房。第二日天還未亮，他就揹著藥箱去了小河村。

聶家這邊，海棠昨日不僅沒有請回大夫，還告訴顏娘滿滿可能得了天花，顏娘聽了差點沒暈過去，天花不僅會傳染，而且還會要人命的。

顏娘不肯相信，但滿滿的病症與海棠說的天花症狀一模一樣，明明之前還是紅疹子，過不到半天，有些地方已經起了綠豆大小的水皰，滿滿年紀小，癢得難受時只能大哭。

天花會傳染，顏娘不敢再待在家裡，當即讓海棠收拾東西，搬到了村尾那間沒人住的房子裡。

這房子還是當時聶大娘逼著顏娘嫁人時，顏娘去里正那裡租來的，原是一個無兒無女的老鰥夫的房子，他病死後這房子就空了出來。顏娘預料到日後定是要帶著海棠和滿滿出來生活的，搬出聶家後，得找個落腳的地方才行，因此就先租下了這屋，沒想到這麼快便派上了用途。

搬出娘家以後，顏娘也不敢請大夫，可是滿滿的病情又耽擱不得，好在海棠記著劉大夫說的那幾味藥，去後山採了藥熬煮成水，用來給滿滿泡澡。

也許是藥水有了效果，泡完澡後滿滿哭聲小了很多，又過了一陣，竟慢慢睡著了。見到女兒熟睡的模樣，顏娘喜不自勝，這兩日滿滿一直哭，睡著的時候也在哼哼，從未像現在一樣睡得那麼香甜。

這兩日為了滿滿，她和海棠都沒休息好，尤其是海棠，跑到後山採藥，還不小心摔了一跤。顏娘讓她去歇著，自己守著女兒。海棠也不推遲，等休息好了就去替換顏娘。

另一邊，劉大夫去了小河村凌家，卻被告知海棠隨著聶家女回了聶家村，於是他又趕到聶家村，向村民打聽了聶家的住處後，揹著藥箱去了聶家。

聶大郎正要出門，剛走到門口，就看到一個揹著藥箱的人站在門口。

「你是誰，站在我們家門口幹什麼？」聶大郎一邊打量一邊問。

劉大夫朝他拱了拱手，問：「這家可是有個叫海棠的小姑娘？」

聶大郎皺眉。「你找她幹什麼？」

劉大夫道：「她說她姐姐的孩子病了，請我來瞧病的。」

「她們已經搬出去了，你去村尾找吧。」聶大郎為他指了一條路。

昨日顏娘突然說要搬出去，除了聶大郎、聶二郎兩兄弟勸說，聶家其他人都沒人說話，聶大娘甚至還放出狠話，說是搬走了就永遠別認她這個娘。

顏娘也狠心，二話不說就帶著孩子搬了出去，連房子都租好了。聶大郎兄弟見狀也有些生氣，也就不再繼續勸說。

劉大夫順著聶大郎指的路尋到了村尾，果然看見了一座孤零零的房子，那房子歪歪斜斜的只有三間屋，四周用籬笆圍了起來，與聶家的大院子比起來，有些過於簡陋。

劉大夫探著頭朝院子裡看去，喊道：「有人嗎？」

顏娘正半倚在床頭歇息，聽到外面的喊聲後突然驚醒過來，她連忙穿好衣裳去開門，這時候海棠也從旁邊屋子出來了，看到劉大夫後，連忙將門關緊。

顏娘剛要說話卻聽她說：「顏娘姐姐，劉大夫肯定是知道了什麼才來這裡的，我們不能讓他看到滿滿。」

顏娘一聽慌了。「那現在怎麼辦？」

海棠對她道：「妳先去照看滿滿，我去跟他說。」

顏娘點了點頭，囑咐她千萬要小心。

海棠出來後，直接開口問：「劉大夫，你怎麼找到這裡來了？」

劉大夫看到她後，神情非常嚴肅，他走近幾步，低聲問：「到底是誰得了天花？」

海棠看了他一眼，裝作聽不懂他在說什麼，劉大夫無法，只得道：「天花傳染性極強，若妳還瞞著老夫，恐怕要出大事。」
「我不知道你在說什麼，我們這裡沒人得天花。」海棠嚴厲否定。
劉大夫見她油鹽不進，急得抓鬍子。「海棠姑娘，妳要是還有良知的話，就該告訴老夫。」
見海棠不為所動，他又道：「若妳告訴我那人是誰，老夫便幫忙醫治。」
海棠不信他。「你是婦科聖手，這種病怕是不會看吧？」
劉大夫打開藥箱，從裡面翻出一本醫書來。「老夫昨晚翻了一夜的祖傳醫書，祖上傳了幾個醫治天花的法子。」
海棠一聽，連忙搶過醫書翻了翻，見上面果然有醫治的辦法，只是每種辦法下都有一行批註：此法不能保證萬無一失，應量力而行。
也就是說，這本書上記載的醫治天花的方法，有可能有效果，也有可能沒有效果。
海棠看完後將書還給了劉大夫，道：「我要回去同我姐姐說一聲，你在外面等著。」
「他爹，他爹！」柳氏急匆匆的回到家，對著聶大郎驚慌道：「這可怎麼辦，要死人了！」
聶大郎皺了皺眉，呵斥道：「妳胡說什麼呢，一會兒娘聽見又該罵妳了！」
柳氏還是一副受了驚嚇的樣子，聶大郎問她：「不是讓妳去看顏娘嗎，妳怎麼這麼快就回來了？」

原來聶大郎給劉大夫指了路後，心裡還是有些惦記妹妹，便讓柳氏跟著去看看，有需要的話搭把手。沒想到柳氏才去了不到一炷香的時間，就驚慌失措的跑了回來。

「天花啊，是天花啊！」柳氏顫抖道：「你妹妹那孩子得的是天花啊。」說完忍不住哭了起來。「怪不得突然要搬出去，原來是得了這種病，怎麼辦？那孩子得病時還住在家裡，會不會我們都被她染上了？」

聽了這話，聶大郎臉色瞬間白了，他問柳氏：「妳是怎麼知道的？」

柳氏告訴他自己聽到了劉大夫和海棠的對話，聶大郎腿一軟差點坐到了地上，他拉著柳氏道：「走，先把這事兒告訴爹娘。」

聶老爹和聶大娘受的驚嚇不比他們小，聶大娘當場拍著大腿嚎哭。「天收的討債鬼！都是我上輩子欠了她的，這輩子才投生到我的肚子裡。這可怎麼辦吶，這麼一大家子人，要是被染上了，那可就全完了！」

聶老爹雖然稍稍鎮定些，但也沒好到哪裡去。「好了，別哭了，最要緊的是確定咱家有沒有人被染上。」

聶大娘連忙不哭了，對聶大郎和柳氏道：「老大，你趕緊去學堂把孩子們接回來，老大家的，妳去通知妳弟弟和弟媳，小心點別走漏了消息。」

聶大郎的動作很快，跟學堂的夫子告了假，帶著兩房的孩子們回來了。柳氏這邊已經將情況告訴了于氏和聶二郎。

于氏一聽，當場暈了過去，聶二郎連忙扶著她坐下。因為天花兩個字，聶家人人心惶惶，聶老爹把所有兒孫都召集起來，反覆的詢問他們有沒有哪裡不舒服，尤其是發熱、頭痛、身上長疹子等情況。

大家都搖了搖頭，只有于氏最小的兒子聶成才說自己背上癢，于氏聽了，連忙掀開兒子的衣服，只見上面什麼都沒有。

于氏鬆了半口氣，焦急的問兒子：「還有哪裡癢，快告訴娘。」

聶成才扭了扭身子，還是說背上癢，于氏掀開衣服，用手輕輕摸了摸，突然大叫道：「哎呀，什麼東西硌著我手了？」

眾人都朝著她看去，接著就見她從聶成才背後摸出了幾根松針。看著手上泛黃的松針，于氏又問兒子。「這下還癢嗎？」

聶成才搖了搖頭說不癢了。

于氏另外半口氣才鬆了下去。「原來是松針落到衣裳裡了，還好，還好。」在場的眾人總算放心了，柳氏卻道：「二弟妹，這孩子還是要好好的教導，學堂裡哪來的松針？我看成才多半是蹺課了。」

于氏一聽也回過神來，轉頭瞪著聶成才。「你又蹺課了？」

之所以用又字，是因為聶成才以往也逃過學，被于氏抓住後，挨了好幾回揍。

聶成才不承認，于氏氣得要揍他，被聶老爹吼了一聲。「好了，教孩子回自己房裡教，現在最重要的事情就是確保我們家沒人染上天花，最近三天，把門鎖了，都不許出門。」

聶老爹的決定沒人敢反對，畢竟這是人命關天的事情。

只有聶成才，聽說這幾天都不能出門了，嘴巴嘟得老高。他出不了門，要是藏在松樹下的東西被別人拿走了怎麼辦？

聶成才本來跟大哥聶成功睡一屋，發生了天花的事情後，于氏不放心他，就在他們的大床邊搭了一張小床。聶成才想著自己的寶貝，翻來覆去睡不著，等父母睡著後，打算偷偷溜出去。

他的動靜太大，吵醒了聶二郎和于氏，于氏揪著他的耳朵道：「你又要幹什麼去？」

耳朵被揪疼了的聶成才連忙求饒：「娘，疼，疼！」

于氏這才鬆開他，他說：「我要撒尿。」

聶二郎指了指牆角的恭桶。「去那撒。」

聶成才看了看，磨磨蹭蹭的走到恭桶邊一點尿意也無，于氏也發現不對勁了，厲聲問：「你要出去幹什麼？」

聶成才見親娘變了臉色，嚇得脖子一縮，招了自己打算偷溜出去找埋在松樹下的寶貝的事情。

于氏又問他什麼寶貝，他一一答道：「六環刀、竹蛇、虎頭面具、六角風車……」

于氏與聶二郎相視一眼，聶二郎問：「那些東西你哪來的？」他們可沒給他買這些。

聶成才在親爹的逼問下，只好老實交代：「是一個姐姐給我的，她讓我把一個撥浪鼓給滿滿玩，還交代我不要被小姑姑發現了，我按照她說的做了，她就給了我一堆好玩的。」

「她什麼時候讓你做的？」

「就是奶奶和小姑姑吵架那天。」聶成才交代。

聽了這話，于氏頭又暈了起來，急忙問撥浪鼓哪去了？聶成才說：「那個撥浪鼓是破的，滿滿又不喜歡玩，我就扔床底了。」

「你小姑姑房間的床底？」

「對啊。」聶成才嫌棄道：「真的太破了。」

于氏和聶二郎聽了，躡手躡腳去了顏娘之前住的屋子，從床底下找到了那個破撥浪鼓，只見鼓面破了一個洞，被人用針線縫了起來，只是縫線的人手藝不好，歪歪扭扭跟條大蜈蚣似的。

于氏用剪刀剪開縫線的地方，只見裡面塞著一團棉花，拿到燈下仔細一看，棉花上很多黃色的斑點。

「這該不會是痘痂吧？」于氏哆哆嗦嗦的將撥浪鼓扔在地上。

聶二郎拉著聶成才後退了兩步，顫抖著開口：「滿滿就是被這個傳染上的。」

夫妻倆對視一眼，在對方眼裡看到震驚和害怕。

聶二郎對小兒子道：「從現在開始，你不許跟任何人說你給妹妹撥浪鼓的事，就連哥哥也不許說，知道嗎？」

聶成才不知道發生了什麼，但在父母嚴厲的叮囑下點了點頭。

聶二郎找了一條帕子將撥浪鼓包著拿去屋後燒了，又用鐵鍬鏟了兩抔土蓋上後才回去。不過回去後還是不放心，讓于氏燒了一大鍋熱水，三人洗得乾乾淨淨才敢上床睡覺。

聶家人戰戰兢兢過了三天，期間沒有人不適，聶老爹還是不放心，讓老妻裝病，去鎮上請了大夫過來看診。

大夫診完脈後，說聶大娘有些肝氣不順，其他倒無大礙，聶老爹這才真正放下心來。

雖然家裡沒人染上天花，但聶老爹擔心顏娘她們同村裡人接觸，萬一村裡有人染上了，他們一家依舊逃不脫。

想到這裡，聶老爹帶著聶大郎去了村尾，說什麼也要把傳染的源頭給堵死了。

顏娘和海棠還不知道這些事，她現在滿心慶幸劉大夫上門，她和海棠以為滿滿得了天花，被嚇得心驚膽戰，誰知劉大夫在見著滿滿後，仔細診斷了一番，確定滿滿得的只是普通的濕疹，根本就不是天花。

確診後，大家都鬆了一口氣。劉大夫開了藥方，讓海棠跟著自己去鎮上藥鋪抓藥。抓完藥回來，海棠將藥材兌水熬成藥湯，用木盆涼至溫熱後，同顏娘一起給滿滿洗澡。

洗了五天藥浴後，滿滿身上的疹子大致褪完，只有小腿肚上還有一處紅痕。隔了一天，劉大夫又來了一趟，見滿滿恢復得很好，囑咐了她們幾句，交代道明天開始他就不會特地再來了，若有什麼急症再去找他吧。顏娘千恩萬謝的，連忙讓海棠將準備好的診金交給他。

劉大夫推辭了幾番，最後拗不過她倆，只得收了。

劉大夫剛走，聶老爹就帶著聶大郎來了。

這幾天顏娘因為照顧滿滿，整個人憔悴不堪，看到父兄後，連日的疲憊消失不見，趕緊上前去迎他們。「爹、大哥，你們快進來吧。」

兩人卻站在籬笆外一動不動。

這時，聶老爹冷眼看著她，道：「妳還算有良心，知道那丫頭得了天花就趕緊搬走。但妳想過沒有？那丫頭是個禍害，要是留在村裡，指不定會害了全村人。」

聽了這話，顏娘不由得後退了幾步。「爹，你……你說什麼？」

聶老爹道：「滿滿那丫頭留不得，我要妳把她處理了。」

「不行，那是我的孩子！」顏娘白著臉大聲道：「我找大夫看過了，滿滿沒得天花，那只是普通的濕疹，現在已經痊癒了。」

聶老爹和聶大郎卻以為她在撒謊，顏娘不停地解釋，兩人就是不相信她，非要她將滿滿處置了。

顏娘緊緊的攥著拳頭，就連指甲刺進了手心也不覺疼痛。

這邊，聶大郎想起自己聽到天花兩個字時的恐懼，見妹妹冥頑不靈，氣道：「妳的孩子是寶貝，難道我的孩子們就不是了？顏娘，做人不能這麼自私，今天妳必須把孩子給解決了！要是妳乖乖照做，我們就當什麼也沒發生，妳和海棠還可以繼續留在村裡，如果妳不這麼做，等村裡人知道了，妳應該清楚等待妳們的是什麼。」

顏娘不住的搖頭，她不敢相信父親和大哥這麼狠毒，竟然要逼她殺害自己的孩子。

「不，我不會做的，你們想都別想！」

說完，轉身跑回去關上了大門。

聶大郎大聲道：「顏娘，難道妳忘了王楊氏的下場了嗎？」

顏娘身子一僵，接著忍不住顫抖起來。

王楊氏是聶家村很多人不願提起的噩夢，她本是一個遠嫁到聶家村的新婦，丈夫早逝後成了寡婦。王楊氏水性楊花，守寡後極為不安分，跟村裡很多男人有了首尾。

但夜路走多了總會遇見鬼，王楊氏姘頭多，不知道從哪裡染上了髒病，最後傳給了跟她有染的男人，男人又傳給了家裡的女人，這樣一來，聶家村差不多有半數的人都得了這種病。

病情輕的，吃了幾個月藥後就痊癒了，但是那些病情嚴重的，幾乎都沒挨過去。作為傳染的源頭，聶家村的人恨不得剝了她的皮、生吞她的肉，就在一天晚上，王楊氏被村民們捆了起來，架在堆得高高的柴堆上被活活燒死了。

她死後，依舊有人難解心頭之恨，一把火燒了她住的房子，她婆家的人也恨她丟臉，村人處置她的時候，不僅沒攔著，還主動參與進來。

村民動用私刑，官府本來要管，但王氏宗族的族長搬出祖宗禮法來，官府就是再想管也沒轍了。

王楊氏被處死的時候，顏娘才八歲，聶大娘去觀刑後回來描述了王楊氏死時的慘狀，嚇得顏娘好幾天都作噩夢。

聶大郎提起王楊氏，顏娘埋藏在心底裡的恐懼又鑽了出來，不行！她的滿滿不能落到這樣的下場。

顏娘把大哥威脅自己的事情告訴了海棠，海棠聽了怒道：「他們還是人嗎？心思竟然這麼狠毒，連小孩子都不放過，不分青紅皂白地誣賴人！」

「他們不會聽我們說的，我們得儘快離開這裡，不然會害了滿滿。」顏娘對海棠說了自己的打算。

她將衣物胡亂的往包袱裡塞，一邊塞一邊喃喃道：「我們搬去鎮上。」塞到一半又道：「不，我怕他們會找到鎮上去，不能去鎮上……虞城也不能去，那裡太遠了，人生地不熟的。」

見她六神無主的樣子，海棠連忙拉著她道：「顏娘姐姐，我上山採藥的時候，發現半山腰有一個小木屋，要不我們先去那裡避一避吧！」

顏娘有些遲疑。「萬一主人回來了怎麼辦？」

海棠搖頭。「不會的，那裡什麼都沒有，我看八成是獵戶臨時歇息的地方，我們又不會長住，短時間內應該不會跟什麼人碰到面。」

聽了這話，顏娘表情頓時有了希冀。「好、好，我們去山上住。」

海棠也幫著一起收拾行李，趁著天還沒黑，她先悄悄帶了兩床棉被上去，隨即又回來，等到天快黑的時候，與顏娘一起帶著滿滿和行李上了山。

第五章

海棠領著顏娘去了山上的木屋，直到一切安頓好後天已經黑了，山上不比山下方便，晚飯兩人簡單的應付了一下，而後便各自休息了。

半夜時分，顏娘半睡半醒間，忽地聽到山下傳來一陣哄鬧聲，隱約聽見有人在喊：「著火了，快來救火啊！」

她心裡一驚，猛地坐起來，急忙披上衣服出去察看。

木屋所在的位置，正好可以遠遠看到山下的情況而不被發現，只見村尾處火光衝天，陣陣濃煙伴著火光蔓延開來，顏娘盯著著火的地方，心裡的惶恐卻是怎麼都止不住，她只能慶幸她們搬了出來，更加慶幸的是找到現在這處居所。

海棠也醒了，她默默的站在顏娘旁邊，這樣的場景她不是第一次經歷了，在這之前她遇到過兩次人為縱火，兩次都只有她一個人逃了出來。

還好，這一次終於不再是自己一個人了。

兩人在外面站了半夜，寒風將她們的身子都凍僵了，等到天快亮的時候，顏娘才道：「我們回去吧。」

接下來幾天，她們都待在山上，海棠趁著天黑偷偷跑回去一趟，看到她們原來住的屋子被燒成了廢墟，所有東西也都化為了灰燼。

顏娘得知後並沒有多傷心，她的心早在看到屋子起火的那夜徹底死了。她作夢也沒想到，自己的家人竟然想要她們三人的命。她已經搬出娘家，甚至沒有跟村裡任何人接觸，甚至已經打算離開了，為什麼他們要心狠至此？

明明滿滿得的只是普通的濕疹，根本不是駭人聽聞的天花啊！而聶家這邊，聶老爹與大兒子放火燒了顏娘的房子後，又跟著村裡的人救了大半夜的火，回來後就病倒了，且一日比一日嚴重。

尤其是聽到聶大郎、聶二郎從外面帶回來顏娘她們有可能沒死的消息後，他的病情一下子加重了很多。放火這事，只有聶家的三個男人知道，就連聶大娘都不知道丈夫和兒子做了什麼，更別提柳氏、于氏和孩子們。

這把火已經連根燒斷了他們和顏娘的親情，她活著也好，死了也罷，反正今後都同聶家沒有瓜葛了。這樣想清楚之後，聶老爹又慢慢好了起來，逐漸能下床走動了。

在山上待了快半個月，滿滿的身子已經恢復成跟以前一樣壯實。只不過有一次她調皮，從床上摔下來，磕到了額頭，眉心留了一個綠豆大小的疤痕。

顏娘是只要女兒沒事就好，倒是海棠看到滿滿眉心的疤痕時，心疼得差點掉淚，顏娘安撫了她好久，她才沒有再為這事兒傷心。

顏娘打算從小木屋搬出去，只是山下的房子被燒毀，聶家不能去，身上的銀錢所剩不多，她一時有些犯愁。

她同海棠商量了一下，反正每次都要從戚掌櫃那裡接繡活，乾脆就搬到鎮上去算了。海棠對去哪裡沒有意見，只要讓她跟著就成。

到了鎮上後，顏娘託戚掌櫃幫忙，找了一處帶著院子的房子，一年租金五兩銀子，裡面家具都是齊全的，也不需要買其他的東西，只要人住進來就行。

五兩租金對顏娘來說不是小數目，她從聶家出來時，身上只有二十兩銀子，加上給滿滿治病買藥，剩下不到十五兩。

好在戚掌櫃厚道，借了她十兩銀子應急，為了還債和以後的生活，顏娘只能拚命的接繡活來做，滿滿平日則由海棠照看。

鎮上的房子只有她們三人住，沒有人在耳邊指責她做事，顏娘覺得空氣都清新了許多。在鎮上住了半個月，她看著也比之前開朗了許多。

戚掌櫃又接了蘇員外家的一個大單，和上次一樣，還是繡嫁衣、被面那些，只不過沒有上次要求的那麼繁雜精細，因為這一次是蘇員外庶出的女兒出嫁。

因為數量比上次少，花樣也要簡單的多，所以價錢便便宜一些，嫡出的女兒在這上面花了差不多一百兩，庶出的女兒便只有五十兩。

戚掌櫃和上次一樣，還是只從中抽取兩成，顏娘得八成。因為太缺錢了，顏娘只能沒日沒夜的做繡活。她對自己的要求很嚴格，哪怕是趕工也要完成得盡善盡美。

顏娘做事，戚掌櫃和蘇家都放心。

兩個月後，蘇家的蘇嬤嬤來驗貨，對顏娘的手藝依舊很滿意，再次問起顏娘願不願意去蘇家做事，顏娘仍是婉言謝絕了。

蘇家的大單完成後，顏娘得了二十兩銀子，再加上之前的二十多兩，一共有差不多近五十兩的餘錢。有了這筆錢，就算半年不接繡活也行。

最近幾個月，顏娘繡活接得多，眼睛也跟著受累，她明顯覺得看東西沒有以前那麼清晰明亮了。所以她跟戚掌櫃說了，最近半年先不接繡活。戚掌櫃雖然覺得可惜，也不好勉強她，只讓她好好休養，半年後再跟她合作。

顏娘不接繡活後，時間便充裕多了，經常是她在家帶滿滿、海棠出去買菜煮飯，至於屋裡的其他活計，兩人搭把手很快就做了。

這天海棠出門買菜，顏娘在家陪滿滿玩耍，快到晌午了，海棠還沒回來，顏娘將滿滿抱著，打算去外面找她。

剛把門打開，就見海棠拿著一個空籃子急匆匆的回來了，顏娘連忙問：「發生什麼事情了？」

海棠將籃子往桌上一放，憤憤道：「這老天莫不是瞎了眼，就姓凌的那種品性的人也能考中！」

顏娘驚訝道：「已經放榜了嗎？」

海棠點了點頭。「我去買菜時，就聽到有人在議論，於是就去湊了湊熱鬧，那姓凌的居然考了二甲第一名。」

「他本就學識過人，能考中靠的也不是運氣，妳莫要氣了，不管他是好是壞，跟咱們都沒有關係。」顏娘看得很開，自從跟凌績鳴和離之後，就沒想要去沾他的光。

海棠見顏娘是真的不在乎，嘀咕了幾句後便不再說什麼了，想起還沒買菜，提起籃子又出了門。

又過了幾日，隔壁搬來了一戶新鄰居，這家的男主人顏娘她們也認識，就是幫滿滿治病的劉大夫。原本他們住在東街那邊，那邊的宅子到期了房東要收回，劉大夫便和夫人雲氏花了大半輩子的積蓄買了這處院子。

劉大夫對滿滿有恩，顏娘搬來陵江鎮那天就去道謝過，不過劉大夫死活不肯收她的謝禮，這次劉家搬新宅，顏娘送了一份厚禮過去。

雲氏也是爽快的性子，聽說自己夫君的所作所為後，笑著道：「他呀！就是這德行，見到老弱幼殘要是不幫忙，過不去自己心裡那個坎。」

說完，看到顏娘懷裡白嫩可愛的滿滿，誇獎道：「這孩子養得真好，看著就招人疼。」

顏娘也笑著說：「這丫頭的確好帶，除了生病那些日子，平日裡也只有肚子餓了、尿片髒了才哼哼兩聲。」

雲氏驚訝道：「真乖，我還從沒見過這麼乖巧的孩子，我們家那兩個小時候跟猴兒一樣，沒有哪天不挨揍的。」

這時候海棠在一邊插嘴道：「哪有夫人您說的那麼誇張，聽說您家大公子今年中了進士，還被分到了翰林院，翰林院那是什麼地方，專出內閣學士、首輔的地方，您就等著在家做老封君吧。」

海棠一席話說得雲氏喜笑顏開，跟顏娘打趣道：「這小嘴上一定是抹了蜜，要不然嘴怎麼這麼甜呢？」

「海棠說的是大實話呢。」顏娘順著海棠的話說道。

相處了一下午，雲氏被她們逗得很開心，也看得出顏娘姐妹倆並不是故意巴結她，人跟人的緣分很奇妙，那麼多跟她道喜攀關係的人，她偏偏就喜歡隔壁這對姐妹。

送顏娘她們到門口時，雲氏道：「我歲數比妳們大了一輪，就姑且托個大，妳們就把我當做親戚家的長輩吧，得空常來我這裡坐坐。」

顏娘和海棠連忙應了，之後兩家人自是經常走動，相處得久了，雲氏對海棠越來越喜歡，兩人聊得投緣，最後竟收了她當義女。

從此以後，海棠經常賴在隔壁不回來，美其名曰是跟雲氏學美容養顏的法子，顏娘也沒意見，反正只要沒有亂來，顏娘也就隨她去了。不過海棠真的很聰明，每日跟著雲氏折騰花花草草，最後竟然還真的折騰出了一些名堂。她人聰明、悟性又高，雲氏教她的都是最基礎的東西，她根據雲氏教的舉一反三，研製出一種去疤痕的膏子。

膏子出來後，顏娘成了試用的第一人，剛開始抹的時候，臉腫了好幾天。海棠見狀又調整過方子，減了裡面一味藥材，第二回再抹，果然沒了上次的刺痛感，反而溫溫熱熱的還挺舒服。

作為女人哪有不愛美的，顏娘每日都堅持抹藥膏，希望臉上的紅印能夠早日消失。藥膏見效很慢，效果卻很好，她持續用了幾個月，等快到滿滿一周歲的時候，她臉上的紅印消得差不多了，細看雖然還能看出來，不過只要搽點脂粉就能掩蓋過去。

自從搬來鎮上後，她一開始是忙著做繡活，幾個月都沒有出過門，後來雖然經常去隔壁串門，但也很少去其他的地方。顏娘早就盤算著在滿滿周歲的前兩日出門一趟，買一些抓周禮需要的東西。

這一天，顏娘獨自出門，海棠則帶著滿滿去了隔壁。雲氏對海棠越來越喜歡，大有當作親女的架勢，連帶著對顏娘和滿滿都愛屋及烏，將女兒放在隔壁，顏娘一點也不擔心。

街上人來人往，顏娘抬眼望著四周熱鬧的景象，怎麼看都看不夠一樣。她不記得自己已經有多久沒出門了，從小到大，她在外面走動的次數屈指可數，去得最多的地方就是戚掌櫃的錦繡閣。

過去因為長得胖又滿臉紅斑，她每次出門的時候，都是低著頭走路，害怕別人的指指點點，甚至連大聲說話也不敢。

不過自從有了女兒後，她的膽子變大了很多，被欺負了也不會一味忍著，再加上海棠的影響，她覺得自己的膽量越來越大了。

她先去戚掌櫃的錦繡閣買了一些布料，打算給自家三人一人做一套新衣裳，然後剩下的布料做點其他的小玩意兒。

今日守著鋪子的是戚掌櫃的妻子烏娘子，顏娘許久沒來錦繡閣，烏娘子見到她很開心的招呼，但在看到顏娘光滑潔白的臉蛋時，頓時愣住了。

「顏娘，妳的臉……」她一時不知道該怎麼開口。

顏娘知道她想問什麼，笑問：「我的臉怎麼了？」

烏娘子仔細看了看，只見她皮膚光滑的連汗毛都看不見，整張臉幾乎看不到什麼瑕疵，這跟以前比就像是換了一張臉一樣。

烏娘子心裡一動，問：「妳這是用了什麼靈丹妙藥啊，效果這麼神奇？」

顏娘有些不好意思的回答。「也不是什麼靈丹妙藥，就是海棠新搗鼓出來一種藥膏，我抹了好幾個月臉上的斑才漸漸退了，妳看著我臉上沒有紅印了，其實是搽了脂粉的緣故，細看我臉上還有一些淺淡的印痕在。」

烏娘子聞言湊近又仔細瞧了瞧，果然還能夠看到一些很淺的紅印，只是在脂粉的覆蓋下倒像是自然的紅暈。

烏娘子對顏娘嘴裡的藥膏動了心，她摸了摸自己的臉，年近四十的女人，臉上不但長了斑還長了幾條皺紋，跟顏娘的臉對比，自己就像個老太婆。

她問顏娘那藥膏賣不賣，顏娘卻說自己做不了主，要回去跟海棠商量了才能給她答覆。烏娘子有些失望，但還是眼巴巴的盼望顏娘能帶來好消息。

從錦繡閣裡出來，顏娘又去其他鋪子裡買了東西，回到家的時候已經晌午了。她去隔壁接滿滿，雲氏留她一起吃午飯，顏娘也就順道留了下來。

吃飯時她提起烏娘子想買藥膏的事情，海棠驚訝了一下，陷入了沈思。「對啊，我怎麼沒想到，這個可以賣錢的！乾娘，這膏子我能拿去賣嗎？」說完又看向雲氏。「我對咱們的膏子很有信心，一定會大賣的。」

雲氏笑道：「這是妳自己搗鼓出來的，我沒有權利做主，妳自己決定就成。」

海棠聽了不由得喜上眉梢。

雲氏又道：「這美容膏子不像脂粉，需要根據每個人的情況來製作，妳顏娘姐姐是痘瘡留下的紅印，這是比較好消除的一種疤痕。但斑和皺紋又不一樣，如果想要效果好，還需要改良方子。」

海棠點了點頭，吃完飯回到家後，就鑽進了自己的房間。

顏娘租住的是一個一進的小院子，地方雖小，房間卻不少，除了正房和廂房外，還有兩間耳房和一間倒座房。海棠為了方便製藥膏，選了一間背光的屋子，避免藥膏被太陽曬失了藥效。

為了給烏娘子製去斑去皺的藥膏，顏娘特地將烏娘子請到了家裡來。

海棠仔細瞧過她的臉後，眉頭皺了又鬆、鬆了又皺，接著一聲不吭的跑進製藥膏的屋子。

烏娘子疑惑的問道：「海棠姑娘這是在做什麼？」

「她呀，自從迷上了這個，就經常風風火火的，我估摸是進去改善藥膏去了。」顏娘笑著道。

烏娘子聽了心下了然，若說來之前還有點不安，這會兒也平靜了不少。大概過了一個時辰，海棠終於從屋子裡出來了，手上還拿著一個巴掌大的木頭盒子。

烏娘子連忙起身問：「海棠姑娘，妳手上的就是給我的藥膏嗎？」

海棠點了點頭，將藥膏遞給她以後，又交代她使用方法以及禁忌。烏娘子記牢以後，問這藥膏賣多少錢。海棠搖頭道：「這只是樣品，我還不知道效果怎樣，您先拿回去用，用完有效果再給錢。」

烏娘子聽了爽快道：「行，我先拿回去用，妳放心，就算沒效果，這錢我也照給。」說完後，開開心心捧著盒子離開了。

烏娘子回家以後，心不在焉的守了一天鋪子。到了晚上，先用清水洗乾淨臉，然後迫不及待的打開盒子，挖了一坨藥膏，慢慢的在臉上抹了起來。

戚掌櫃從外面進來就聞到一股淡淡的藥香，他看了一眼正對著銅鏡搽臉的妻子，問：「妳這是搽的什麼，聞著還挺香的。」

烏娘子指著梳妝檯上的木頭盒子道：「喏，就這個去皺去斑的膏子。」

戚掌櫃聞言，皺眉道：「這東西能有用？與其亂花錢買這些玩意兒，還不如買些補品吃。」

烏娘子瞥了他一眼，沒好氣道：「這我可沒花錢，這是顏娘那妹子自己做的，她說了，有效果再付錢也行。」說到這裡，她湊近丈夫道：「你不知道，顏娘就是用了她妹子的藥膏，現在跟換了一張臉似的，原來那些嚇人的紅印全都沒有了。」

戚掌櫃已經好幾個月沒見過顏娘了，有些不相信道：「得了吧，她臉上那些可是痘瘡留下的疤啊，當年多少大夫都拿她的臉沒轍，就憑一個黃毛丫頭的藥膏也能治好？」

見丈夫不信，烏娘子也懶得說了，她還是很期待這藥膏的效果，當天晚上就做了一個夢，夢見自己皮膚變得又嫩又白，礙眼的黑斑和皺紋都不見了，一張臉嫩得跟小姑娘一樣。

第二天醒來，她馬上照了鏡子，發現黑斑還在，皺紋也還在，只不過臉上皮膚好像比之前細膩了。她想到海棠說過，這藥膏要發揮去斑去皺的效果不是一蹴而就，得持續使用。

她又摸了摸臉頰，下定決心要每天都堅持搽臉。

兩個月很快過去，烏娘子拿著空盒子來到了顏娘家。顏娘正在教滿滿走路，聽到有人敲門後，連忙抱起滿滿去開門。

「烏娘子，妳怎麼來了？」顏娘驚訝的問道，她的視線不受控制的停留在烏娘子的臉上，不由得大吃了一驚。「妳的臉……」

烏娘子摸了摸自己的臉，激動的問道：「顏娘，妳看我的臉，是不是很光滑很白皙？」

顏娘點了點頭，從她這個角度看，烏娘子臉上的斑幾乎沒有了，原本有些發黃的膚色也變得白皙細膩，看著要比之前年輕了好幾歲。

烏娘子一邊往裡走一邊興奮道：「我真的太開心了，海棠這藥膏太有用了！」

「可妳的皺紋……」顏娘遲疑的開口。她臉上的確沒了黑斑，但是眼角的皺紋還在，看著只稍淺了一些。

烏娘子卻不以為然道：「這沒關係，我最討厭的就是臉上的斑，這都是生孩子後長的，一長就是好多年，別提我有多恨了。至於皺紋嘛，上了年紀的都會有，這個我倒沒那麼執著。」

顏娘沒想到烏娘子看得這麼開，心裡還是挺佩服她的。烏娘子跟她說了一會兒話，海棠從隔壁回來後，烏娘子將一個荷包塞到了她的手上。

海棠剛要拒絕，就聽她說：「海棠啊，這可是妳該收的，我的臉多虧了妳才能變好看，妳要是不收，我以後都沒臉上門了。」

聽她這麼說，海棠只好收了。烏娘子乘機提出還想買幾盒藥膏，海棠應了，轉身去屋裡拿了幾盒出來，這次卻怎麼都不肯收錢。

海棠其實也有自己的小心思，這些日子她又製了很多藥膏，有養顏去斑的、消除疤痕的，還有類似熏香的香膏，她琢磨著可以開一間鋪子賣。

她先跟顏娘說了，顏娘倒是不反對，海棠的藥膏她最清楚，賣是肯定能大賣，只是這製藥膏的手藝是雲氏教的，她提議海棠先去跟雲氏知會一聲。

海棠跟雲氏提了這事，雲氏並不反對，甚至還挺支持。海棠想拉她入股，她考慮了幾天後並沒有答應。

海棠勸道：「乾娘，您就跟我一起開鋪子吧，也不要您出錢，只要借您的名頭就行。您也知道，我跟顏娘姐姐勢單力薄，要是沒您鎮著，萬一被人欺負了怎麼辦？

「再說了，義兄如今才剛開始做官，俸祿也不多，還要出去應酬，這京城天子腳下，沒有銀錢真的是寸步難行。就算為了他們，您也該考慮考慮這事兒啊。」

雲氏對做生意不感興趣，但聽海棠這麼說，心裡也有了一絲動搖，同丈夫商量了一番，最後同意了海棠的提議。

開鋪子少不了銀子，顏娘將家裡僅有的五十兩分成了兩份，其中三十五兩交給海棠做生意，另外的十五兩則留著家用。

雲氏雖然答應了跟海棠合夥，但她實在是拿不出什麼銀錢來，最後將嫁妝裡的一支金釵當了二十兩銀子，海棠本來不要，卻被她硬塞到手裡。

海棠年紀小、又是女子，找鋪子這些少不得要託人出面，顏娘去找了戚掌櫃夫妻幫忙，戚掌櫃動作很快，最後選中了錦繡閣斜對面的那間賣脂粉的鋪子。

那脂粉鋪子因為生意慘澹，老闆打算關掉鋪子回村裡，戚掌櫃跟老闆有些交情，兩人喝了一頓酒就將鋪子拿下了。

戚掌櫃當了一回中人，顏娘給了他一貫錢作為謝禮，戚掌櫃婉拒了幾句後便高高興興收下了。烏娘子知道後，還說這謝禮給得太重了，要退一半回來。

顏娘道：「自從我們搬到鎮上，烏娘子和戚掌櫃幫了我們很多，銀子本就不多，要是再退回一半，豈不是要我們沒臉見人？」

烏娘子還想說什麼，又聽她道：「日後鋪子開張了，還需要烏娘子多捧場呢。」

聽她這麼說，烏娘子拍了拍胸脯，表示這事就包在她身上了。

新顏坊選在了九月初一開張，這日子是雲氏找人算過的吉祥日子，宜開市，宜嫁娶。也許是日子好，凌績鳴娶新婦也選在了這一天。

顏娘和海棠天剛亮就收拾妥當，今日是新顏坊開張的第一天，不管生意如何，她們都得守在鋪子裡，出門時，正好碰到了雲氏，於是三人結伴而行。

新顏坊是海棠根據京城的習慣佈置的，櫃檯擺成一個半開的回字形，大門左側靠牆放著一張小榻供客人休憩，右側則擺了一張方桌，上面放著一些試用的藥膏供客人試用。

大門口的招牌上蒙著一塊紅布，上面綁著一朵紅色大綢花，時辰一到，掛在門口的鞭炮被點燃，噼哩啪啦的聲響吸引了街上的路人，很快鋪子門口就圍了一圈人。雲氏和海棠一人執著紅綢的一端，在大家的好奇下，扯開了被紅綢遮住下牌匾的真容。

頓時，「新顏坊」三個大字顯現在眾人眼前，圍觀的人群紛紛議論起來，雲氏笑著給大家解釋了一遍鋪名的由來，相當於現場做了一次宣傳。

她在陵江鎮的名聲很好，很大的原因來自於她是劉大夫的娘子，另一部分則是她自己累積的善緣。劉大夫雖說是有名的婦科聖手，但他畢竟是男子，所以很多不方便的時候都由雲氏去看。

見新顏坊是雲氏開的，很多讓雲氏看過病的，都捧場的走進了新顏坊。還有人聽說不要錢就能試用，抱著有便宜不占是傻子的心態進了鋪子，一時間新顏坊熱鬧極了。

海棠專門負責試用這一塊，藥膏基本上都是她製的，怎麼用、用多少她最懂。顏娘站在櫃檯後招呼客人，雲氏抱著滿滿在一旁看著。

試用的人很多，但真正買的卻沒有幾個，大半日下來，只賣了幾盒美白的藥膏出去。顏娘和海棠都有些沮喪，雲氏勸道：「做生意需要慢慢來，新顏坊才開張，生意冷清是正常的，但只要有人用過我們的藥膏，就知道我們鋪子裡的東西都是好貨，自然就會有客上門。」

聽了這話，兩人的心情好了很多。

下午，新顏坊沒有了上午開張時的熱鬧，鋪子裡只有一、兩個婦人在閒逛。這時候，烏娘子上門了，身後還跟著三個與她差不多年紀的婦人。

她對顏娘道：「上午太忙了，這會兒才有空過來看看。」她在鋪子裡轉了一圈，笑著說：「店裡的佈置不錯，光看著就很舒服。」

顏娘道：「我不懂這些，都是海棠佈置的。」

烏娘子一聽，誇讚道：「海棠真能幹。」說完又跟那三個婦人道：「妳們之前不是疑惑我的臉為什麼變好看嗎？我啊，就是用了新顏坊的去斑藥膏。」

聽她這麼說，其中一個穿醬紫色衣裳的婦人開口：「我也要妳用的那種藥膏，妳幫我問問我能不能用。」

其他兩個婦人也都跟著附和。

烏娘子伸手招來海棠，海棠仔細看了看她們的臉，然後根據她們各自的情況推薦了不同的藥膏，這三人都是烏娘子娘家的姐妹，烏娘子的變化她們看在眼裡，都很爽快的付了錢。

烏娘子來了以後，鋪子裡又陸陸續續來了一些客人，她在陵江鎮住了快二十年，大家都知道她長什麼樣，如今一張臉變得白皙紅潤，於是便成了一塊活招牌，很多人都掏錢買了一盒藥膏。

當然也有不捧場的，在隔壁街開了一家脂粉鋪子的賀娘子就是其中之一。聽說錦繡閣對面開了一家新顏坊，專門賣去斑去皺的藥膏，賀娘子把鋪子交給夥計看著，自己則去了新顏坊打探虛實。

「喲，這一盒黏糊糊的東西就要一錢銀子，這哪是做生意，怕是在搶錢吧。」她的聲音又細又尖，引得大家都朝她看來。

見有人關注自己，賀娘子聲音更大了。「我那鋪子裡最上等的胭脂和香粉也才兩錢銀子，大家可別被她們給騙了，折了銀錢不要緊，可別把臉給搽爛了。」

這話一出，有人猶豫了，尤其是櫃檯邊還沒付錢的兩個婦人，都在擔心賀娘子說的是不是真的。

海棠氣憤的看向賀娘子。「這位大娘，飯可以亂吃，話可不能亂說。我們新顏坊開門賣東西，講究的是一分錢一分貨，只要客人拿了銀錢，我們絕對會拿出物超所值的東西來。」說著說著，她扯著賀娘子來到烏娘子面前。「妳看仔細了，這是錦繡閣的烏娘子，想必妳也認識吧，她的臉就是搽了我們鋪子裡的藥膏才變得白皙嫩滑，妳那兩錢銀子的胭脂香粉，能有這樣的效果嗎？」

賀娘子順著她的話朝烏娘子臉上看去，果然看見烏娘子的臉又白又光滑，像是把原來那層老皮剝掉了一般。烏娘子本來同她差不多大，只是皮膚沒有她細嫩，所以看著要顯老一些，但眼前的烏娘子跟她站一塊，自己似乎比她大了好幾歲。

賀娘子張了張嘴，半天沒有吐出一個字來。烏娘子見了很得意，以前賀娘子仗著自己賣脂粉、會打扮，經常奚落她，沒想到她也有被她比下去的一天。

「我這臉真的是托了這藥膏的福，不然站在妳面前的還是以前那個黃臉婆，賀娘子若是想買藥膏，就讓海棠姑娘幫妳看看，買了保證不吃虧。」

聽了烏娘子的話，賀娘子臉色陰沈著道：「用不著，這藥膏誰愛用誰買，就算白送我也不稀罕。」說完哼了一聲就扭著腰走了。

沒了賀娘子鬧場，原先那兩個婦人都湊到烏娘子身邊，問她這藥膏是不是真的這麼神奇。烏娘子笑著看了一眼雲氏。「安和堂劉大夫的夫人妳們應該都認識吧，她除了會看婦人病，還會調製美容養顏的藥膏，海棠姑娘就是師從劉夫人，所以妳們就放心大膽的付錢吧。」

藥膏是由誰調製，顏娘沒有瞞著烏娘子，正好也藉著烏娘子的嘴，將雲氏抬出來鎮場子，這樣一來，就比海棠一個小姑娘要可靠得多。

那兩個婦人聽了這話，果然打消了心裡的疑慮，雖然一錢銀子花得有些心疼，但只要有效果就是值得的。

等那兩個婦人付完錢離開後，海棠從櫃檯裡拿了一盒藥膏塞給烏娘子，當做是她仗義執言的謝禮，烏娘子推託了幾下才高高興興收下。

鋪子打烊後，顏娘、海棠和雲氏並未急著回家，而是坐在店裡盤算今天的收入，等到最後一個銅板數完，海棠欣喜道：「除去成本，咱們今天一共賺了五兩銀子。」

顏娘和雲氏聽了也很開心。

雲氏望了一眼貨櫃，上面擺著的藥膏所剩不多，她對海棠道：「我估摸著從明天起，新顏坊的生意就要淡了，顏娘在鋪子裡守著，咱們趁著這時候多製一些藥膏出來，等她們嘗到甜頭了，到時候就有得忙了。」

海棠點了點頭，這些藥膏不是立刻見效，最快也要連著搽一個月才有明顯的效果。於是這接下來的半個月，海棠和雲氏就一門心思的製藥膏，顏娘帶著滿滿守著鋪子。

這一個月裡，新顏坊的生意很冷清，有時候一天能賣兩盒藥膏出去，有時候一連幾天都沒客人上門。雖然知道其中緣由，顏娘也免不了有些擔憂，期間賀娘子上門了幾次，每次都會譏諷顏娘幾句，顏娘也不跟她計較，只管做自己的事情。

新顏坊的生意在一個月後終於有了起色，最先上門的是烏娘子的三個姐妹，她們搽了新顏坊的藥膏後，每個人都有了不小的變化。也許是因為一母同胞的原因，烏娘子四姐妹在生養過後，臉上都長了一些黃斑。

平時為了不讓黃斑影響自己的容貌，只要出門都會塗脂抹粉裝扮一番。但自從用了半個月新顏坊的藥膏後，烏娘子的三個姐妹發現她們臉上的黃斑明顯的淡了一些，三人很是激動。又得知烏娘子用了三個月的藥膏，黃斑才徹底消失後，三姐妹便迫不及待拉著烏娘子來新顏坊了。

烏家姐妹每人一口氣買了五盒藥膏，看在烏娘子的面上，顏娘每盒藥膏少收十文錢，這樣一來，不僅烏娘子面上有光，烏家姐妹也覺得得了實惠。

繼烏家姐妹續買藥膏後，又陸陸續續的來了一些回頭客，幾乎都是用了藥膏半個月後才上門的，也有一些新客在聽說新顏坊的藥膏有神效時，忍不住買一盒回去試用。

除了藥膏，雲氏和海棠又製了一些常用的胭脂和香粉，跟隔壁的胭脂鋪成了競爭對手。賀娘子上門鬧了幾回，但礙於雲氏有個做官的兒子，不敢真的對新顏坊使壞。

新顏坊的名聲漸漸傳了出去，鋪子裡的生意變得越來越紅火，顏娘和海棠忙不過來，於是便雇了雲氏娘家的一個遠方姪女來幫忙。不是特別忙的時候，就顏娘和雲慧慧兩個人守著鋪子，海棠和雲氏忙製藥膏的事情。

雲慧慧是個特別勤快能幹的姑娘，自從她來了以後，顏娘鬆快了不少。唯一不好的一點，就是她性子有些木訥，在接待客人的時候，經常是客人問一句她才答一句。為此雲氏說了她好幾回，卻依舊沒有什麼變化。

這日午間，顏娘帶著滿滿在鋪子後面屋子裡午睡，剛剛將女兒哄睡著，就聽到前面傳來一道呵斥聲，她將滿滿放在床上後急匆匆的出去。

沒想到出來後看到了兩個熟悉的人，一個是她的前夫凌績鳴，一個是前夫的同窗姜裕成。凌績鳴臉色陰沈的盯著腳上的鞋子，鞋子上沾著一坨白色的藥膏，雲慧慧手足無措的站在一旁，不用猜也知道剛剛那道呵斥聲是誰發出來的。

「慧慧，妳去幫我看著滿滿，這裡交給我來處理。」顏娘柔聲道。

雲慧慧點了點頭，連忙掀開簾子進裡面去了。

鋪子裡只剩下他們三人，凌績鳴複雜的望著顏娘，沒想到她跟變了一個人似的，不光臉上難看的紅印沒有了，就連性子也變了很多。

顏娘才不管他心裡如何想，只將他當做普通客人對待。「小姑娘毛手毛腳弄髒了你的鞋子，我願意照價賠償，客人開個價吧。」

凌績鳴冷聲道：「用不著。」

聽他這麼說，顏娘也就不再跟他搭話，反倒是對姜裕成要熱情些。「姜大人，聽說您已經是咱們虞城縣的父母官，我在這裡跟您道喜了。」

「多謝妳。」姜裕成笑著道：「這新顏坊是妳開的嗎？」

顏娘搖頭。「不是的，這鋪子的老闆另有其人，我只不過在這裡幫忙而已。」

聽她這麼說，姜裕成也不再多問，他在鋪子裡逛了一圈，最後買了兩盒美白的藥膏。

凌績鳴本是來買藥膏的，但顏娘不願搭理他，他也不想自討沒趣，最後自然空手而歸。等出了新顏坊，姜裕成將手中的兩盒美白藥膏遞給他，他不解的問道：「子潤，你這是何意？」

姜裕成笑道：「你不是專門來給你夫人買藥膏的嗎？聶娘子不願意賣給你，所以愚兄便替你買了兩盒。」

凌績鳴連忙朝他道謝，正要將買藥膏的銀錢給他，卻聽姜裕成擺手道：「那藥膏值不了幾個錢，你明日便要出發去梧州，想必還有很多事情要跟家人交代，我就不留你了，你自家去吧。」

白日鋪子裡發生的插曲，顏娘沒有放在心上，凌績鳴對她來說連陌生人都不如，成親前那點愛慕早就被消磨殆盡，現在兩人已經和離，日後更不會有什麼瓜葛。

海棠跟雲氏說起姜裕成的時候，她倒是留意了一番，這才知道姜裕成在陵江鎮買了一處宅子給姜母，正巧不巧，宅子就在劉家隔壁。按理說姜裕成是虞城縣知縣，姜母應該跟著他去虞城縣生活，卻不知為何要來陵江鎮。

這個疑問很快就解開了，姜母搬來後第二天，雲氏就和顏娘、海棠上門拜訪了。見隔壁鄰居來訪，姜母很熱情的將她們迎了進來，又讓小丫頭給客人倒茶。

雲氏與姜母年紀差不多，只不過姜母早年喪夫，一個人拉拔著三個孩子實在辛苦，看著要比雲氏蒼老許多。姜裕成與雲氏的長子劉聞為同榜進士，說起兒子來，便免不了要互誇一番，誇完人才誇孝心，聽得顏娘和海棠悶笑不已。

當雲氏問起姜母為何不去虞城生活時，姜母嘆氣道：「去了虞城縣，人生地不熟的我住不慣，我那外甥女茹茹就嫁在陵江鎮，我在這邊住，也方便她來看我。」

「是啊！我家大郎也說日後要接我跟他爹去京城，但我們在陵江鎮住了一輩子，怎麼能習慣京城的繁華呢？」聽了姜母的話，雲氏不由得唏嘘感嘆。

海棠在一旁插話道：「乾娘，京城可比陵江鎮好多了，別的先不說，達官貴族、豪商富賈多如牛毛，咱們這新顏坊要是開在京城，包準是日進斗金。」

海棠的話逗笑了雲氏。「喲，聽妳這語氣似乎去過京城？」

「我哪去過啊？我只是聽人說過。」海棠連忙搖頭。「乾娘妳又不是不知道，我以前是跟著顏娘姐姐在凌家當丫鬟的。」

海棠對以前賣身為奴的事情絲毫不避諱，說出來也是坦蕩無比，雲氏看重她並不全因她嘴甜聰明，更多的是喜歡她這種直率開朗的性情。

姜母將海棠打量了一遍，驚訝地對雲氏道：「我瞅著這姑娘通身的氣派不像是為人奴婢的。」

雲氏笑了笑，跟她解釋：「海棠現已經是自由身了，顏娘跟凌家二郎和離後，就給海棠除了奴籍，平日裡也拿海棠當親妹妹看待。」

姜母這才了然，她又誇顏娘道：「沒想到聶娘子也是個重情重義的人。」

顏娘被她誇讚，當即臉紅了。姜母又忍不住看了她好幾眼，只見她皮膚白皙細嫩，身材豐盈圓潤，雖說有些胖，但看著就是一副好生養的模樣。她不由得想起早逝的兒媳冷嬌嬌，要是她的身子有這個聶娘子一半壯實也好啊。

上了年紀的婦人，就盼著能含飴弄孫，姜母和雲氏都是一樣的心思。姜母問雲氏：「妳家大郎可是定下了？」

雲氏道：「他與我那外甥女自幼訂親，只是女方年紀尚小，等明年及笄了就給兩個孩子完婚。」說完又問姜母：「郭姐姐那兒媳過世快一年了吧，姜知縣近來有沒有娶妻的打算？」

姜母搖頭。「他答應要為嬌嬌守三年，現下無論如何是不肯再提這事兒的，我也拿他沒辦法，只盼著三年期滿，他能夠給我娶個賢慧大方的兒媳婦回來。」

雲氏安慰道：「一定會的。」

聊完了各自的兒子，雲氏和姜母又將目光移到了顏娘身上，姜母笑咪咪的問顏娘有沒有再嫁的打算，若是有，她這裡正好有一個合適的人選。

見她熱情的為自己作媒，顏娘連忙道：「多謝老太太的垂愛，只不過我現下並未想過嫁人。」

見她無意，姜母也就只好歇了作媒的心思。

姜裕成在休沐日這天回到陵江鎮，剛一進門就聽到院子裡傳來孩童的嬉笑聲，他在心裡猜測一定是表姐帶著外甥長生來了。進去後才發現，院子裡不光長生在，還有一個紮著兩個小揪揪的女娃。女娃看著只有一歲多點，長得白白胖胖，走起路來一搖一晃的，讓他莫名的想起了「憨態可掬」四個字。

賀長生正逗著妹妹，突然發現表舅舅的身影，開心的衝屋裡喊道：「舅婆、娘，舅舅回來啦。」

他話音剛落，冷茹茹從屋裡出來，看到姜裕成後笑著道：「快進來，舅母知道你今天回來，正在包你最愛吃的餃子呢。」

姜裕成點了點頭，指著呆呆看著自己的小女娃問：「這是誰家的孩子？」

冷茹茹蹲下身將小女娃抱起來。「這是新顏坊聶娘子的女兒，這幾日都由舅母照看著，小姑娘很乖，不哭也不鬧，就連長生也喜歡跟她玩。」

姜裕成有些驚訝，他這外甥從小因為身子骨弱，性子養得有些乖張，沒想到竟能跟這麼小的女娃娃玩到一塊去。

他牽著外甥往屋裡走，忍不住再次朝趴在表姐肩頭的女娃娃看去，只見她睜著滴溜溜的大眼睛，一眨也不眨的盯著他。姜裕成朝她笑了笑，那女娃娃也咧嘴笑了。

進了屋，姜母正在包餃子，見兒子回來了，連忙放下手中的活計。姜裕成一旬回來一次，姜母拉著他仔細看了看，有些心疼道：「我兒瘦了。」

前任知縣范玨留下了一個爛攤子，姜裕成自從接任虞城知縣後，幾乎每天忙得腳不沾地，也是最近這兩日才有空閒回家看看。

姜母嘆了口氣，將包好的餃子下到鍋裡，不一會兒，白白胖胖的餃子浮了起來，整個灶房都瀰漫著餃子的香味。姜母盛了一大碗給兒子，姜裕成也不挑地兒，端著碗就站在灶房裡吃了起來。

顏娘來姜家接女兒的時候，就看見穿著玄青色直裰的姜裕成正端著碗狼吞虎嚥，她面上閃過一絲訝異後很快又恢復如常。她將手上提著的一籃橘子放下，跟姜母和冷茹茹道謝，姜母留她一起吃餃子，顏娘婉言推辭了。

等她帶著滿滿走後，姜母望著她的背影對冷茹茹道：「聶娘子是個好的，原本我想著將她說給妳袁四嬸家的老二做續弦，只可惜她沒有嫁人的心思。」說著說著又感嘆：「要是她沒嫁過人就好了，給成兒當填房也挺好，看著就是個好生養的。」

「咳咳咳……」姜裕成正吃得歡快，冷不丁的聽到他娘的話，被驚得嗆到了，緊接著喉嚨處充滿一股火辣辣的感覺。

姜母見狀連忙給兒子順氣，責怪道：「你這孩子，吃個餃子都不省心。」

姜裕成一邊咳著一邊想，這能怪我嗎？還不是您老語出驚人。他知道自從表妹冷嬌嬌去世後，他娘就琢磨著要給他找一個身強力壯的兒媳婦，若不是三年妻孝未滿，說不定她明天就能張羅著幫他把媳婦娶進門來。

其實不光是姜母有這樣的心思，就連冷茹茹也盼著表弟能早日成家，冷嬌嬌雖然是她的親妹妹，但她不願意讓視如親弟的表弟就這麼守著。妹妹身子弱耽誤了表弟，她心中愧疚難當，總想著給他娶一房身子骨好又賢慧大方的妻室。

冷茹茹勸道：「裕成，你已經為嬌嬌守了一年，也應該為自己打算了，舅母她老人家就盼著抱孫子呢。」

冷茹茹是站在冷嬌嬌娘家人的立場上說這話的，她不反對姜裕成續娶，那姜裕成大可不必為冷嬌嬌守滿三年。

姜裕成頭都大了，他真的不想娶妻，當初跟冷嬌嬌成親，也是因為他們自幼定下了婚約。他不願隨隨便便找一個女子成親生子，然後相敬如賓的過完一生。三兩下吃完碗裡的餃子，將碗一放逃也似的離開了灶房。

另一邊，顏娘帶著女兒回去後，海棠已經將飯菜擺好了，晚飯後，她提著早就裝好的食盒去了鋪子上，顏娘則留下來收拾。

洗碗時，顏娘眼前不由得浮現一抹玄青色的身影，像他們那樣的讀書人竟然也會有那般不雅的吃相？想著想著，又記起和離那夜，他讓車夫載她們一程，明明自己在外面冷得發抖，卻將溫暖的車廂讓給她們。那樣的善意，顏娘永生難忘。

顏娘是和離過的婦人，姜裕成是死了妻子的鰥夫，為了避嫌，顏娘只好將他的恩情報答在姜母身上，她去錦繡閣買了一些料子，打算給姜母做一身衣裳。

自從新顏坊開起來後，顏娘就很少動針線了，幾個月過去，手上的動作一點也沒生疏，花了兩天時間，總算將送給姜母的那件衣裳做好了。找了個合適的日子送過去，姜母一看喜歡的不得了，直誇顏娘手巧。顏娘被她誇得不好意思，臉上的紅暈過了很久才消。

等顏娘走後，姜母捧著手裡的衣裳長嘆了一口氣，這麼好的姑娘為何會是一個和離過的婦人呢？要是沒嫁過人，配自己兒子多好，說不定早就兒女成群了。

給兒子續弦成了姜母的心病，可每當她提起這事，原本孝順無比的兒子總是毫不猶豫的拒絕，她真恨不得日子過得再快些，只要三年期滿，她就算是以死相逼，也得讓他把兒媳婦給娶回來！

第六章

三年後——

賀長生剛剛走到聶家院子外，就聽到一道軟糯的童聲。「娘，妳快帶我去找長生哥哥玩。」

聞言他嘴角微微上翹，蒼白消瘦的臉上多了一絲溫暖的笑容，他輕輕敲了敲門，只聽裡面喊了一聲「來了」，一個穿著紅色夾襖的女童出現在自己眼前，後面跟著一個面若銀盆、體態豐腴的年輕婦人。

女童約莫三、四歲大小，白白嫩嫩的，紅撲撲的小臉蛋上，一雙大眼睛忽閃忽閃的。再往上，兩隻小辮兒朝天翹著，綁著兩根粉色的髮帶，隨著她的動作，髮帶一顛一顛的像兩隻飛舞的粉蝶。

「長生哥哥抱。」見到他，女童開心的衝他張開雙手。

見狀，顏娘蹲下身來對女兒柔聲道：「滿滿長大了，不能再讓長生哥哥抱了。」叫滿滿的女童癟了癟嘴，有些失望的放下手臂。賀長生對年輕婦人道：「聶姨，我來抱滿滿吧。」

顏娘搖了搖頭。「這丫頭又重了些，連我抱著都有些吃力，還是讓她自己走吧。」

聽她這麼說，賀長生也不再堅持，他知道聶姨是為了他好，他從小體弱多病，體力上實在是比不得同齡的孩子。

「滿滿，長生哥哥牽著妳走。」他一邊說著，一邊朝她伸出右手。

滿滿連忙將胖乎乎的小手搭到他手上，賀長生帶著她朝不遠處的姜家走去，顏娘鎖好門後跟著去了。

今日是姜裕成的大喜日子，前些日子姜裕成三年妻孝剛滿，姜母就托人給他說了一門親，女方是陵江鎮葛秀才的女兒葛芳娘。

姜母之所以會同意兒子娶這葛芳娘，全是因為看中了秀才娘子的生養能力。葛秀才夫妻除了葛芳娘這個長女外，膝下還有四個兒子。

這四個兒子中，最大的十三歲，最小的九歲。半大小子吃窮老子，葛秀才中了秀才後，慢慢的攢了一些家底，可誰知養了這麼多兒子，不僅家底吃沒了，就連開私塾賺來的束脩也要精打細算才能夠一大家子嚼用。

葛芳娘到了出嫁的年紀，葛秀才夫妻連像樣的嫁妝都湊不齊，好在姜母不在乎這些，她只想給兒子娶一個身體健康好生養的妻子。顏娘想到葛芳娘瘦弱矮小的樣子，不由得懷疑她能不能完成姜母三年抱倆的期盼。

虞城縣的知縣娶妻，很多鄉紳富賈不請自來，再加上前來道賀的姜家村村民以及陵江鎮的街坊四鄰，整個姜家賓客盈門、熱鬧非凡。

大廳裡，姜母高坐在八仙椅上，看著這番熱鬧的景象，笑得合不攏嘴，等了三年，總算是等到這一天了。

「新娘子接回來了。」這時，不知道是誰喊了一聲，賓客們紛紛朝著門口聚集，大家都想親眼目睹新郎官的風采。

姜裕成身著紅色喜服，騎著高頭大馬緩緩走近，到了門口，他翻身下馬，面帶笑意的朝前來道賀的賓客拱手致謝。

這時，轎夫們輕輕的放下花轎，喜娘讓姜裕成踢轎門，姜裕成照著她的話做了。喜娘說了幾句吉祥話，然後掀開簾子去扶新娘，誰知裡面一點動靜也沒有。

圍觀的人群安靜下來，喜娘見狀大笑道：「新娘子太害羞了。」一邊說著，一邊探頭往裡看。

「死人了！死人了！」喜娘被嚇得魂飛魄散，嘴裡不停的尖叫著。

看著面如土色的喜娘，姜裕成臉色大變，他迅速的掀開轎簾，只見葛芳娘歪斜著靠在轎壁上，胸口插著一把剪刀，鮮血順著嫁衣一直流到了轎子裡，在她腳下開出一朵暗紅的花來。

他伸手在葛芳娘鼻孔處探了探，一絲氣息也無，看來已經沒救了。

新婚當日新娘子卻慘死花轎中，變故來得措手不及，姜裕成作為新郎官兼虞城知縣，當機立斷的遣散了賓客，並喚來仵作驗屍。

發生了這樣的事情，姜母很快也得知了，一聽到新娘子死在花轎裡，頓時覺得眼前一黑，暈了過去，大廳裡頓時一片慌亂，好在今日劉大夫在場，立即讓人將姜母扶回房，他上前給姜母扎了幾針後，她才悠悠轉醒。

醒來後的姜母失聲痛哭。「我兒為何這般命苦，大喜的日子竟……」後面的話被哭聲掩蓋，她在說什麼已然聽不真切。

雲氏勸慰道：「郭姐姐，妳可要保重身子啊，姜知縣要斷案，這家裡的事情還需要妳做主。」

冷茹茹紅著眼眶道：「舅母，好好的人沒了，葛家那邊還不知道要怎麼鬧呢，您一定不能有事，不然……」

聽了這話，姜母漸漸地止住了哭聲，她問冷茹茹：「葛家那邊人來了嗎？」

冷茹茹道：「葛秀才娘子聞訊就暈了過去，葛秀才早先便醉得不省人事，葛家大郎帶著弟弟們守著爹娘，只葛家宗族的幾個長輩過來了。」

「快扶我起來。」姜母掙扎著起身。「出了這樣的事，不能把人晾著。」

大廳裡，白髮蒼顏的葛三太爺一臉陰沈的坐著，旁邊站著兩個四十多歲的中年男子，臉上難掩怒氣和悲痛，這兩人分別是葛芳娘的二堂叔和三堂叔。大喜的日子變成一場慘劇，葛家沒有人相信會發生這樣的事情。

姜母被冷茹茹和雲氏扶了出來，葛二堂叔衝上來找她理論，姜母不由得後退了兩步。賀文才連忙上前勸道：「兩位長輩息怒，有什麼咱們坐下來好好談。」

「人都死了還談什麼？我葛家好好的女兒，還未進妳家的門就被害死了，今天你們必須給我們一個交代。」葛二堂叔橫眉怒目道。

冷茹茹臉色變了變，大聲道：「我表弟正在查案，等抓到殺人兇手，自然會給你們一個交代。」

葛二堂叔還想說什麼，就聽葛三太爺咳嗽了一聲，他被葛三堂叔拉了回來。

葛三太爺的臉緊繃著，像是在上面刷了一層漿糊，他的目光從冷茹茹臉上掠過，最後落到姜母身上。

「姜老夫人，小兒無狀，老朽替他道歉。」他開口道：「今天本是姜葛兩家大喜之日，誰知竟發生了這等慘案，我那姪孫女花一樣的年紀就沒了，我這個做長輩的也覺得痛心。」

姜母抹了抹淚，點頭道：「老太爺說的是，芳娘雖然沒進我姜家，但也是我親自挑選的兒媳，如今人沒了，我也難受得很。」說完，她懇切地道：「事到如今，葛家有什麼要求儘管提，只要能答應的，我一定答應。」

冷茹茹正要阻止，她卻示意她不要輕舉妄動。姜母心中有愧，總覺得葛芳娘之死與這樁婚事有關，她害怕真的是兒子剋死了她。

葛三太爺等的就是這句話，他說出自己的來意。「芳娘是姜知縣親自從葛家接走的，雖然還沒拜堂，但也算是你們姜家的人了，所以我希望你們能另擇吉時，將芳娘迎進門，再從我葛家族裡挑選一女嫁過來。這樣一來，芳娘也不至於成為無主冤魂，姜葛兩家的姻親關係也能續存。」

所有人都愣住了，葛芳娘已經死了，再迎她進門，不是讓姜裕成跟一個死人成親嗎？再說了，葛芳娘剛死，葛家又立馬嫁女，這事不光是姜母、冷茹茹這樣的血親不能接受，就連雲氏這個外人也覺得葛家有些不近人情。

冷茹茹不由得怒火中燒，諷刺道：「原本以為你是真的痛惜晚輩，沒想到卻打這樣齷齪的主意，芳娘屍骨未寒，你就想讓族中姐妹嫁進來，也不怕芳娘死不瞑目。」

聽了這話，葛三太爺勃然變色。「我同姜老夫人說話，沒有妳插嘴的分。」

冷茹茹冷哼：「姜夫人是我舅母，姜知縣是我表弟，我從小由舅母撫養長大，將表弟當做親弟，你逼我舅母、欺我表弟，我為何不能出言反駁？反倒是你，身為一族之長，不想著為族親伸冤，反倒是利慾薰心、蠅營狗苟，也不怕壞了葛家的名聲。」

被人指著鼻子罵，葛三太爺氣得脹紅了臉，他怒睜著眼，額角的青筋隨著呼呼的粗氣一鼓一張的，剛說了一個「妳」字，接著身子就朝後緩緩倒去。

「爹！」

「爹！」

葛家兩位堂叔趕緊衝上前將他扶住，葛二堂叔恨聲道：「若我爹有個三長兩短，我不會放過你們的。」

「就算你們姜家出了個知縣又怎樣，我葛家也不是好惹的。我爹剛剛提出的條件，你們最好立刻答應，不然別怪我葛家翻臉無情。」葛三堂叔威脅道。

也不曉得他哪來的底氣，冷茹茹當然不服，剛要開口卻被賀文才拉到一邊。「妳莫跟他爭，葛家送了個女兒到江東王府上作妾，聽說還頗為得寵，若是真的惹惱了他們，吃虧的還是子潤。」還有賀家。

冷茹茹心裡一緊，她已經將人得罪了，要是葛家真的因此報復表弟怎麼辦？想到這裡，剛剛的怒氣蕩然無存，只剩下害怕和擔憂。

見冷茹茹怕了，葛三堂叔又道：「葛家願意再嫁一女是看得起姜家，若你們不識趣，姜裕成頭上的烏紗帽能不能保住，可就說不清楚了。」

他得意洋洋的望著姜母和冷茹茹，眼裡是掩飾不住的蔑視。

「我頭上的烏紗帽就不由你們葛家人操心了。」這時，姜裕成從外面進來，大聲打斷了葛三堂叔。「葛芳娘的事情，等案子水落石出了，我會給你們一個交代，但我絕不同意再娶葛家女。」

話音落下，又對賀文才道：「姐夫，送客。」

葛芳娘被殺一案，成了陵江鎮近幾年來最大的案子，仵作驗屍過後，只得出是他殺的結論，姜裕成挖空心思查案，也沒有找到幾條有用的線索。

而姜母也因葛芳娘之死病倒了，冷茹茹從賀家搬來照顧她，趁著姜裕成回來的時候問他：「表弟，葛家那邊真的不會生事嗎？」

姜裕成嗤笑。「一個藩王妾室的娘家，他們的手還伸不到這麼長。」

聽他這麼說，冷茹茹這才鬆了一口氣，只要不影響表弟的仕途，她什麼都不怕。畢竟她現在的依仗就是表弟，只要表弟好，她在賀家才有底氣。

於是笑著說：「你也累了一天了，先去歇一會兒吧，我去顏娘那接長生。」

姜裕成道：「娘這裡還需要妳看著，長生我去接。」

顏娘家，賀長生正在跟滿滿玩七巧板，其實也就是滿滿玩，他在一邊看著。姜裕成來接他的時候，滿滿捨不得他，鬧著不讓他走。

顏娘柔聲安撫女兒。「哥哥該回家了，滿滿明天再跟哥哥玩好不好？」

滿滿噘著小嘴，可憐巴巴道：「可我今天還想跟長生哥哥玩。」

顏娘搖頭說不可以。

滿滿只好失望的目送長生哥哥離開。

因為沒能留下長生哥，滿滿一直到吃飯前也不肯理顏娘，海棠回來後感到奇怪，顏娘將剛剛發生的事情告訴了她，說完笑著道：「沒想到這丁點大的人還會嘔氣，也不知道從哪裡學來的。」

海棠將滿滿抱起來。「姑娘家還是得硬氣一些，免得受人欺負。」說著親了親滿滿的小臉蛋。「長生要是身子骨壯實一點，配咱們滿滿也不錯。」

顏娘責怪的看了她一眼。「妳別胡說，滿滿才多大，長生都九歲了。」

海棠不以為然。「年紀大一點才好，大一點會疼人。」

顏娘拿她沒辦法，只得無奈的搖頭。

等到晚上哄睡了滿滿，顏娘拉著海棠問道：「一晃妳都十六歲了，也該找婆家了，妳心裡到底是怎麼想的？」

海棠蹙眉道：「我不想嫁人，嫁人有什麼好的，不僅要為他生兒育女，還要伺候他全家，哪點沒做好就會被婆婆責罵，我才不想過那樣的日子。」

「咱們把眼睛擦亮點，不嫁這樣的人就行了。」顏娘柔聲道。

海棠仍是不願。「姐姐妳就別管我了，我就喜歡現在的日子，不想嫁人後變得束手束腳。」

顏娘憂心忡忡的嘆了口氣，海棠的性子就是太倔了，自己認定了的事情，誰勸都不肯聽。讓她嫁人的事，雲氏也說了很多次，海棠每次都用各種各樣的理由應付了事，到底不是親娘，雲氏也就不再管了。

為了這事，顏娘一晚上翻來覆去沒睡好，第二日便有些無精打采。烏娘子來串門的時候，一眼就看見她眼下烏青一片。

「顏娘，妳昨晚幹什麼去了？」烏娘子驚呼道。

顏娘笑著招呼她。「哎，有些煩心的事情罷了。」

海棠的事她沒打算跟烏娘子說，烏娘子也就沒有問。她今天找顏娘有正事，前幾天戚掌櫃收了一架屏風，卻被夥計旺兒不小心戳了一個拇指粗細的洞，烏娘子想到顏娘手藝好，便想請她幫忙修補。

見顏娘沒有立刻答應，她又道：「不會讓妳白做工的。」

顏娘解釋道：「不是因為銀錢，我是怕修補不好，讓妳和戚掌櫃失望。」

烏娘子一聽。「我還當什麼呢，妳手藝那麼好，一定行的。」見顏娘還在猶豫，又道：「就算沒補好也沒關係，我也不會怪罪妳。」

既然她都說到了這個份上，顏娘只好答應下來。

搞定了正事，烏娘子就有閒心嘮嗑了，她說：「跟妳說，前兩天我們當家的去草廟村收繡品，路過文家梁的時候遇到了一樁怪事。要不是因為這事，我也不會來找妳幫忙。」

顏娘問她什麼怪事，烏娘子低聲道：「草廟村離得遠，我們當家的一大早就去了，哪曉得走到半路被雨耽擱了，直到下午才又往草廟村去，收完繡品回程時天已經快黑了，他跟旺兒經過文家梁，隱隱約約聽到有女人在哭。

「我們當家的和旺兒壯著膽子往前走，走了沒兩步，那哭聲又停了，他們便以為是聽錯了，結果再往前走時，就看到前方不遠處不知什麼時候燃起了一個火堆，一個披頭散髮的白衣女人正跪著燒紙，一邊燒還一邊哭，說什麼：『兒啊，那小賤人死了，娘已經為你報仇了，你安心的去投胎吧……』旺兒膽子小，扔了繡品就要跑，被我們當家的拉住，掙扎的時候把繡品戳了一個洞，等他把旺兒穩住，再往前看時，半個人影都沒有，就連火星子都沒見著一點，要不是隱隱約約的還能聽見哭聲，他們還以為眼花了呢！那當下天黑地暗又是荒郊野外的，遇到這樣的事情別提多滲人了，我們當家的嚇得腿都軟了，旺兒那個沒出息的直接嚇尿了褲子。」

烏娘子講得繪聲繪色，顏娘只覺得後背發涼。在她看來，戚掌櫃的膽子算大的了，要是自己遇到這事兒，包準得嚇暈過去。

等烏娘子走了以後，她總覺得有些屋裡涼颼颼的，似乎下一刻那些讓人害怕的東西就會從角落裡鑽出來，心裡不由得有些發怵。

她抱著還在熟睡的女兒去了隔壁雲氏家，雲氏正好要去探望姜母，顏娘也跟著一起去了。

姜母的病一直沒有起色，雲氏勸她放寬心，不勸還好，一勸她的眼淚就跟斷了線的珠子一樣止都止不住。心病需要心藥醫，殺害葛芳娘的兇手一天沒找到，姜母的心結就解不開，就算是靈丹妙藥也起不了多大的作用。

為了不讓姜母胡思亂想，雲氏便講了幾個志怪故事來吸引她的注意。姜母聽得入了神，也就沒有心思去想傷心事。

見這個主意奏效，顏娘也忍不住將從烏娘子那裡聽來的怪事講了出來，她講得不如烏娘子那般生動，但也讓雲氏幾個心生懼意。

「我的娘啊，那女人到底是人還是鬼？」冷茹茹撫著胸口道：「誰大半夜的在外晃悠，還做那麼滲人的事兒。」

話音剛落，就聽見姜裕成的聲音響起：「什麼是人是鬼，表姐在說什麼？」

這下不光冷茹茹，就連顏娘幾個都被嚇了一跳，冷茹茹瞪了他一眼。「你這人走路怎麼沒聲音，都快嚇死我了。」

姜裕成只好賠罪道：「都是我的錯，還請表姐莫要見怪。」

冷茹茹哼了一聲，不再說什麼。

姜裕成問起她們剛剛說的怪事，冷茹茹倒豆子一般給他複述了一遍，聽完後，姜裕成皺眉看向顏娘。「聶娘子這故事是從哪裡聽來的？」

顏娘如實說了，姜裕成若有所思琢磨了一會兒，忽然朝門外走去，跨門檻的時候差點摔倒。望著他遠去的背影，冷茹茹嘀咕：「風風火火的哪裡像縣老爺。」

又過了幾天，顏娘再去姜家時，就聽說殺害葛芳娘的兇手終於找到了，害死她的不是別人，正是她的舅母方氏。

葛芳娘幼時經常去外家小住，跟方氏的小兒子于三寶青梅竹馬，表兄妹感情很好，方氏還跟小姑子提議親上加親，不過葛秀才娘子不同意，於是這事兒便算了。

葛秀才娘子為了將女兒和外甥隔開，將葛芳娘接回了陵江鎮。于三寶想念表妹，便偷偷去鎮上找她，結果路過文家梁的時候不小心摔死了，方氏受了刺激一病不起，並恨上了小姑子和外甥女。

因為于三寶的死，葛秀才娘子與娘家也漸漸生分了，原本有娘家的接濟，葛秀才家每日還能吃頓飽飯，後來娘家不管了，家裡的日子一下子難過起來。姜母此時請媒人上門提親，葛秀才沒怎麼猶豫就答應了。

雖然姜裕成頂著剋妻的名聲，但他是虞城的知縣啊，只要女兒成了知縣夫人，那他和葛家還少得了好處嗎？他歡歡喜喜的將女兒送上花轎，卻沒想到慘死在了半路上！

葛家和姜家都在鎮上，距離相隔不遠，為了能在吉時進門，接親時轎夫要抬著花轎繞著陵江鎮走一圈。古來陵江鎮就有花轎未到夫家不能沾地的習俗，若是在進夫家門前花轎落了地，便要親舅娘帶著新娘圍著花轎走三圈，然後由舅娘親自將新娘扶上花轎，才能消除厄運。

但碰巧的是，葛家花轎剛剛抬出門，不曉得從哪裡衝出一條瘋狗來，驚得轎夫們手腳慌亂，花轎也在躲避瘋狗咬扯的時候落到了地上。沒辦法，葛秀才娘子只好央求娘家嫂子幫忙。

方氏在于三寶沒了以後，就很少跟小姑子來往。後來葛芳娘許了人家，葛芳娘的外祖母便逼著兒媳跟女兒和好，方氏雖然憤恨卻不能違抗婆婆的吩咐，葛于兩家又重新走動起來。

葛芳娘成親時于家的人也在，所以花轎落地後，葛秀才娘子第一個想到的就是方氏。她卻不知，這一切都是方氏故意而為，瘋狗是她找來的，為的就是能藉此機會為兒子報仇。

所以當她被押解至公堂時，沒有絲毫反抗便認了罪。姜裕成看著堂下色如死灰的婦人，開口道：「于大寶和于二豔也是妳的孩子，妳難道就沒為他們想過嗎？」

方氏冷漠道：「三寶就是我的命根子，我的命根子沒了，我管其他人幹什麼？那兩個狼心狗肺的東西，葛芳娘害死了他們的親弟弟，他們倒好，反倒是去巴結討好那個小賤人。」

「本官得知，妳兒子是自己摔死的，與葛芳娘沒有任何關係。」姜裕成皺眉。

聽了這話，方氏眼裡突然迸發出憤恨與瘋狂。「就是她，我兒子就是被她害死的！要不是那個小賤人讓三寶去找她，三寶也不會死，都是她！都是她的錯！憑什麼我的三寶一個人埋在陰冷漆黑的地下受罪，她卻能歡歡喜喜的嫁給你當知縣夫人，我的三寶最最怕冷怕黑，我要小賤人下去陪他，我要讓她給我兒償命！」

最後幾個字，方氏幾乎是扯著嗓子喊出來的，喊完後已經泣不成聲。

姜裕成搖了搖頭，不想再繼續問下去，命人將她收監關押，待他將案子上報刑部後，方氏被判了死刑，明年秋後問斬。

在得知方氏的結局後，葛秀才夫妻倆抱頭痛哭了很久，方氏是罪有應得，但他們的女兒卻死得冤枉啊。而于家這邊，在方氏被判死刑後，于家老太太便讓兒子休了方氏。

葛芳娘被殺一案告破後，姜母得知了她的真正死因，心結一下子打開了，沒了心病，身體很快就好了起來。但她心裡還是很愧疚，要不是她去葛家提親，葛芳娘也不會年紀輕輕就沒了，於是提議將葛芳娘葬在姜家祖墳旁，但被葛秀才拒絕了。

他提出另一個要求，若是他的幾個兒子日後不成器，還要姜裕成多看顧一些。姜裕成感嘆葛秀才實在是個聰明人，要是他答應將女兒葬進姜家祖墳，姜葛兩家也就兩清了，如今提出這樣的條件，只要他是個重諾的人，葛家就能長久的得到好處。

姜裕成同意了他的要求，畢竟葛秀才家老大是個好苗子。

至於葛家宗族那邊還想嫁一個葛家女過來，葛秀才得知後堅決反對，姜裕成自然也不願意。葛三太爺來了姜家好幾趟，都被姜裕成請了出去，最後惱羞成怒的威脅，說是要將此事告知江東王，姜裕成依舊不為所動。

葛三太爺回到家中後，給孫女葛玉兒去了一封信。信中怒斥姜裕成是如何囂張跋扈，如何的看不起葛家，讓葛玉兒請江東王出面，狠狠的給姜裕成一個教訓。

葛玉兒收到家裡來信後，氣得將信紙揉成一團。「好一個姜裕成，這是欺我葛家無人？」說完，吩咐大丫鬟紅音：「替我梳妝，我要去找王爺。」

「夫人，團兒剛剛來報，說王爺去了王妃那裡，您這會兒去找王爺怕是有些不妥。」紅音勸道。

聽了這話，葛玉兒氣得大罵：「王爺也是，老菜幫子也下得去嘴，真是來者不拒。」

紅音是葛玉兒從葛家帶來的丫鬟，對她忠心耿耿，聞言急忙道：「夫人，隔牆有耳啊，這話要是被人聽去了那還了得。」

葛玉兒瞥了她一眼。「這日子是沒法過了，我在自個院子裡抱怨兩句都不行。」

紅音見主子沒有鬧著要去見王爺，心裡鬆了口氣，她道：「夫人，王妃無寵多年，王爺每次去正院，都不過是商量一些事情，依奴婢看，今日王爺去正院，應該也同往常一樣。」

葛玉兒也是這麼認為的，她一直派人盯著正院，每每有消息她總是能比其他人先知道，不過今日不知怎地，王爺去了正院一直沒出來，她的人也沒有給她送信來。她喚來團兒，讓她去正院那邊瞧瞧，一有消息就立刻回報。

團兒去了很久都沒回來，葛玉兒心裡突然生出一股不安來，她揪著帕子不停地朝門外張望。大約過了半個時辰，被打得半死的團兒被人抬了回來，後頭還跟著正院王妃的身邊人吳嬤嬤。

葛玉兒見狀頓時臉白如紙，偏這時吳嬤嬤還面無表情道：「王爺有命，葛夫人即日起禁足玉香院，無令不得出院。」

葛玉兒哪裡肯相信這老嬤嬤說的話，自從進了江東王府，江東王對她寵愛有加，還說過段日子便要為她去向皇上討請封側妃的聖旨。

她橫眉怒目的看向吳嬤嬤，罵道：「妳這老刁奴胡說！王爺才不會禁我的足，一定是王妃嫉妒我得寵，故意假傳王爺的命令，妳給我等著，我要去找王爺做主。」
吳嬤嬤對這個嬌縱跋扈的葛夫人沒有一丁點好感，甚至極度厭惡她在王爺面前挑撥離間，惹得她家王妃黯然心傷，毫不留情道：「都是死人嗎？還不趕緊執行王爺的命令。」
她身後跟著兩個腰圓臂粗的婆子，聞言連忙將葛玉兒和紅音往屋裡推，頂著葛玉兒的咒罵將大門鎖了起來。玉香院裡的丫鬟婆子們嚇得大氣也不敢出，一個個跟鵪鶉一樣耷拉著腦袋。
只有一個膽大的婆子出言質問道：「吳嬤嬤，王爺只命我們夫人禁足，可並沒說要將她鎖在屋內，妳這樣陽奉陰違，難道不怕王爺發怒嗎？」
吳嬤嬤冷眼看著她，這婆子她也認識，是葛玉兒的心腹之一，平時仗著葛玉兒的勢，經常在王府裡橫行霸道，有一次竟然還欺負到小主子的頭上了。
吳嬤嬤哪肯放過她，指著那婆子道：「來人，將她也一併關起來。」
那婆子一邊掙扎一邊咒罵，吳嬤嬤便讓人堵了她的嘴，隨後又對玉香院的奴才們一頓敲打恐嚇，若是有人敢放葛玉兒出來，不僅她自己會送命，就連一家老小也不能善了。
這樣一來，也沒人敢再說什麼。
此時葛三太爺父子幾個還不知道，葛玉兒連江東王的面都沒見著就被關了起來，他還在家裡翹首以盼等待孫女的回信，以及暗自思量姜裕成得罪江東王後的淒慘下場。
姜裕成是完全沒有把葛家放在眼裡的，他想起老師說過，江東王不過是一個蹦躂不起來的螞蚱，皇上早就看他不順眼了，就等著找機會整治他。

誰都沒想到，這個機會來得這麼巧。

大宴自開國以來便有皇室秋獮的傳統，今年也不例外，顯慶帝在九月十七這一日命十三歲的太子監國，自己則帶著後宮妃嬪、宗親子弟以及王公大臣們去了東郊的皇家獵苑秋獮。

江東王也帶著妻兒去了，只不過九月十九宮裡傳出錦貴人早產的消息，顯慶帝便顧不得秋獮了，急急忙忙趕回皇宮。

顯慶帝一走，江東王也不願意多待，於是便想帶王妃也回了王府，不料世子衛櫧卻不肯回去，江東王也不管，王妃翁氏倒是勸了好幾次，但衛櫧就是不聽，翁氏作為繼母，也不好再說什麼，於是十三歲大的江東王世子便一個人留在了獵苑。

顯慶帝急匆匆回了皇宮，錦貴人已經誕下了三皇子，只不過三皇子在娘胎裡受到毒害，生下來就沒了氣息。

禍不單行，興慶宮祥嬪所出的二皇子衛樺在御花園玩耍時，不小心被掉落的大石頭砸傷了腿，太醫斷定，二皇子以後恐不良於行。

顯慶帝又痛又怒，他本就子嗣單薄，除了先皇后所出的太子和祥嬪生的二皇子外，就盼著錦貴人這一胎，無論是皇子還是公主，他都喜歡。

誰知三皇子出生夭折，二皇子又成了廢人，事有蹊蹺，顯慶帝下令一定要找出害了二皇子和三皇子的兇手，甚至遷怒繼后，明知不是她的過錯，仍命她七日內查出真相，若超出七日抓不到真兇就要廢后。

繼后自知失職，長跪於乾清宮請罪。只因錦貴人有孕時，繼后將其接到華陽宮親自照看，吃食衣物均由她身邊的藍姑姑負責，但就連繼后也不明白，究竟是如何被找到機會毒害錦貴人的。

二皇子被石頭砸壞腿，其實跟她一點關係都沒有，但防不了有心人亂傳謠言，惹得顯慶帝龍顏大怒。繼后惶惶不可終日，三天後，吊死在華陽宮。

短短數日宮裡便發生了這麼多變故，顯慶帝一驚一怒下病倒了，而這時又傳來江東王世子衛櫧將恭王唯一的孫子衛枳推下馬背，衛枳摔斷了腿的消息。

恭王是顯慶帝的皇叔，妻兒早逝，恭王府只剩下衛枳一根獨苗苗。孫子受傷後，年邁的恭王便急急忙忙的趕到了東郊獵苑，太醫診斷衛枳雙腿傷勢過重，以後再也站不起來了。

恭王受了刺激暈了過去，醒來後便讓人抬著他進宮，顯慶帝還在病中，見皇叔老淚縱橫的要為孫子討公道，又想起了已經成為廢人的幼子，不免有些感同身受。

他以管教不嚴之罪將江東王貶為江東郡王，並奪了其嫡子衛櫧的世子之位，改立江東王繼妃所生之子衛杉為世子。

江東王衛錦誠本來就是沒有實權的閒散宗室，因為多年前和因謀逆判死的祈王走得很近，雖無參與謀逆一事，不過顯慶帝早已厭棄他。他在宗室中地位越來越低，如今又被貶成了郡王，無異於晴天霹靂，真恨不得沒有生過衛櫧這個兒子。

衛櫧惹下禍事，沒了世子之位不說，還要被施以鞭笞之刑，監刑的還是衛枳的親祖父恭王，施刑完畢後，衛櫧只剩下一具殘破的身軀。

衛櫧被送回王府後，江東王也沒來看過他一眼，只有王妃心善，派人日日好生照看著，世子衛杉偶爾也會來探望，但衛櫧均不領情，反而破口大罵王妃和世子母子倆包藏禍心，故意害他失去世子之位等等。

衛杉畢竟才十歲，聽了這些話後氣得跟母親抱怨：「大哥太過分了，明明是他自己闖了禍，卻怪到我和母妃身上，我以後再也不會去看他了。」

王妃哄了他幾句，讓他不必將衛櫧的話放在心上，畢竟衛櫧被奪去世子之位以及受罰鞭笞之刑，都是皇上下的旨意，與她本無干係。

如果有得選，她也寧願自己沒有嫁給江東王，寧願不要這王妃之位。

說來也是她命苦，本來可以在及笄後嫁給自己的表哥，卻沒想到被衛錦誠一眼看中娶了回來。嫁雞隨雞嫁狗隨狗，翁氏自嫁進王府後，就收起了對表哥的情意，一心一意的對待江東王。

誰知江東王荒淫好色，對這位強娶來的王妃也只寵愛了一段日子，隨後便日日夜夜流連花叢，不管什麼香的臭的都帶進府裡來，有時候還不顧王妃臉面，給得寵的妾室撐腰，逼得王妃只能不管家事，退居正院熬日子。

尤其是葛玉兒進門後，江東王對她十分寵愛，一度超過了霧梨院的玉夫人，在葛玉兒進門前，玉夫人最為得寵，也是最不尊重王妃的人。

葛玉兒後來居上，鬥敗了玉夫人後，竟然生出了取代王妃的心思，王妃也有所發覺，正好衛櫧出了這事，葛玉兒踢到了江東王的痛腳，因而被遷怒厭棄了。

她想起吳嬤嬤從葛玉兒那帶出來的信件，不由得冷笑，一個上不得檯面的妾室而已，也想要主宰朝廷命官的仕途，還真不怕風大閃了舌頭。

葛家那邊久等不到葛玉兒的回信，葛三太爺讓葛二堂叔立即去了一趟京城，帶回來的卻是江東王由親王被貶成郡王的消息，葛三太爺一時受不住刺激，暈了過去。

當他醒來時，就聽到葛二堂叔跟葛三堂叔說：「玉兒那丫頭好像不成了，要不咱家再送一個女孩兒去王府？」

「你說什麼？」葛三太爺急忙問道。

聽到父親的聲音，葛家兩兄弟連忙轉過身去扶他。葛三太爺又重複問道：「玉兒在王府裡怎麼了？」

葛二堂叔只好實話實說。「爹讓我去京城打聽消息，可我連王府的地兒都沒踏進去，聽門房的口風，玉兒好像失寵了，現在府裡是王妃掌家。而且，原來的世子惹怒了皇上，現在王府的世子是王妃的親兒子，王妃得勢，怎麼可能放過玉兒？這回就趁著機會，唆使王爺將玉兒關了起來。」

葛三太爺聽了又要暈倒，好在葛三堂叔眼疾手快使勁掐了掐他的人中，葛三太爺吃痛便緩緩醒來。

「老三，我記得梅兒今年十四了吧？」他睜著渾濁的眼睛看向葛三堂叔。

葛三堂叔心裡咯噔一下，爹該不會真的聽了二哥的話，要把他的女兒送進江東王府去吧？

他正琢磨著該如何拒絕送女作妾，誰知葛二堂叔卻搶先道：「爹，不光三弟家的梅兒，我家的雲兒也快及笄了，雲兒與玉兒自小就長得相似，三弟家的梅兒卻跟三弟妹一樣長了張方臉，真要再送一個去王府，那也應該送個好看的，這才能抓住王爺的心吶。」

若是在平時聽到二哥奚落他家梅兒，葛三堂叔定是要翻臉的，但現在這個時候，葛三堂叔卻巴不得他再多說幾句，好讓葛三太爺將心思放在葛雲兒身上。

果然，葛三太爺聽了二兒子的話也忍不住思量起來，雲兒的確跟玉兒長得相似，性格和脾氣也像了七成，但有一點雲兒比不上玉兒，那就是雲兒沒有玉兒苗條。

當年江東王來虞城遊玩，遇到了在陵江浣衣的葛玉兒，一眼便瞧中了她，並將她帶到了京城江東王府，憑的不光是年輕豔麗的相貌，還有她那盈盈一握的纖細腰肢。

「老二、老三，我決定將雲兒和梅兒一併送去王府，你們回去跟各自的媳婦說一聲。」過了很久，葛三太爺才作出決定。

聽了這話，葛二堂叔自然是喜不自勝，葛三堂叔卻有些不敢置信。「爹，為什麼還要送梅兒？」

葛三太爺盯著三兒子看了幾眼。「我這麼做自有我的道理，你只管聽從便是。」

葛三堂叔卻不肯，葛芳娘沒了的時候，葛家要再挑一個女孩兒嫁給姜裕成，他爹寧願選二哥家的草包雲兒，也不願將聰明伶俐的梅兒嫁到姜家去，還不就是因為梅兒沒有雲兒長得好看，怕她籠絡不住姜裕成。如今要送人去王府作妾，為何非得將梅兒也捎上？

「老三，你真不肯送梅兒去王府？」葛三太爺問道。

葛三堂叔一臉痛心道：「爹，我膝下只有梅兒一個女兒，我和她娘打算給她找一個普通人家，還請爹體諒體諒兒子。」

葛三太爺沒有說話，反倒是葛二堂叔忍不住嗤笑。「三弟，大哥還不是只有玉兒一個女兒，他為了葛家都肯將玉兒送到王府去，怎麼到你這裡就不行了？」

「二哥你……」葛三堂叔臉色變了變，氣道：「要不是玉兒鐵了心要跟王爺走，大哥現在還活得好好的。」

「夠了。」葛三太爺大聲呵斥道：「我意已決，你們都回去準備，三天後我親自送她們去京城。」

葛家送葛雲兒和葛梅兒去江東王府這事並未瞞著，在葛家雇了馬車駛向京城時，陵江鎮上大半數的人都知道了這個消息。

海棠嘲諷道：「葛家人真不要臉，好好的女孩兒送去給人作妾，也不怕丟了祖宗的顏面。」

顏娘道：「人家的家事，妳那麼氣做什麼，妳今年也有十七了，怎麼就不重視自己的終身大事呢？」

「我的顏娘姐姐，我現在還不想嫁人，妳就別在我面前說這些行嗎？」

「既然妳叫我一聲姐姐，妳的婚事我自然不能不管，還有妳乾娘，她比我還急，就怕妳真的嫁不出去。」

「……」

「好姐姐，求妳別提這事了好不好。」

「讓我不提也行，只要妳不逃避嫁人就成。」

姐妹倆正說著話，這時烏娘子上門了，她興高采烈地對顏娘道：「顏娘，大喜啊！」

顏娘有些摸不著頭腦，疑惑道：「烏姐姐這是什麼意思？」

烏娘子卻沒有回答，而是笑著看了海棠好幾眼後才道：「顏娘，妳還記得蘇員外吧，他家的太太剛剛跟我打聽海棠來著，看樣子是看上海棠了，想要討她做自己的兒媳婦。」

聽了這話，顏娘眼睛亮了。「姐姐此言當真？」

烏娘子甩了甩帕子。「當真當真，那蘇太太只有一個小兒子沒成家，不是給他說親還能有誰？」

顏娘卻道：「那蘇太太只有一個兒子沒成家不假，可蘇員外沒成家的兒子還有好幾個呢。」

烏娘子一聽，一腔熱情頓時減半。「這倒也是，蘇員外兒子多著呢，蘇太太保不齊是為哪個庶子打聽海棠，也怪我，事情沒弄清楚就來給妳們報信。」

顏娘搖頭。「烏姐姐也是一番好意。」

見烏娘子懊惱，她又道：「我和雲姨商量過了，海棠的婚事還需她自己點頭才行，依著海棠的性子，蘇家她怕是不會點頭。」

烏娘子問：「這是為何？」

「蘇家家大業大，不適合我們這種升斗小民。」海棠的聲音插了進來。

蘇員外是陵江鎮有名的豪紳，除了正房蘇太太，還娶了七房姨太太，八個女人一共給蘇員外生了十子三女。有人的地方就有勾心鬥角，蘇家女人多，後宅裡誰也不服誰，一鬥起來跟烏眼雞似的，弄得整個蘇家烏煙瘴氣的。

這些年蘇員外家妾室不和不是秘密，陵江鎮的百姓經常拿蘇家的事情當做茶餘飯後的消遣，蘇員外知道了也無可奈何。

蘇太太管著內宅，手裡捏著庶子庶女的婚事，那些姨太太顧及著兒女，不敢跟她作對，反而還要爭先討好。蘇太太從不磋磨妾室、苛待庶子庶女，在陵江鎮的名聲很好，所以她跟烏娘子打聽海棠時，烏娘子才覺得這是喜事。

海棠卻覺得這蘇太太不是省油的燈，這麼多年一直把持著蘇家內宅，不僅地位穩固如山，她手底下的妾室姨娘們也不敢跟她叫板，最後還得了一個好名聲，這樣的女人真的簡單嗎？

答案是絕對不簡單。

沒想到烏娘子前腳過來說了蘇太太的事情，第二日蘇太太就真的請了媒人上門提親。

「聶娘子，妳這妹子實在是有福氣，蘇家可是我們陵江鎮最了不得的人家，蘇太太看中了她做兒媳，可是別人求都求不來的好事啊。」

說這話的是陵江鎮的胡媒婆，最喜歡為大戶人家保媒拉線，蘇太太請她來說媒，她自是希望能夠一次成功，好掙得蘇太太豐厚的謝媒禮。

顏娘笑著道：「承蒙蘇太太看得起，只不過我妹妹已經許了人家，一女不許二男，這一趟妳怕是白跑了。」

胡媒婆一聽急忙問：「這是什麼時候的事，錦繡閣的烏娘子不是說還沒有許人嗎？」

「這是我妹妹父母在世時定下的親事，烏娘子也是不知情的。」這個藉口是顏娘跟海棠商量後的推辭，怕的就是蘇太太真的請人說媒，沒想到還真的派上用場了。至於那莫須有的未婚夫，只有等這事過去了再想辦法。

胡媒婆鎩羽而歸，向蘇太太說明了緣由，蘇太太道了一聲可惜了，便讓胡媒婆回家去，在她臨走前，讓人送了五兩銀子，就當做是跑腿的辛苦費。

等胡媒婆一走，她的心腹蘇嬤嬤道：「太太，依著老奴看，那聶娘子怕是沒看起四少爺庶子的身分，這才用早有婚約作為推辭。」

蘇太太唏噓。「我又何嘗不知這個道理？若不是為了新顏坊，我也不會請媒人去為那個孽種說親。」

蘇太太請胡媒婆去聶家說媒，並不是外人以為的那樣真心為庶子打算，而是看上了新顏坊的生意。

自新顏坊的藥膏在鎮上火了起來，蘇太太也差人買了幾回，用過後效果的確很好。這樣一來，蘇太太便有些眼熱，總想將新顏坊占為己有。

但她不能硬來，否則她經營了幾十年的好名聲怕是會毀於一旦。

「太太，您可別忘了，那新顏坊劉夫人也有份，若是為了得到新顏坊，光娶一個小丫頭可不頂用。」蘇嬤嬤分析道：「其實也不一定要將人娶回來，只需得到那些藥膏的方子就成。」

聽了這話，蘇太太覺得言之有理，依照蘇家的財力，只要有了藥膏方子，一個小小的新顏坊算什麼？她讓蘇嬤嬤附耳過來，交代了她幾句話，蘇嬤嬤點頭應了，然後板著嚴肅的臉離開了正院。

蘇嬤嬤走後，窗外花叢後面鑽出一個人來，他撣了撣身上的泥土，然後貓著身子躡手躡腳離開了。

不出兩天，顏娘替海棠回絕了蘇家親事的消息就在陵江鎮上傳開了，原本還有一些想結親的人家，聽說海棠有一個自小定下的未婚夫，也就漸漸地歇了心思。

顏娘和雲氏發起愁來，她們回絕蘇家是因為蘇家內宅混亂，只是想為海棠找一個簡單的人家嫁過去。這下好了，扯了個謊讓海棠落到了無人問津的地步。

海棠卻不當一回事，這樣正好，她是真的不想嫁人，沒人來提親，她樂得清閒自在。雲氏卻看不慣她這樣，氣道：「女人不嫁人有什麼出路，臨老了孑然一身、孤苦伶仃的誰來管妳？」

海棠笑著安慰她。「我以後才不會孤苦伶仃，這不是有滿滿在嘛，我不信我們滿滿會不管我這個小姨。」

「妳別跟我扯滿滿，妳和顏娘都不肯嫁人，難道以後都指望著滿滿？我看再這樣下去，滿滿都會被妳們帶壞。」

見雲氏說著說著牽連到自己身上，顏娘有些無奈。「雲姨，我不是不想嫁人，我只是怕遇人不淑，現在咱們說的是海棠的事，我的事以後再說吧。」

顏娘的話的確在理，雲氏的心思又回到海棠身上。「海棠啊，我一直把妳當成我的親生女兒看待，妳說，哪有當娘的不想女兒嫁一個好人家，妳這也不同意那也不同意，不是讓乾娘難受嗎？」

海棠當然知道雲氏待自己有如親女，自從家破人亡後，她就再也沒有享受過家人的疼愛，直到遇到了顏娘和雲氏。她感激她們，但真的不想在婚事上妥協，因為她還有更重要的事情要去做。

雲氏勸不動海棠，氣得直言不再管她的事，沒想到第二日顏娘驚慌失措的來找她，說海棠留了一封書信走了。

雲氏一下子懵了，她以為是昨天自己說了重話，小姑娘受不了離家出走了。但看了海棠留下的書信後，才發現事情沒那麼簡單。

海棠在信中交代了她的身世，說她本是京城一小官家的幼女，父親受逆王謀逆牽連丟了性命，母親和兄長也被人一把火燒死在府裡，她因調皮貪玩偷跑出去躲過了這一劫，她一直想要找出當年家人冤死的真相，所以才不肯嫁人。

海棠還在信裡寫道：「乾娘、顏娘姐姐，這次去京城，我沒想活著回來，妳們就當沒有海棠這個人吧，對外只說我去京城嫁人了。為了感謝妳們這些年的照顧，我將新顏坊的股份分成了兩份，妳們各占五成。藥膏的方子我也謄寫了一遍，就放在我床頭的木匣子裡，妳們只需按照方子製藥膏就行。還有，我得知蘇家在打藥膏方子的主意，妳們一定要加強防範，也不要被人鑽了空子。」

看到這裡，顏娘和雲氏已經泣不成聲，雲氏哭道：「她怎麼能這麼狠心，說走就走，也不跟家裡打聲招呼，一個人在京城要是出了事情怎麼辦？不行，我要寫信給大郎，讓他幫著找找。」

顏娘這時已經冷靜下來了，她道：「雲姨，先別寫信，我覺得海棠還沒走遠，咱們現在去追應該還追得上。」

雲氏連連點頭。「對對對，現在就去追。」然後急匆匆的去了隔壁找姜母借馬車。

姜家的馬車是姜裕成專用的，今日他恰好沐休在家，聽說了這事以後，親自駕著馬車帶她們去追人。

找人要緊，顏娘和雲氏也顧不得同他客氣，姜裕成駕著馬車在官道上一路狂奔，到了渡口速度才慢下來。

從虞城縣去京城，只能從虞城縣與酈州縣交界的渡口坐船走，然後在瀾洲改走陸路北上。只不過顏娘她們估錯了海棠的心思，她的確是在渡口坐船，但並沒有去瀾洲，而是繞了一大圈去了竭陽，在竭陽停留了半月，才坐船去京城。

沒能追回海棠，顏娘和雲氏只能滿心失望的回家，兩人都在心裡祈禱，希望海棠能夠平平安安的。

海棠走後，家裡只剩下顏娘母女二人，家裡人少，難免有些空曠，且新顏坊的生意還需顏娘照管，透過烏娘子當中人，她雇了烏娘子的遠房表親楊娘子母女來家中幫忙。

楊娘子也是苦命人，成婚不滿一年就喪了夫，當時她身懷六甲，婆家都盼著她肚子裡是個兒子，誰知生下來卻是個女兒。楊娘子的婆婆覺得是楊娘子母女剋死了自己的兒子，平日打罵虐待已成家常便飯，前些日子，楊娘子的婆婆想將楊娘子的女兒賣給人牙子，要不是楊娘子找了族裡的長輩求情，差點就讓她得逞了。

女兒差點被賣，楊娘子再也不肯忍氣吞聲，托烏娘子在鎮上給她找份活計，恰好顏娘這邊需要雇人，烏娘子便順水做了個中人。

見到楊娘子後，顏娘有些不敢相信自己的眼睛，楊娘子比烏娘子還小幾歲，臉上卻老態盡顯，兩表姐妹站在一起，說楊娘子像烏娘子的長輩都有人信。

面對顏娘的打量，楊娘子拘謹得連手都不知道往哪裡放，顏娘見狀移開目光，看向她的女兒丫丫。丫丫今年十三歲了，長得又瘦又黑，穿著一身青黑色的粗布衣裳，顯得有些老氣橫秋。她低著頭，不停捲衣角的動作洩漏她此刻內心的不安與緊張。

看著這母女倆的模樣，顏娘不由得心生憐憫。如果當初她沒有同凌績鳴和離，或者是沒有帶走滿滿，也許十幾年後滿滿又是另一個丫丫。

楊娘子和丫丫母女倆很勤快，自從她們來了以後，顏娘就不用再管家裡的瑣碎事情。

新顏坊的生意越來越好，顏娘和雲慧慧根本忙不過來，她與雲氏合計後，決定再請一個人幫忙，只是一時沒有合適的人選，顏娘和雲氏也犯了難。

這日雲氏隨口在丈夫面前提了一句，劉大夫道：「在外面請人，到底不如自己人可靠，依我說不如挑兩個手腳勤快的丫頭好生調教。」

雲氏聞言覺得很在理，與顏娘說了這個提議，顏娘也很贊成。自從海棠走後，她幾乎日日耗在鋪子裡，陪女兒的時間少了大半。兩人商議決定後，立即請了牙婆上門，買了兩個勤快機靈的小丫頭，專門負責在鋪子裡招呼客人。

第七章

海棠離開陵江鎮後沒多久，蘇太太便得知了此事，與蘇嬤嬤道：「那海棠走了，會不會將方子也帶走了？」

蘇嬤嬤搖頭。「應當不會，新顏坊的藥膏方子都是那雲氏的祖傳膏方，怎麼會輕易讓一個小丫頭帶走。」

蘇太太又道：「海棠到底是雲氏的義女，這陵江鎮只要長了眼的人都看得出，雲氏是真心拿那丫頭當親女看待的。」

蘇嬤嬤遲疑了一下。「要不咱們給京城的大少爺去封信？」

蘇太太點頭。「也好，讓昀兒去查探一番，若海棠身上有膏方，直接想法子拿了去，我們也就不必下手了。」

打定主意後，蘇太太立刻給長子蘇昀去了一封信，在信裡將新顏坊藥膏功效誇了又誇，還讓他務必想辦法得到膏方。

蘇昀收到母親的家書後，對膏方產生了極大的興趣，如果這膏方的效果真的如母親說的那樣，蘇家在京城的生意怕是又要再上一層樓了。

只是京城那麼大，要找一個剛進京的小丫頭，無異於是大海撈針，蘇昀在京城尋了幾月無果後，便只好將實情告知了母親。

蘇昀沒有得到膏方，蘇太太準備對新顏坊下手，她花重金欲收買雲慧慧，誰知雲慧慧轉頭便將她出賣了，雲氏和顏娘得知樂善好施的蘇太太竟然在打膏方的主意，一時間還不敢置信。

當雲慧慧將蘇嬤嬤送予她的金手鐲和一大包銀子擺在兩人面前時，雲氏頓時惱了。「好一個蘇太太，我竟沒看出來她還有這個心思。」

顏娘勸道：「匹夫無罪懷璧其罪，想必是新顏坊生意好惹了她眼紅。好在慧慧將事情原原本本說了出來，既然知道她在打膏方的主意，那我們絕不能讓她得手。」

雲氏點了點頭。「慧慧是個好的，要不然我也不會讓她來新顏坊幫忙。」

顏娘道：「是啊，這兩年慧慧跟著海棠學了不少，我跟您又不愛管事，還心想著要不就讓慧慧領了掌櫃的差事，日後新顏坊也交由她來打理。」

雲氏琢磨了一陣，覺得這方法可行，於是喚來雲慧慧，將這事告知了她。雲慧慧喜不自勝，當場保證自己一定好好做。

接下來雲氏又和顏娘商議，蘇太太既然在打膏方的主意，她們不如將計就計，不僅要讓蘇太太吃個啞巴虧，還要揭開她偽善的真面目。

蘇太太為了得到膏方，日日讓人注意著新顏坊的動靜。這一日，雲慧慧在新顏坊打烊後，急匆匆的從鋪子裡出來，仔細看她臉上還帶著一絲慌張。

今天是她跟蘇嬤嬤約好見面的日子，為了穩妥起見，蘇嬤嬤酉時剛到就在距離新顏坊不遠的一個巷子裡等著了。

蘇嬤嬤選的巷子很隱密，雲慧慧一路走過來幾乎沒有看到什麼人，她緊緊捏著掛在腰間的荷包，彷彿裡面裝了什麼了不得的寶貝。

蘇嬤嬤見著她的時候，視線最先落在那個荷包上。「東西拿到了嗎？」

雲慧慧緊張的點了點頭，連忙將荷包解下來遞過去。

蘇嬤嬤迫不及待的打開荷包看了看，見裡面的確有一疊紙，只是她不識字，只好直接帶回去給蘇太太覆命。

蘇太太將膏方一張一張的拿出來看過後，讓蘇嬤嬤去自家藥鋪配齊藥材，試了幾天後終於做出了一盒去斑的藥膏。

她將新製的藥膏與從新顏坊買來的藥膏比較了一番，氣味、色澤均無差別，甚至連抹在臉上都帶有一種溫溫熱熱的感覺。

蘇太太大喜過望。「這下真成了。」

蘇嬤嬤也為主子高興。

蘇太太高興了一陣，又道：「嬤嬤，準備筆墨，我要給昀兒去信。」

蘇嬤嬤連忙應了。

蘇太太得了膏方原本也不打算在陵江鎮開鋪子，而是意在京城。自從蘇員外捐了一個員外郎的虛職後，蘇家的家財少了一半，蘇員外與蘇太太便讓長子蘇昀去京城做生意，這幾年雖有進項，卻始終比不上捐官前。

蘇太太並不想讓蘇員外知道膏方的事情，只在信裡囑咐蘇昀，不要用蘇家的人，只用她或者蘇昀妻子的陪嫁。

雲氏和顏娘一直密切關注著蘇家，兩個月過去了，沒看到蘇太太有什麼動靜，雲氏好奇道：「難道她得了膏方還有其他用途？」

顏娘搖頭。「這個說不準。」

依照顏娘她們的想法，蘇太太得了膏方後製成藥膏，多半會開一家鋪子同新顏坊搶生意，誰知道蘇太太並沒有這樣做。

雲氏又道：「該不會是她發現我們在膏方上動了手腳吧？」

「應該不會。」顏娘沈思道：「聽說蘇員外的長子在京城經商，她會不會把膏方交給了蘇大少爺？」

聽了這話，雲氏拍大腿驚呼道：「她不會真的這麼做了吧？」

那膏方表面看起來與新顏坊的一樣，但雲氏改了其中的一味藥材，不僅藥效不如原來的好，而且膚質不好的還容易引發痘瘡。如果蘇太太打算在陵江鎮或者是虞城縣開鋪子，得罪的是普通百姓；京城天子腳下貴人一抓一大把，要是得罪了他們可就難辦了。

若雲氏真的將膏方交給了兒子，京城這麼遠，她們根本鞭長莫及，若真的讓人抹壞了臉，牽連到她們身上怎麼辦？

雲氏憂心忡忡的給長子去了一封信，等收到長子回信時，雲氏傻眼了。那蘇太太還真的將膏方給了兒子蘇昀，蘇昀不僅靠此開了鋪子，還將生意做到了吳王府上。

顏娘心裡也有些擔憂，但她總覺得事情不會太糟，安慰雲氏道：「雲姨，您也別太憂心，蘇太太的膏方跟咱們的不一樣，就算出了什麼事，也跟咱們沒關係。」

雲氏蹙眉。「可只要京城那邊出了事，蘇太太一定會猜到是我們動了手腳，慧慧第一個就會惹禍上身，原先還想要將慧慧升為掌櫃，現在看來怕是不成了。」

顏娘提議：「要不給慧慧一筆錢，讓她先回去避避？」

雲氏點了點頭。

兩人將雲慧慧喚了過來，對她分析了利弊後，雲慧慧接受了這樣的安排。先前蘇太太收買她的金手鐲和銀子都在她手上，顏娘和雲氏又給了她十兩銀子，這對受過窮苦日子折磨的雲慧慧來說，無疑是筆鉅財了。

雲慧慧感激得差點給雲氏和顏娘磕頭，雲氏連忙虛扶了一把。「妳回去後凡事多留個心眼，別讓妳那繼母知道妳身上有銀子，若真的避不過，就交五兩銀子給妳爹，當做是堵了她的嘴。」

雲慧慧點了點頭。

雲氏又道：「我和顏娘也會多留意鎮上的年輕人，若有合適的，一定幫妳找個如意郎君。」

雲氏這話讓雲慧慧臉一下紅了，她埋著頭聲如蚊蚋道：「多謝表姨。」

雲慧慧的親娘是雲氏的表妹，在雲慧慧十歲那年去世，雲慧慧的爹又續娶了一個，後娘又生了兩個兒子。有了後娘就有後爹，雲慧慧原本還有一個八歲大的弟弟，淋了雨發高熱時，後娘不肯花錢請大夫，結果夭折了。

雲氏也是憐憫雲慧慧在家受後娘磋磨，才將她接到陵江鎮來，如今又要將人送回去，心裡總覺得十分愧疚不安。

反倒是雲慧慧安慰她。「表姨，您別擔心，我現在已經不怕他們了。」

顏娘也道：「是啊，慧慧這幾年跟著海棠，連海棠的潑辣也學了不少，她後娘應該不敢欺負她。」

雲氏嘆了口氣，心裡想著還是要儘快給慧慧找個好人家才是。

雲慧慧回家後，雲氏就托相熟的王媒婆在鎮上尋摸合適的年輕人，別說王媒婆辦事效率高，才過兩天就有了回信。

陵江鎮上有一個開鐵匠鋪的鄭老爹，妻子早逝，膝下只有一個兒子鄭友全。妻子去世後，鄭老爹也沒有續娶，靠著打鐵的手藝將兒子養大成人。鄭友全長得高大壯實，沒有繼承鄭老爹的鐵匠鋪，而是去縣衙做了一名捕快。

鄭老爹早就在張羅兒子的婚事，可是看中的姑娘不是嫌棄鄭家窮，就是嫌棄鄭友全長得醜，都不肯跟鄭家結親。

雲氏聽了王媒婆的話後，趁著鄭友全休沐的時候往鐵匠鋪去了一趟，發現鄭友全是長得五大三粗了些，不過其實並不如外面那些人說的那樣不堪。她自己也有私心，若慧慧真的嫁給鄭友全，她那後娘哪敢輕易欺負她。

鄭友全在姜裕成手底下做事，雲氏便趁著姜裕成在家的時候朝他打聽了一番，得知鄭友全是個忠厚踏實的人後，決定撮合他跟雲慧慧。

雲慧慧有雲氏撐腰，她的親爹和後娘也不敢多說什麼，鄭家來提親以後，忙不迭地應了，只是在談到聘禮的時候，雲慧慧的後娘壯著膽子多要了五兩銀子。為了兒子能順利娶到媳婦，鄭老爹忍痛添了五兩上去。

八月初一宜嫁娶，雲慧慧便在這一天成了鄭家婦。婚後，鄭友全去了縣衙當值，一旬休沐一回，雲慧慧就在家裡操持家務，等閒的時候，也會來找顏娘和雲氏串門。

日子一晃到了中秋節，每年的這一天，陵江鎮都會舉辦花燈會。往年顏娘因為要帶滿滿根本沒有逛過燈會，今年滿滿也大了，她打算帶著滿滿一起逛燈會。

酉時三刻，顏娘帶著滿滿出門了，身後還跟著楊娘子和丫丫，一行四人來到街上，都被眼前的情景吸引了。只見街道兩旁鋪子屋簷下都掛著紅紅的燈籠，燈籠下很多小販吆喝叫賣著，街上人來人往，戴面具的、提花燈的，比比皆是，這景象可比白天熱鬧多了。

滿滿睜著大眼睛，小臉上全是好奇。她們走到一個賣花燈的攤位，滿滿指著其中一個花燈道：「娘，我要那個小兔子。」

顏娘讓小販將花燈取下，回頭看到丫丫羨慕的眼神，也順手買了一個金魚花燈給她，拿到花燈後，丫丫開心的將花燈抱在懷裡，似乎得到什麼了不得的寶貝一樣。

顏娘心裡有些發酸，接下來只要滿滿有的，她都會給丫丫買一份，楊娘子好幾次都想拒絕，可又不想女兒失望，只好忍了下來，心裡越發感激顏娘了。

人群湧動，她們來到了花燈會最熱鬧的地方：夫子廟。夫子廟位於陵江鎮南面，傳說是孔夫子當年南下經過此地講學之處，後來人們就在這裡建了一座夫子廟，傳言凡是來夫子廟拜過的舉子，當年春闈必中。

姜裕成與劉聞他們參加春闈前都來夫子廟拜過，自鎮上出了兩位進士後，夫子廟的香火比之前更甚。

來到夫子廟後，顏娘再一次被震驚了，剛剛在大街上她就覺得人夠多了，沒想到夫子廟這邊更是人山人海，好像今晚全鎮的人都出動了，大家都聚集在這裡享受著中秋夜的狂歡。

人太多，顏娘又抱著滿滿，擠在人堆裡寸步難行，好不容易躲到人少的地方，滿滿卻鬧著要吃糖人。

顏娘一眼望去，賣糖人的攤子離她們隔了一重人海，擠過去又要花很大的工夫，於是便哄道：「滿滿乖，這裡人太多了，明天娘再買糖人給妳好不好？」

滿滿使起了小性子，嘟著嘴不高興道：「不嘛，不嘛，我今天就要吃。」說著說著眼淚簌簌的往下掉。

顏娘雖然心疼，但不想這麼慣著女兒，隨即板著臉道：「妳要是不聽話，我們馬上回家。」

滿滿癟了癟嘴，突然放聲大哭起來，引得旁邊很多人都駐足觀看。顏娘沒辦法，只好抱著她再次穿過人群，來到賣糖人的攤位前。

付錢的時候，由於抱著滿滿不便掏錢，顏娘將女兒放到地上，囑咐她不要亂跑，可等付完錢再去看女兒時，哪裡還有小姑娘的影子。

「滿滿！」顏娘一下子慌了，焦急的在人群中搜尋著女兒的身影。可四周人聲嘈雜，很快將她的聲音淹沒了，顏娘奮力撥開人群，找到等在原地的楊娘子和丫丫，哭著道：「滿滿不見了，妳們快幫我找一找。」

楊娘子愣了一下，很快反應過來，連忙帶著丫丫去找人。

顏娘發了瘋似的在人群裡搜尋，四周的空氣似乎都凝固了，腦海裡只有一個聲音不斷迴響：一定要找到滿滿！一定要找到她的女兒！

「聶姨？」一道熟悉的喊聲從她背後傳來，顏娘也顧不得回頭去看。

直到那人再喊了一聲，顏娘回頭一看發現是長生，他旁邊還站著兩個男人，一個是姜裕成，另一個她不認識。

「聶姨，妳怎麼了？」賀長生被表舅和父親護著擠到了顏娘面前。

顏娘看到姜裕成的那一剎那，如同找到了主心骨一般，她也顧不得男女之嫌了，拉著他的袖子乞求道：「姜大人，滿滿不見了，請你幫幫我！」說完不由得痛哭起來。

聽說孩子不見了，姜裕成的面色瞬間變得凝重起來。

長生在一旁焦急問：「聶姨，滿滿怎麼會不見了呢？」

顏娘哭得上氣不接下氣，姜裕成安撫道：「妳先別急，將情況說給我聽。」

顏娘努力讓自己鎮靜下來，將當時的情形說了，姜裕成又問：「妳確定滿滿是在賣糖人的攤位前不見的？」

顏娘不住的點頭。

姜裕成對賀文才道：「你先送長生回去，然後把家丁都帶來幫忙找人，我跟聶娘子先去夫子廟那邊。」

長生也想跟著去找人，但他人小體弱，被賀文才強硬的送了回去。

顏娘跟姜裕成回到夫子廟賣糖人的攤位前，就看見楊娘子和丫丫正焦急的打轉，看到顏娘後，連忙道：「剛剛聽說鎮上已經丟了好幾個孩子，怕是遇上拍花子的了。」

聽了這話，顏娘不由得手腳發軟，她焦急的看向姜裕成。「姜大人，求您一定要幫我找回滿滿。」

「放心吧，滿滿會沒事的。」他安慰道，心下已察覺事態很嚴重。

今日花燈會丟了不少的孩子，拍花子的選擇在花燈節下手，一定是早有預謀。

過了片刻，鄭友全也來了。「大人，剛剛好幾戶人家到縣衙報案，說是家裡丟了孩子。」

姜裕成吩咐鄭友全。「將那些孩子的外貌特徵記清楚，讓縣衙內的捕快全部出動，務必要找到所有的孩子。」

鄭友全領命而去。

花燈節的熱鬧一直持續到後半夜才慢慢消散，而此時距離滿滿丟失已經過了三個時辰，從在街上暈倒被送回家後，顏娘一動不動的坐了兩個時辰，雲氏和姜母以及冷茹茹都在聶家陪著她。

「顏娘，滿滿不會有事的。」雲氏輕聲勸道。「那孩子一看就是有福之人，她一定會平安歸來的。」

聽了這話，顏娘終於忍不住大哭起來。

滿滿這一丟，顏娘就跟沒了半條命一樣，當晚就發起了高燒，人都燒糊塗了，嘴裡還一直唸著女兒的名字。

雲氏見她這副模樣，不由心生憐憫，找孩子她幫不上忙，只能更加用心的照顧著她。

虞城縣縣衙

中秋節一連丟了五個孩子，為了找到孩子，姜裕成這幾日忙得腳不沾地，在鎮上盤查了很久，好不容易得到了那夥拐子的線索，可等他們趕到時，卻連一個人影也沒見著。

而此時，一輛不起眼的青布頂篷馬車急速的行駛在大道上，車後揚起一陣陣濃密的灰塵，趕車的是一個面貌普通的中年男人，右邊臉上長著一個黃豆大小的黑色痦子，眼角還有一道刀疤，就是因為這道刀疤讓他多了幾分凶相。

他身後的車廂裡關著三男兩女五個孩童，最大的十歲左右，最小才四歲。這是他們在中秋夜拐來的貨品，現在要快馬加鞭送到渡口去，那裡有人接應。

五個孩子都被餵了迷藥，昏昏沈沈的睡在車廂裡，根本不知道等待他們的是什麼。趕車的男子心急，車輪不小心撞到了一塊石頭，馬車狠狠的顛簸了一下，衛枳的頭不小心碰到了車廂壁，迷迷糊糊的醒了過來。

看到身邊睡著四個孩子，他的意識頓時清醒了不少。

他記起自己甩開護衛後，不小心被拐子抓了，現在不知道身處何地？支撐著軟綿綿的身子坐起來，他掀開車簾看了一眼，馬車車速太快，什麼也看不清。

沒辦法，他只好推了推旁邊的小胖子，等他清醒後捂住他的嘴，湊到他耳邊低聲道：「別出聲，我們被拐子抓了，現在不知這拐子要把我們帶到哪裡去，車上只有我們最大，我們得想辦法救大家一起逃走，我有個好法子，但是你得幫我。」

小胖子並不如他鎮定，臉上帶著驚慌使勁搖頭。「我……我怕，拐子會打人的。」

衛枳狠狠的瞪了他一眼。「你要是不答應我，早晚會被拐子賣掉！到時候就再也見不到你的爹娘和家人了。」

小胖子一想到那樣的情形就害怕，終於下定決心幫他。

衛枳讓小胖子解開身上的腰帶，兩人趁著痞子男一心趕車的時候，猛地掀開簾子將腰帶套在他的脖子上。

痞子男作夢也沒想到會有這麼一遭，情急之下丟了韁繩和馬鞭，下意識的去扯腰帶。

「再用力一些！」衛枳衝著小胖子大聲吼。

小胖子齜著牙，一雙胖手死死的扯著腰帶，半分也不敢鬆懈。痞子男被腰帶纏得面色青紫，拚命的反抗著，眼看著就要掙脫束縛，卻聽見衛枳一聲大喊：「鬆開腰帶！」

小胖子沒有遲疑，立馬鬆開。

衛枳看準時機，猛地用力將痞子男推下馬車。

沒了痞子男趕車，衛枳又讓小胖子坐到前面去，小胖子經過剛才那一番動作，膽子大了不少。可等他坐好後，才慌張道：「我不會趕車。」

衛枳皺了皺眉，冷靜道：「你別怕，握好韁繩，讓馬跑慢一些就好。」

說話間，馬車又是一個大的顛簸，小胖子嚇得丟了韁繩，立馬鑽回車廂。衛枳看了他一眼，滿臉嫌棄。

要是他的腿還完好，怎麼會指使一個膽小鬼做這做那？

好在他們運氣好，馬車的速度還是慢慢緩了下來，只不過脫離了原先的大路，鑽進了旁邊的林子裡。

這時候車上其他的孩子也都醒了，穿著綠裙衫的女童一睜開眼就不停的大哭，鬧著要爹娘，她一哭，其他孩子都跟著哭了起來，就連小胖子也紅了眼眶。

唯一沒哭的就是衛枳，此起彼伏的哭鬧聲讓他心煩氣躁，不由得大喝道：「別哭了，要是把拐子引過來，你們就再也見不到爹娘了。」

小胖子最先止住眼淚，抽抽噎噎的安慰其他人。「我……我們……都別哭……哭了，聽大哥哥的……的話。」

小胖子的話還挺管用，其他孩子也都慢慢的不哭了，只有之前那綠裙衫小姑娘還沒停，衛枳看了她一眼，不耐煩道：「再哭就把妳扔下去餵大蟲。」

小姑娘被嚇到了，愣愣的看著他。

車廂裡頓時沒了哭鬧的聲音，總算清靜下來了。

「大哥哥，現在我們該怎麼辦？」小胖子問道。

衛枳其實心裡也沒底，他不過才十歲，雙腿又因為意外折了，但看到一雙雙充滿希冀的眼睛，他不得不絞盡腦汁的想辦法。

先前那個拐子雖然被他們推下了馬車，但人根本沒有事，如果他循著車轍印記追上來，他們就全完了。為今之計，他們得先下馬車，然後讓馬車駛出林子，只要拐子認為他們都還在馬車上，他們就能僥倖脫身。

依著他的計劃，等到所有人都下車後，他讓小胖子用馬鞭抽打馬背，那馬一吃痛，蹄子抬得老高，可就是不往前跑，反而一直在原地打轉。

見狀大家都愣住了，衛枳眉頭越皺越緊，一時之間也不知道該怎麼辦。

「大哥哥，我有辦法了。」最先說話的是小胖子，他說：「我們用樹枝戳馬兒屁股，要是馬兒覺得痛，肯定會跑的。」

衛枳聽了這話有些不確定，但有辦法，總比呆愣著強。「就按你說的辦。」

他的話音剛落，其餘的孩子都散開去撿樹枝了，不過撿回來的樹枝都不能用，不是太粗就是太細。

還好小胖子比較靠譜，撿了一根粗細合適的樹枝，在衛枳的指導下將樹枝磨成尖頭，最後用盡全身力氣插進馬的屁股裡。

馬兒又驚又痛，仰頭發出痛苦的嘶鳴，然後蹄子一抬快速朝前衝去。痞子男正循著車轍印搜尋著，忽然聽到噠噠的馬蹄聲傳來，吐了一口唾沫狠狠道：「小兔崽子！等老子逮著你們了，一個個的都別想好過。」

他覺得自己太倒楣了，終日打雁卻被雁啄了眼，幸好沒有弄丟這批貨，不然他沒法跟老大交差。

痞子男做好了攔車的準備，誰知那馬蹄聲竟漸漸的變小了，他心裡一慌，急忙罵罵咧咧的朝聲音傳來的方向追去。

另一邊，幾個孩子在趕走了馬車以後，慌慌張張的往林子深處躲。他們運氣好，在一處斜坡處找到了一個約兩公尺深的坑洞，坑洞周圍都是茂密的雜草，幾個孩子依偎著蜷縮在裡面，只要不發出聲響，有人經過也不會發現他們。

天色慢慢的暗了，四周靜悄悄的，安靜得讓人心生恐懼。這時候孩子們還不知道痞子男早已追著馬車跑遠了，他們蜷縮著在洞裡藏了一天。

「我好怕。」年齡最小的女童突然出聲。

小胖子連忙安慰。「別怕，我們都在呢。」

女童癟了癟嘴。「我肚子餓。」

小胖子為難的看了她一眼，其實他早就餓了，這時除了衛枳，其他人也都覺得餓。

「妳叫什麼名字？」衛枳的目光落在女童身上。

女童乖巧的回答：「我叫滿滿。」她知道這個大哥哥很厲害的。

「滿滿，來，坐到我旁邊來。」衛枳朝她招了招手，滿滿聽話的靠了過去。

他讓她靠在自己身上，摸了摸她的頭柔聲道：「睡覺吧，睡著就不餓了。」

這句話不光是對滿滿說的，也是對其他孩子說的。經歷了這麼多事情，孩子們都累了，睏意漸漸襲來，一個個都睡了過去。

衛枳卻絲毫沒有睡意，他還在思考，怎麼才能讓大家獲救。想到這裡，不由得心生後悔，他不應該甩開護衛的，不然也不會遇到這一切。

他不知道的是，因為他的失蹤，恭王急得舊病復發，派出了王府的全部人馬去搜尋孫子的下落，還不斷給虞城知縣姜裕成施壓，讓他盡全力協助王府找人。

姜裕成帶著手下在虞城縣管轄的城鎮村落裡搜查了好幾天，抓到了一個跟他們有過交集的拐子，據那拐子交代，犯案的那夥人不是虞城縣人，而是從梧州過來的。他們拐了幾個孩子，打算從渡口坐船南下。

得到這個消息後，姜裕成同恭王府的護衛統領急忙趕到渡口，抓獲了在那裡接應的拐子同夥，卻根本沒有找到被拐的幾個孩子。

拐子同夥供稱，他本來申時一刻就在渡口等著了，卻一直沒見到人送貨過來，他還沒來得及回去報信，就被抓了。

審完拐子同夥，姜裕成對護衛統領道：「不知道出了什麼變故，負責押送孩子們的拐子沒有到渡口，紀統領，不如我們兵分兩路，一隊去抓人，另一隊去陵江鎮到渡口的必經之路搜查。」

紀統領點頭。「好，就按照姜大人說的做。」

姜裕成領著手下的捕快去抓捕剩下的拐子，紀統領則帶著一隊護衛回頭搜尋孩子們的蹤跡。

「統領，這裡有幾道奇怪的車轍印。」一個護衛上前稟報。

紀統領跟著他去看了，只見那車轍印偏離了大路，朝著林子方向延伸。他立即下令：「金一，你帶著幾個人繼續往前搜，其餘人都跟著我去林子裡找。」

「是。」被稱作金一的護衛領命，帶著一路人繼續往前。

正在坑洞裡發呆的衛枳突然聽到了由遠及近的腳步聲，他撐著身子往外探了探，只見不遠處火光跳動，似乎來了不少人。

他慢慢地縮回去，看了一眼熟睡的孩子們，心裡慶幸他們沒被吵醒，否則驚動了外面的人，大家都跑不掉。

這時，他感覺到腰間蠕動了一下，低頭一看，剛剛還靠著他熟睡的小女娃不知什麼時候醒了，正睜著大眼睛眼也不眨的看著自己。

他對著她做了個噓聲的動作，滿滿也跟著他做了一個一模一樣的。

外面的腳步聲離他們越來越近，他將滿滿緊緊摟著，全身都變得僵硬起來。

忽然他感覺眼前一亮，緊接著有人大喊了一聲：「全都在這裡！」

恭王府的護衛在林子裡找到了小主子以及其他的孩子們，紀統領親自護送衛枳回王府別院，另派一隊人馬將孩子們送到虞城縣縣衙。姜裕成這邊也將藏匿於城中的拐子團夥一網打盡，但在清點人數時發現卻少了一個，據那些拐子供稱，少的那一個正是當初帶著孩子們去渡口的痦子男馬四。

姜裕成立即頒佈了通緝令，全縣通緝馬四，還給相鄰的兩個縣去了信，只要發現馬四的蹤影，立即拘捕。看到孩子們安全無虞的回來，姜裕成心裡的大石才落下。只是孩子們折騰了一天，身上都沾滿了泥土，氣色看著也不好，像被霜打過的茄子一樣懨懨的。

姜裕成讓人領著孩子們去休息，又派人去通知他們的家人，等安排好後，才有空去瞧滿滿。小丫頭看著要比其他人精神些，看到他後，一直嚷著肚子餓。

姜裕成取了一些糕點來餵她，她才吃了幾口就不吃了，癟嘴道：「姜大人，我要回家。」

姜裕成連忙安撫：「我已經派人去通知妳娘了，她很快就來。」

聽了這話，滿滿這才有心思接著吃，只不過一邊吃一邊朝門口張望，明顯盼著她娘早一點來。

顏娘這邊得了消息，連衣裳都顧不得換，雇了一輛馬車直奔縣衙。見到女兒那一刻，眼淚忍不住決堤而下，她將滿滿上上下下、仔仔細細的檢查了一遍，見她沒有受傷，放心了一大半。

但在看到女兒嘴角的點心渣子和身上的泥土痕跡時，就知道她也受了不少罪。她緊緊的將女兒抱在懷裡，像抱著一件失而復得的寶貝。

顏娘非常感謝姜裕成能幫忙找回孩子，拉著滿滿在他面前跪下，姜裕成見狀連忙將母女兩人扶了起來。「聶娘子，孩子們是恭王府的護衛送回來的，我實在是不敢居功。」

顏娘卻紅著眼道：「不管是姜大人，還是恭王府的護衛，都是我們母女的救命恩人。」

姜裕成還想說什麼，這時有人來報恭王府的紀統領來了，姜裕成只好讓顏娘母女先回陵江鎮，其餘的事情日後再說。

姜裕成匆匆的趕去見了紀統領，紀統領打量了這位年輕的知縣一眼，開門見山道：「紀某奉王爺之令提審嫌犯，望姜大人通融。」

「這……」姜裕成正思忖著如何回答，又聽紀統領道：「姜大人可知，世孫被抓並不像表面那麼簡單，我家王爺懷疑有人挾私報復，所以要立即提審嫌犯。」

紀統領抬出了恭王，姜裕成只好遵從，帶著紀統領去了縣衙牢房。

牢房內，除了拐子老大，其餘的人都關在一起。紀統領最先提審拐子老大，儘管用了重刑，但那老大卻始終不肯承認自己抓了恭王世孫。

看著奄奄一息的拐子老大，姜裕成怕真的把人弄死了，連忙提議：「還是接著審其他人吧。」

紀統領瞥了他一眼，讓手下另帶人來。

重新提審的人叫馬六，是馬四的親弟弟，被帶上來的時候，已經被拐子老大受刑的樣子嚇傻了，不用逼問就一五一十的交代了，甚至連自己小時候偷過鄰居家雞的事都說了出來。

但他交代的根本不是紀統領想要的，紀統領揮了揮手。「將這個馬六帶下去，也讓他好好感受一番老大的待遇。」

「不要啊！大人！我交代，我全都交代。」馬六一聽要對自己用刑，嚇得腿都軟了，急忙道：「大人，我想起還有事情沒有交代完。」

紀統領看了他一眼，他立刻道：「是我哥哥，他肯定有鬼，約末一個月前，他突然變得闊綽起來，我以為他去賭坊贏了錢，也就沒多想。還有一次看到他跟一個中年男人湊在一起，兩個人不知道談什麼見不得人的事，關在屋裡好半天才出來，我問他幹什麼他還讓我別管。」

馬六真的怕了，將自己的親哥哥也供了出來。紀統領直覺這裡面有貓膩，問馬六：「那人你認識嗎？」

馬六頭搖得像撥浪鼓一樣。

紀統領繼續問：「你哥哥是見了那人以後變得有錢的，還是見他之前？」

馬六回想了一下，答道：「好像是之前。」

紀統領面無表情的看了他一眼，他又改口：「是之後。」

見他改來改去，紀統領有些不耐煩了，大喝：「到底是之前還是之後？要是說不清楚，大刑伺候。」

馬六被嚇得肝膽俱裂，急忙求饒。「大人饒命、大人饒命，我真的記不起來了啊，廖翠兒一定知道，她是我哥哥的老相好，我大哥最捨得在她身上花錢，有什麼事情也會跟她說。」

紀統領看向姜裕成，姜裕成皺眉道：「那廖翠兒是花鳥街的暗娼，她的話未必可信。」前段時間，有一樁跟廖翠兒相關的案子，傳了她來問話，幾乎沒有一句真話。

馬六大聲爭辯：「可信的可信的！廖翠兒的兒子就是我大哥的種，我哥哥也是為了這個兒子才做拐子的。」

姜裕成和紀統領相視一眼，紀統領吩咐手下：「去花鳥街將那廖翠兒與她的兒子一起帶過來。」

姜裕成不贊成道：「帶那廖翠兒就是，何必為難小孩子？」

紀統領笑了，拍了拍姜裕成的肩膀。「姜大人，你還是太年輕了，要是那廖翠兒口風緊，少不得得用那孩子給她鬆鬆口。」

見他臉色不虞，又笑道：「放心吧，我不會傷害那孩子的。」

姜裕成只覺得自己心裡堵了一口濁氣，難受得緊。

很快廖翠兒和她的兒子廖小寶就被帶到了縣衙，母子倆都很慌張，廖小寶緊緊的抱著母親的大腿，臉上還掛著淚痕。

相比起來廖翠兒就要鎮定的多，但發白的臉色還是顯露了她在害怕。

紀統領圍著他們走了幾圈，忽然湊近逼問：「說吧，馬四的事情妳知道多少？」

廖翠兒後退了兩步，緊張道：「官爺，那馬四只光顧了幾回奴的生意，他的事奴是真的不知啊！」

紀統領冷笑了一聲，一雙眼緊盯著她，廖翠兒嚇得連大氣都不敢喘，就在這時候，紀統領忽然一把將她身後的廖小寶拎了過來。

「都說戲子無情，婊子無義，看來也不全如此，妳對馬四還挺有情義的。」說完話鋒一轉，凌厲道：「若妳今天老老實實交代馬四最近都幹了什麼，本統領自然會還給妳一個完好無缺的兒子，若妳不肯交代或是有所隱瞞，妳的兒子……」

紀統領動作太快，廖翠兒只能眼睜睜看著他將兒子抓走，廖小寶被這一變故嚇得大哭，廖翠兒害怕兒子受到傷害，急忙道：「我說我說，只要你別傷害小寶。」

聽了這話，紀統領將廖小寶交給手下帶走。「妳給本統領交代清楚，一個字也不許漏下，等妳交代完，自然讓你們母子團聚。」

廖翠兒不敢違背，將馬四近幾年來做的事情交代得一清二楚，其中還包括跟葛家老三來往的事情。不愧是給馬四生了兒子的人，她知道的要比馬六詳細多了。

馬四本來是鄰縣人，為了躲賭債跑到了虞城縣，在陵江鎮結識了廖翠兒。廖翠兒是暗門子，跟馬四好上以後懷了身孕，生了孩子後，馬四就不讓她接客了。

但好景不長，馬四好賭成性，輸光了廖翠兒身上所有的積蓄，在馬四的默許下，廖翠兒只好重操舊業，第一個上門光顧她生意的就是葛家的葛老三。

葛老三經常來花鳥街找廖翠兒，馬四也是知道的，而葛老三也知道馬四跟廖翠兒的事情，這兩個男人彼此沒見過，但是都知道有這麼一個人。

有一天，葛老三忽然透過廖翠兒約了馬四見面，兩個人在廖翠兒家一邊喝酒一邊談事情，廖翠兒給他們斟酒的時候，隱隱約約聽到葛老三說要討王爺高興，藉此幫女兒在王府站穩腳跟什麼的。

那馬四拍了拍自己的胸膛，說一切包在他身上，只是報酬不能少。葛老三隨即拿出一包銀子甩給他，並說事情辦妥後還有重酬。

後來兩人再見面時就直接去了馬四的家裡，正巧被馬六撞見了一回。

知道了那中年男人是誰後，紀統領馬上讓人去捉拿葛老三。此時的葛老三還不知道自己已經被供出來了，他還在慶幸馬四跑了，不然自己就真的玩完了。

恭王府的人動作很快，葛老三被帶到縣衙時，還沒明白發生了什麼事。

「你就是葛老三？」紀統領坐在上首，高高在上的盯著葛老三問。

葛老三心裡打鼓似的咚咚直跳，忙鎮定心神回答：「是的，小民就是葛老三，不知官爺找小民來有何事？」

「你可認得一個叫馬四的混子？」

葛老三一聽「馬四」兩個字就知道壞事了，卻仍然強作鎮定道：「回官爺，小民不認識。」

紀統領盯著他看了兩眼，忽然笑了。「來啊，把人給我帶上來。」葛老三慌張的抬起頭，一種瀕臨絕境的恐懼襲上心頭，完了完了，他在心裡默默的喊著，直到廖翠兒被帶上堂，他都以為是馬四被抓住了。

在看到廖翠兒那一刻，他的心又緩緩落回，只要不是馬四就好。

紀統領讓廖翠兒當著葛老三的面複述了一遍之前的供詞，葛老三聽了以後，立刻變了臉色，衝上去質問：「賤人！老子哪裡對不起妳了，竟然如此誣衊老子？」

廖翠兒後退了兩步，一臉平靜的盯著他道：「奴沒有誣衊你，奴說的每一個字都是真的。」

「賤人！老子殺了妳！」葛老三心生惱意，說著說著就要動手，就在這時候，被王府的護衛制住了。

紀統領起身來到他的面前。「你膽子挺大的呀，連恭王世孫都敢謀害，看來是活膩了吧。」說完對手下道：「將這人拉下去寫供詞，一條一條寫清楚了，然後帶回去由王爺處置。」

「我沒有謀害什麼世孫，你們抓錯人了！」葛老三掙扎大喊：「你們不能濫殺無辜，我要找郡王爺做主，我葛家有三個女兒在郡王爺府上，你們要是抓了我，就等著郡王爺問罪吧。」

聽了這話，紀統領像是聽了笑話一樣。「你說的是江東郡王？哼，他現在最要緊的是想著如何從這件事裡脫身，因著他的緣故，世孫被人接連害了兩次，如今恭王府與江東郡王府已是不共戴天之仇，你說這次他會不會連郡王的爵位都保不住了？」

紀統領的話讓葛老三如墜冰窖，他知道這下是真的完了，不光他和葛家，就連在郡王府的三個葛家女都完了。這一刻他才感到後悔莫及，當初怎麼就昏了頭敢請馬四去抓人呢？

對，還有馬四！憑什麼他被抓了，馬四還在外逍遙？他恨恨的看了廖翠兒一眼。「這個賤人的兒子是馬四的種，你們用那小雜種做誘餌，一定能抓住馬四。」

廖翠兒被他的話嚇得臉色發白，紀統領卻道：「你放心，馬四當然逃不了，而且本統領答應過她，只要她交代清楚了，就不會為難他們母子。來人，把葛老三帶下去。」

葛老三被帶走後，紀統領說話算話，當即放了廖翠兒母子。

葛老三全部招供，將他與馬四密謀綁架衛枳的事情一字一句交代清楚了，看過供詞後，姜裕成覺得葛家的人還真是又蠢又大膽，謀害世孫的事情都敢做。

葛家靠著江東郡王在陵江鎮囂張了好幾年，這下是真的翻不起風浪了。

恭王府別院

衛枳被護衛護送回來後，看著虛弱狼狽的孫兒，恭王不由得老淚縱橫。他這一脈人丁單薄，四十歲時好不容易得了個兒子，卻英年早逝，兒媳婦生下遺腹子後也去了，十年來只有他們祖孫相依為命。

他沒什麼豪情壯志，只希望好好養大孫子，有生之年能夠看著他成家立業，沒想到這麼一個簡單的願望都難實現。

先是被原江東王世子衛櫧推下馬摔斷了雙腿，現今又被江東王府姬妾的家人謀害綁架，兩次遇害都跟江東王衛錦誠有關，恭王怒從心起，一定要讓江東王付出代價。

他將衛枳這次被害的事情以及江東王近幾年所犯的罪行全部上達天聽，勢必要整得他翻不了身。

顯慶帝在收到皇叔的奏摺後，連調查核實都沒有，直接下旨將江東王降為鎮國將軍，葛老三凌遲處死，沒收葛家家財，子孫三代不許參加科舉。至於還在江東王府後院的三個葛家女，顯慶帝等著已經被降為鎮國將軍的江東王自己處理。

接到降爵的聖旨後，衛錦誠當場暈厥，場面一度變得混亂，好在王妃很快鎮定下來，客客氣氣的送走了傳旨的小黃門。關上門後，她強忍著怒氣命人將葛家三女綁了過來。

葛玉兒最受衛錦誠的寵愛，上次禁足解禁後，在衛錦誠面前好好的告了王妃一狀，惹得衛錦誠對翁氏越來越厭惡。

這會兒見王妃對她們毫不客氣，冷哼一聲道：「王妃娘娘心氣不順就拿妾來出氣，就不怕王爺知道了發怒嗎？」

一旁的葛雲兒也跟著附和：「王爺平素最喜歡我們姐妹伺候，要是我們有個磕磕碰碰的，王爺怕是要惱呢。」

原本王妃平日最看不慣的就是葛玉兒妖妖嬈嬈的樣子，誰知府裡又來了個跟她如出一轍的葛雲兒，這兩個女人經常合夥將她氣得心肝疼，現下又是他們葛家害得王爺降爵，日後輪到她兒子，只能做個鎮國將軍，這讓她如何不憤恨？

「吳嬷嬷，給我狠狠的掌摑這兩個賤人！」

吳嬷嬷立即領命，讓人按住葛玉兒和葛雲兒，左右開弓的啪啪啪一連搧了好幾十個耳光。葛梅兒在王府的存在感不高，王妃讓人教訓兩個姐姐時，根本沒顧上她。

等到葛玉兒和葛雲兒臉腫得像個豬頭後，繼妃這才瞧見葛梅兒，想到她的父親正是害了王府的罪魁禍首，王妃氣得讓人將她拉下去杖斃。

葛梅兒被嚇得軟了腿，哭著向王妃求饒，王妃卻咬牙道：「要怪就怪妳命不好，有個膽大包天的爹。」

她又看向葛玉兒、葛雲兒。「府裡沾了妳們葛家女算是倒了八輩子楣，人在家中坐，禍從天上來，就因為你們葛家犯了事兒，王爺降爵成了鎮國將軍，妳們要是還想著王爺給妳們做主，趁早絕了這心思，指不定王爺醒了後，恨不得將妳們扒皮抽筋。」

聽了這話，葛玉兒和葛雲兒臉色一下子變了，臉上寫滿了不敢置信，王妃卻像是要刺激她們一樣，道：「你們葛家又蠢又毒，竟然敢把主意打到恭王世孫的身上，哼，我看是老壽星上吊——活得不耐煩了！」

葛玉兒受不了打擊暈了過去，葛雲兒倒還撐著，卻如同失了魂魄般，這時候在外監刑的丫鬟進來稟報：「啟稟王妃，人已經沒了。」

王妃聽了眼皮也沒抬。「讓玉夫人和雲夫人去送送吧，好歹姐妹一場。」

吳嬤嬤用水潑醒了葛玉兒，聽了王妃的命令將兩人帶到院子外。葛梅兒已經斷了氣，受刑的地方一片血肉模糊，嘴角和鼻子還在不斷的滴血，空氣中瀰漫著一股濃烈的血腥氣。

葛家姐妹看到葛梅兒的慘狀後，全身血液都像是凝固了一般，先前還好好的人現在成了一灘肉泥，這樣的情景讓她們差點喘不過氣來，但她們還不知道，等待她們的噩夢還未開始。

葛梅兒死後，屍體被人扔到了亂葬崗，葛玉兒和葛雲兒兩人被關進了柴房等候衛錦誠處置。

處理完這些事後，王妃將兒子衛杉喚了過來。「杉兒，綁了恭王世孫的是葛家人，但跟你父王寵幸葛家女不無關係，母妃雖然恨他，但知道事情的輕重緩急，目前我們最該做的是求得恭王和世孫的諒解，這樣，你帶著禮品去虞城縣賠禮請罪，一定要想方設法平息他們的怒氣。」

衛杉其實不大想去，他對權勢本就沒多大的追求，要不是之前顯慶帝下旨，他壓根不想當什麼世子。這一次王府被降爵，他其實還挺開心的，因為這樣一來，父王也不會仗著爵位在外胡作非為，母妃也就不會終日惶恐父王惹禍了。

但他一直是個孝順的孩子，母親的話不能不遵從，所以只能聽話的帶著她準備的貴重禮品趕往虞城縣。

而虞城縣內也不平靜，葛家被抄家後，葛家宗族就將葛三太爺這一支逐出族了。葛老三犯了死罪，牽連了家人，行刑那天刑場擠滿了觀刑的人，唯獨沒有葛家人。

就在葛老三被處以極刑以後，案犯馬四也落網了，至此中秋節犯案的拐子團夥全部歸案，除了馬四和拐子老大問斬以外，其餘案犯均被判了流放。

虞城縣已經幾十年沒有判過這麼重的刑罰了，但也有個好處，這次用刑大大的震懾了那些心術不正的人，不敢輕易作奸犯科。因著這個原因，虞城縣變得安寧起來，姜裕成也多了一些閒暇時光。

兒子不再像之前那麼忙碌，姜母心裡別提多高興，只是看著兒子形單影隻，心裡免不了傷心難過。經歷了葛芳娘之死後，她現在再也不敢提讓兒子續弦的事情，但兒子一天不續弦，她就一天抱不成孫子，因此每每一看到顏娘家的滿滿嬌憨可愛，就恨不得這是自家的孩子。

人上了年紀就特別喜歡孩子，姜母幾乎每天都要讓丫鬟接滿滿到家裡玩。顏娘呢，自從滿滿被找回來後，幾乎不肯讓女兒離了自己眼前，姜母派人來接，只要她閒著，都會跟著一起過去。

冷茹茹也會隔三差五的將兒子送過來陪伴姜母，尤其是她再次懷有身孕後，沒有精力照顧兒子，只能拜託舅母照看。

滿滿和長生一直很要好，滿滿丟過一回後，長生走去哪都拉著她的手，好像他一鬆手，滿滿又會不見似的。冷茹茹看著兒子那麼緊張滿滿，開玩笑地對顏娘道：「他倆那麼要好，不如我們讓兩個孩子定下吧？」

顏娘聞言愣了一下，回過神來時道：「孩子們都還小呢，這麼早定下也不一定是好事，要是他們長大以後互相有意，我是不會阻攔的。」

冷茹茹聽了也沒當回事，呵呵笑了兩聲，轉移了話題。

顏娘心思恍惚走了神，她跟凌績鳴從小訂親，成婚後卻不得夫家喜歡，最後鬧到和離收場。她只有滿滿一個女兒，只想她平平安安的長大，日後再找一個敦厚老實的夫君，一輩子快快樂樂。

長生這個孩子是挺不錯，但先不說他們之間的年齡差，就他體弱多病的身體而言，顏娘是不願意他和滿滿配對的。

「表舅，你回來啦！」

長生充滿驚喜的聲音響起，顏娘才從自己的思緒中回過神來。她朝門口看去，只見姜裕成一手抱著滿滿，一手牽著長生，正朝著屋裡走來。

顏娘起身跟他見禮，他手裡不空，只微笑著衝她頷首。

姜裕成回來了，顏娘一個外人跟他相處一室不太合適，只得朝姜母告辭。「老夫人，時候不早了，我該帶滿滿回去了。」

姜母還想多留她們一會兒，但話到了嘴邊又咽了回去。

看著母女倆遠去的背影，姜母不捨地唸叨道：「別家的終究是別家的，留不住哦！」

冷茹茹笑了笑道：「舅母既然這麼喜歡她們，不如讓表弟娶了顏娘，滿滿小丫頭也該跟著叫妳一聲祖母。」

姜母愣住了，半天沒回過神。

姜裕成不贊成道：「表姐不要再提這事，莫壞了聶娘子的名聲。」

冷茹茹翻了個白眼。「這有什麼？你們一個男未婚、一個女未嫁，不是正好相配嗎？再說了，顏娘長得不差，身體又健壯，你們要是成了親，我看舅母很快就能抱孫子了。」

她這話沒打動姜裕成，卻讓一旁的姜母動了心。姜母以前還感嘆過，要是顏娘沒嫁過人，她一定會替兒子求娶。

但今時不同往日，兒子剋妻之名被人坐實，疼愛女兒的人家都不願意嫁女到姜家，那些貪圖權勢的人家她又看不上，顏娘跟那些姑娘家比起來，除了嫁過人、生過孩子，其實一點也不差，而且顏娘性子好，為人謙恭和善，最重要的一點是身子健壯好生養。

想到這裡，姜母越來越心動，真恨不得馬上去跟顏娘提親。

第八章

顏娘發覺最近她與隔壁姜大人碰面的機會著實頻繁了一些，儘管她已經很努力的避開，可總會不經意間遇到他，有時候就算繞道走，也會不可避免的遇上。

其實不光顏娘困惑，姜裕成也十分苦惱，因為這一切都是他娘和表姐在裡面使勁。自從那日冷茹茹提出將他和顏娘湊對，他娘就動了心思，讓小丫鬟摸清了顏娘每日的路線，又收買了他的隨從，所以他與顏娘才會如此頻繁的相遇。

說實話，姜裕成對顏娘並無厭惡之意，與之相反，他對這個獨立堅韌的女子還有幾分讚賞。在之前那樣艱難的情形下，能夠毫不拖泥帶水的與凌績鳴和離，這得有多大的膽量和決斷啊。

如果他有一天真的要續絃，與其娶一個不知品性如何的女子，倒不如娶了相熟的聶娘子，他相信，她必定會是一個賢內助。

這一日，兩人再一次碰上，顏娘朝他微微頷首以後正打算離開，卻聽姜裕成問：「不知聶娘子是否還有再嫁的打算？」

聽了這話，顏娘臉刷的一下紅了，她怎麼也沒想到一向溫和有禮的姜大人會問得這麼直白，好在四下無人，否則要是被人聽見，不知又要傳成什麼樣了。

顏娘覺得姜裕成問這話有些不對勁，想著怕是最近偶遇太多，他在心裡懷疑是自己故意這般，但蒼天在上，她從未起過這般心思。「謝大人關心，妾從未有再嫁的心思。」

姜裕成聞言倒是沒怎麼失望，這個回答本就在他的意料之中。見她忙不迭的撇清自己，他便明白了她說的是真話。

回去後，姜母連忙追問兒子今日是否又遇見了顏娘，姜裕成無奈的看著她回答：「遇是遇到了，但人家聶娘子目前並未打算再嫁，娘還是不要白費心思了。」

姜母一聽斂了笑意。「那是女人家矜持，要是說了自己想嫁人，還不被人看輕啊？」

姜裕成嘆了口氣。「娘，聶娘子說的是真的，我能感覺到，一提到嫁人兩個字，她渾身都不自在，也許是被傷透了心，所以才不願意再嫁。」

「她前面是遇人不淑，但這事都過去那麼久了，凌二郎跟那范家女的第二個孩子都滿了周歲，她一個人帶著滿滿艱難度日，有時候我這個老婆子看了都於心不忍。尤其是滿滿那小丫頭，那麼乖的孩子，卻沒有爹爹疼愛，長大了嫁人也沒娘家兄弟撐腰，要是遇到她親爹那樣的人可怎麼辦哦！」

聽他娘說起這個，姜裕成越發覺得好笑。「娘，聶娘子哪有妳說的那麼可憐，新顏坊生意興隆，家裡請了幫傭，不缺吃穿不缺錢花，自在隨意多好。」

姜母白了他一眼。「你懂什麼，女人在世上本就活得艱難，像這樣小有資產卻無夫家的女人更為艱難，平日裡我和雲氏對她多有看顧，所以才沒人敢找她麻煩，若日後雲氏一家搬去京城，你又另娶她人，我為了顧及新婦顏面，怕是不能再這樣看顧她，那時候她的苦難日子才真正開始。」

姜母這一席話讓姜裕成啞口無言，看來是不能打消她這個念頭了，對此姜裕成只得道：「若聶娘子願嫁，娘就請媒人上門提親吧。」說完又囑咐：「萬不可強人所難。」

姜母見兒子同意，開心得合不攏嘴。「放心吧，娘的為人你還不知道？包準讓顏娘自己點頭許嫁。」

搞定了兒子，姜母帶著長生去顏娘家串門，剛走到門口就聽見裡面傳來激烈的爭吵聲。她急忙拍門，開門的是丫丫。

一見到姜母，丫丫焦急道：「老夫人，求您給我們家娘子做主。」

姜母沈了臉，問：「究竟是怎麼回事？」

丫丫連忙道：「先前娘子準備去鋪子，正要出門時，聶家人卻找來了，娘子只好請進去說話，那聶老太太要娘子將鋪子轉到娘子大哥的名下，娘子不願，他們便吵了起來。」

聽了緣由，姜母臉色越發難看，她牽著長生快步進去，正好聽見聶大娘那句：「妳既然不打算嫁人，日後還是要靠著姪子養老，為何就不能將鋪子轉給大郎？」

顏娘氣得直打哆嗦，指著聶大郎道：「你和爹對我做過的事情我可還沒忘，當初放火想要燒死我們，今天卻想讓我把鋪子送給你，你是真的不知道無恥兩個字怎麼寫嗎？」

她的話讓聶大郎又羞又怒，旁邊的聶大娘臉色變了又變，驚疑不定的問：「妳是說當初那房子失火是大郎做的？」

顏娘冷笑了一聲。「那不然呢？為什麼房子被燒毀後我沒有回娘家，因為正是我的親爹和親大哥想要我們母女的命！我的滿滿不過得了濕疹，卻被他們誤認是天花，就趁夜放火想要絕了後患……」

說著說著，顏娘不由得紅了眼眶。

「自我記事起，我在聶家就可有可無，我的爹娘因為我又胖又醜而嫌棄我，我的兄嫂害怕我出嫁帶走太多嫁妝厭惡我，我的姪兒姪女從來沒有尊重過我。我一直以為，只要我乖巧聽話，只要我的刺繡手藝能掙錢，我就能在家裡生活下去。嫁人後，我在凌家難做人，你們從未主動關心過；凌績鳴攀高枝要同我和離，你們卻提議兩頭大，為的就是給姪兒們鋪路。

「我帶著海棠和滿滿回到家裡，靠著刺繡的手藝養活自己，除了將嫁妝交出來，每個月還要交銀子支付嚼用，那一個月，我沒日沒夜的做繡活，熬得眼睛又痛又乾也得忍著，就怕你們認為我白吃白喝。現在我帶著滿滿熬出頭了，你們卻想來佔便宜，還打著為我好的名義，我告訴你們，這份情我不願意領！」

顏娘很激動，這些話她埋藏於心底十幾年，今天終於宣之於口。

聶大娘聽了這些，沒了咄咄逼人的氣勢，她沒想到丈夫和長子當初竟然做了這樣糊塗的事，怪不得當時丈夫聽聞那房子失火後一病不起，怪不得每次她說要來鎮上時他堅決不許，只要聽到家裡有人說起新顏坊就會大發雷霆。

真是冤孽吶！她要強了一輩子，今日卻被人扒了臉皮，真真是沒臉見人了。她氣得狠狠給了聶大郎一巴掌，罵道：「你這個畜生！怎麼能做傷天害理的事情，你這是存心要氣死我啊！」

聶大郎臉上頓時起了紅痕，他爭辯道：「當初要是她肯處置了那丫頭，我和爹又怎會出此下策？」

聶大娘還要再打，卻被顏娘制止了。「這裡不是聶家，要訓人請回自家去。」

聶大娘伸出的手停在半空中，她在顏娘和聶大郎之間來來回回了好幾遍，最後無力道：「大郎，我們走。」

聶大郎有些不甘。「娘，您難道忘了我們是來幹什麼的嗎？」

「怎麼，你還指望著她把鋪子過給你？」聶大娘恨鐵不成鋼道：「你可長點心吧，當初你和你爹一把火把什麼都燒沒了，她現在已經不認我們了。」

聶大郎還是不願走，他梗著脖子惡聲惡氣道：「我們今天來這一趟就沒打算空著手回去，妳自己看著辦。」

顏娘對這個大哥失望至極，忍著心中的怒氣道：「那你到底想怎樣？」

聶大郎看了她一眼。「爹娘生妳養妳十六年，別的先不說，這十六年妳所花費的銀錢分毫不能少。」

顏娘看向聶大娘，見她將臉撇到一邊，明顯不想插手。她這才明白，所謂的親人今天就是奔著新顏坊來的，如果得不到新顏坊，怎麼也得從她身上咬下一塊肉來。

這才過了三年，聶家人就成了這副難看的吃相，顏娘真的不想跟他們再糾纏。

「你們要多少？」

聶大郎立刻說出一個數字。

顏娘深吸了一口氣，匆匆的進了屋，出來時手上多了個木頭盒子，聶大郎瞧見了伸手就要去拿。

「慢著。」這時，目睹了這一切的姜母突然出聲。「口說無憑，立字據為證。」

聶大郎臉色不豫的看著姜母。「這是我們聶家人的事，跟妳一個老太婆有什麼關係？」

姜母哼了一聲，根本不把他放在眼裡，轉過頭對顏娘道：「知人知面不知心，顏娘啊，對於這種無恥的人，妳就得防著他，要是哪天見妳發達了，他又不承認今天的事，說一些有的沒的，反而汙了妳的名聲。」

一直沒說話的聶大娘開口了。「這位大娘，妳現在是在我聶家人的院子裡，也不怕說主人家的壞話缺德。」

姜母笑了。「我活了四十年，從未聽過如此好笑的笑話。妳說妳跟顏娘是自家人，但自從顏娘搬到鎮上來，我就從未曾見你們來看過她們母女。今天倒是上門了，一開口就是讓顏娘將鋪子轉到妳兒子名下，見拿不到鋪子，就打算用銀錢來買斷你們的血緣親情，有妳這麼當娘的嗎？我看一定是老天爺當時打了個盹兒，才讓顏娘那麼乖巧的孩子托生在了妳的肚子裡。」

聶大娘氣得臉色青白交加，本想跟姜母理論，卻聽顏娘道：「就按老夫人的話來，立字據為證，只要你們在上面簽字畫押，我會一分不少的將銀子交給你們。」

說完，她讓楊娘子去東街請那位專門給人代寫書信的先生來，姜母卻道：「何必捨近求遠，讓長生來寫，好歹也上了幾年學，寫個字據還是能成的。」

突然被點到名，長生毫不怯場的接下了這個任務。

等聶家母子帶著銀子走了以後，顏娘頓時變得萎靡不振。姜母見狀，讓長生帶著滿滿出去玩，她留在屋裡陪顏娘說話。

顏娘的遭遇跟她年輕時差不多，生在一個重男輕女的家裡，在嫁人之前，兄長染上賭癮敗光了家產，父母為了二十兩銀子，將她送到姜家沖喜。

當時姜家大郎姜憲，也就是姜裕成他爹，躺在床上昏迷不醒，她隨時都有可能當寡婦。那時她真的恨極了父母，發誓這輩子都不會再認他們。

也是她運道好，嫁到姜家沒幾天，丈夫就醒了過來，她費心費力的照顧了丈夫一年，他的身體逐漸好了起來。又過了半年，她有了身孕，十月懷胎生下了姜裕成。

但姜家人就跟受了詛咒一般，從平武二十一年開始，不到四年時間，一個接著一個沒了，先是姜裕成的祖父得了急症去世，接著是他的祖母傷心過度跟著去了。

平武二十二年，姜裕成遠嫁的姑姑難產而亡，留下兩個年幼的女兒被繼母虐待，姜憲拖著病體將兩個外甥女接回家撫養。

平武二十四年，姜憲一病不起，連那一年的除夕都沒撐過就去了，從此姜母一個寡婦帶著三個孩子艱難度日。

好在三個孩子平平安安的長大了，大外甥女嫁到了鎮上，夫妻和睦，兒子讀書刻苦有望高中，小外甥女也乖巧懂事、溫柔體貼。就在她以為否極泰來的時候，命運和她開了個玩笑，大外甥女長子自幼體弱多病，小外甥女也因娘胎裡帶來的不足，身子日漸衰敗，唯一的兒子接連兩次婚事不順，要不是捨不得兒子孤苦，她有好幾回差點沒緩過來。

兩個同樣命苦的女人，這個時候跨越了年齡差距，訴說著各自的傷痛。透過這次交心，顏娘明顯覺得自己跟姜母的關係親密了很多，在她看來，姜母比聶大娘要更像一個母親。而姜母呢，也直言不諱的提起想要顏娘做自己的兒媳婦。

聽了這話，顏娘除了震驚外，這才明白那日姜裕成為何那樣問她，原來那時姜母已經有意撮合他們。

顏娘不知道該怎麼回絕，她現在真沒有嫁人的心思，就算有，那人也不應該是姜裕成。首先他是新科進士、虞城縣的父母官，而她是和離過、帶著孩子的失婚婦人，他們在地位上就不匹配；其次，他同凌績鳴是同窗，若真的娶了她，必定會遭人口舌；最後，她帶著滿滿生活，若日後再有孩子，難免會忽略了女兒，她不想滿滿受委屈。

姜母似乎是知道她的顧慮，拉著她的手道：「妳放心，我是經過深思熟慮才作下決定的，並不是一時衝動，我也問過成兒，他並不反對這事。還有滿滿那丫頭，老婆子稀罕得不得了，只要妳答應嫁到姜家來，我向妳保證，一定將她當成親孫女對待。」

顏娘不自在的笑了笑。「老夫人，謝謝您這麼看重我，您剛剛說的那些我很感動，但我真的不能答應。」

見姜母疑惑的望著自己，她繼續道：「您也知道，滿滿她爹與姜大人是同窗，我若真的嫁給了姜大人，不僅會影響他們同窗的情誼，更會拖累姜大人的名聲，我想這也是您不願看到的。」

姜母這下不知該怎麼接話了，之前她並未想到這兩點，如今聽顏娘提起，心裡還真有些在意。這時候兩人再待一起難免會尷尬，於是和顏娘又說了幾句話就匆匆離開了。

送走姜母後，顏娘也跟著鬆了一口氣，她以為事情到此為止時，晚上臨睡前，滿滿卻睜大眼睛問她：「娘，我爹去哪了，為什麼我從來沒見過他？」

顏娘沒想到她會問這個，先是愣了一下，接著將女兒摟在懷裡道：「妳很小的時候見過他，妳的名字都是他取的呢。」

「是滿滿這個名字嗎？」

「不是，滿滿是娘給妳取的乳名，妳的名字叫凌清芷，這才是妳爹給妳取的。」凌績鳴為女兒取名的往事還歷歷在目，但當時的那種美好已經成為過去，他現在有妻有女，滿滿早就被他遺忘。

她的心裡湧起一陣強烈的不甘心，不是為她自己不甘，而是為了滿滿，憑什麼一個對自己血脈不聞不問的人，竟還能得到女兒的掛念，在她看來，滿滿應該將他當做一個無關緊要的人，跟他有關的事半個字也不要提。

如果滿滿大一點，說不定她會告訴她真相，但她實在是太小了，還不明白爹娘之間的恩怨。顏娘不想滿滿被怨懟影響，所以提及凌績鳴的時候總是一言帶過。

好在滿滿不是那種喜歡追根究底的孩子，很快就忘記自己還有親爹這回事了，顏娘見狀著實鬆了口氣。

時間一晃進入十月，天氣漸漸轉涼。

每年的十月初五到十五這十日間，城外寶塔寺會邀請京城慈恩寺的高僧彙善法師前來開壇講禪，附近幾個州縣的官宦人家、富商百姓都會趕來聽禪，是寶塔寺香火最鼎盛的時候。

姜母十分信佛，每年都要去寶塔寺聽禪，以往都是冷茹茹和冷嬌嬌姐妹倆陪她去，後來冷嬌嬌去世後，就只剩冷茹茹陪著她。今年本來也該冷茹茹陪著去的，只是冷茹茹如今月分大了，身子不太方便，姜母就約了隔壁的雲氏一起去。

她們坐的是姜家的青篷馬車，跟寶塔寺外那些香車寶馬比起來實在是普通至極，今日來寶塔寺的香客實在是數不勝數，她們在寺外堵了差不多一個時辰才進去。

彙善法師每日辰時至巳時開壇講禪，未時至申時從香客中擇取十人解籤，上午下午皆是兩個時辰，其他時間概不見客。
姜母每年都祈禱彙善法師能夠抽中自己，但依然與佛無緣，今年本沒打算湊熱鬧，誰知卻有心栽花花不開，無心插柳柳成蔭，這次居然被抽中了，為解籤的最後一位。
彙善法師替別人解籤的時候，雲氏陪著她在隔壁禪房等候，雲氏羨慕道：「郭姐姐運氣真好，我早就盼著能見彙善法師一面，沒想到卻沒這個緣分。」
姜母笑了笑。「往年我也是與佛無緣，或許是近兩年楣運太甚，就連佛祖也看不下去了，才藉這個機會點撥我。」
聽她自嘲，雲氏也跟著笑了。
兩人在禪房等了很久，添茶水的小沙彌都來了好幾回，眼看都快酉時了，也不見有人來傳喚。這下姜母坐不住了，喚了小沙彌詢問，小沙彌卻道：「法師說還不到見施主的時候。」
姜母一聽有些急了。「可還有一刻鐘便是酉時了啊，錯過了這個時辰，也不知明日還能不能排上。小師父，煩請你去幫我問問可行？」
小沙彌有些為難，但拗不過她，還是去了。
又等了一炷香的時間，先前去問話的小沙彌前來傳話，說是彙善法師有請。
姜母忙不迭的跟著去了，見著彙善法師後，見禮後連忙將手中的籤文遞了過去。彙善法師接過籤文看了，笑著道：「女施主是為求姻緣而來？」

聽著「姻緣」二字，姜母怕彙善法師誤會，忙解釋：「信女想知道我那獨子姻緣如何。」

彙善法師扣下籤文道：「烏雲蔽日終有時，雲開霧散見月明。若是求姻緣，不必捨近求遠，只需堅持心中所想，便是一樁好姻緣。」

姜母聞言愣了愣，接著不敢置信的問道：「法師的意思是我現在心中所想之人，就是我兒的好姻緣？」

彙善法師笑而不語。

姜母明白了他的意思，心中十分雀躍，對彙善法師作了個揖道謝。「多謝法師解惑，多謝佛祖提點。」

彙善法師雙手合十。「我佛慈悲，貧僧還有八字箴言贈予令郎，望女施主轉告。」

姜母連忙點頭。

彙善法師一字一句道：「塞翁失馬，焉知非福。」

姜母反覆背了好幾遍，生怕忘了哪個字對兒子有影響。從寶塔寺離開，姜母先讓車夫送雲氏回去，自己則另外雇了一輛車直奔虞城縣縣衙。

姜裕成正在聽手下彙報寶塔寺的有關情況，每年慈恩寺高僧來寶塔寺講禪，縣衙都會派出一隊官兵維護秩序，今年慕名而來的香客更比往年多了不少，為了維護穩定秩序，姜裕成還親自去了現場一趟。

不過他沒有久留，辰時一刻就已經返回了縣衙，聽到母親來了，姜裕成連忙出去迎接。

「兒呀，娘剛從寶塔寺過來，你的婚事終於有著落了！」想起彙善法師的話，姜母喜不自勝道：「彙善法師說，讓我們不要捨近求遠，心中所想的人，就是最適合你的人。」

姜裕成見母親如此激動，連忙扶她坐下。「娘，您慢慢說。」接著替她倒了杯茶。

姜母端起茶杯一口飲盡。「成兒，彙善法師解籤的時候，娘心裡想的是顏娘，沒想到兜兜轉轉她就是那個人。」

姜裕成有些無奈。「娘，哪有那麼玄乎，您別太較真。」

「別胡說，萬一佛祖怪罪怎麼辦？」姜母瞪了他一眼，不悅道：「彙善法師還贈了一句八字箴言，讓我轉告你，你要是再這樣，我可就不說了。」

「好好好，我不亂說。」姜裕成連忙向母親賠罪。

姜母這才笑了，可是她很快就笑不出來了，因為她忘記那八個字是什麼了。

她急得滿頭大汗，不停地在屋裡走來走去，猶如熱鍋上的螞蟻。姜裕成連忙安慰她：「別著急，等您記起來再跟我說。」

姜母就跟沒聽見這句話一樣，仍舊努力的回想著彙善法師說過的每一個字，也不知過了多久，她終於記起了一些，不確定道：「好像是誰丟了馬，一點兒也不著急，後面又把馬找回來了，說明這個人是個有福氣的人。」

姜裕成笑了。「娘，您這個可不止八個字啊。」

姜母白了他一眼，沒好氣道：「雖然字數超了，但我理解的意思就是這個。」

姜裕成再次笑了，心裡默念：塞翁失馬，焉知非福！

彙善法師，你到底想要說什麼呢？

為了兒子儘快娶妻，隔日姜母便顧不得去寶塔寺聽禪了。她請了雲氏和烏娘子輪番上門勸說顏娘，還讓她們轉告顏娘，不管顏娘有什麼顧慮，大可以直說，不必顧忌什麼。

對於姜母的執著，雲氏多少知道一些內情，她勸顏娘：「顏娘，妳現在還年輕，又帶著個孩子，家裡沒個男人，要是有人欺負妳們娘倆，都沒人替妳撐腰。我們這些相熟的人家是不能瞧著妳們受欺負，可我們終究是外人，不能看著妳們娘倆一輩子啊。」

烏娘子接話道：「雲夫人說的對。顏娘，別的不說，妳總得為滿滿考慮考慮吧，說實話，當年妳和離的時候要是沒帶走滿滿，這會兒孩子也是官家千金了，日後說親的對象少說也是官家子，屋裡屋外都有丫鬟婆子伺候著，這可比跟著妳這個做小本生意的親娘強。

「我知道，妳是怕孩子留在淩家受委屈，才執意帶著孩子離開，但現在有機會讓孩子過上更好的日子，妳就應該抓住這個機會。姜老夫人是個和善人，姜大人也是個知禮的，妳嫁到姜家去可是去享福的，等妳成了姜夫人，滿滿也是官家小姐了，這比跟著她親爹有什麼不同？

「那些關於姜大人剋妻的傳言，其實哪能怪他呢？姜大人原配冷氏，打娘胎出來就是個身子弱的，若生在富貴之家，每日用好藥養著，說不定能多活幾年；那葛家女更不用說，明明是被舅母因私仇報復喪了命，卻硬要把這屎盆子扣在姜大人頭上，這不是胡鬧嘛？」

烏娘子不愧為錦繡閣的老闆娘，勸起人來句句都是理，簡直讓人無法反駁。顏娘以為姜母已經絕了撮合她和姜裕成的念頭，沒想到過了不到一個月又起了心思。

她嘆了嘆氣道：「不是我不願，只是妳們都知道，我之前所嫁非人，實在是怕了。」

烏娘子拉著她手勸道：「一朝被蛇咬十年怕井繩，說的就是妳。妳不能把姜大人同滿滿親爹相提並論，冷氏沒了，姜大人整整守了三年妻孝；葛家女進門前被害，姜大人也答應提攜葛家大郎，這可是難得的有情有義之人啊。」

「可我粗笨體肥，配不上姜大人。」顏娘自嘲著伸出自己粗壯的胳膊。「當初滿滿親爹就是這麼斥責我的。」

烏娘子正要接話，話頭卻被雲氏截走：「顏娘，不要貶低自己，我眼中的妳是個心靈手巧、待人和善、為人真誠的孩子，不應該讓外貌體態成為束縛妳的枷鎖。」

「雲夫人說的對。」烏娘子上上下下打量了顏娘一番，道：「顏娘，妳長得並不差，只是身子比平常女子結實了一些，這可是好事，姜老夫人最喜歡的就是身子康健之人。」說著說著，她又湊近顏娘打趣道：「都說女人屁股大好生養，顏娘，妳這屁股著實不小啊。」

顏娘聞言，臉一下子紅到了耳根，頭都快埋到胸前了。

雲氏瞥了烏娘子一眼。「妳就別打趣顏娘了，這孩子臉皮薄。」

烏娘子噗哧一聲笑了，道：「顏娘，都怪我嘴碎，妳可別往心裡去。」

過了大約一盞茶的時間，顏娘臉上的緋色才漸漸褪去。她跟雲氏和烏娘子說，對於嫁人，她還要考慮考慮，請她們明日再上門來。

烏娘子觀她神情便知，這樁婚事包準能成。

第二日朝食後，烏娘子率先登門，隔了一炷香，雲氏也過來了。見到顏娘，烏娘子開口便問：「怎麼樣，考慮清楚了嗎？」

顏娘雙頰緋紅，躊躇了很久才說出「願意」兩個字。烏娘子和雲氏相視一眼，心中的大石這才落了地，兩人忙不迭的去姜家報喜。

姜母聽說顏娘應了婚事，開心的合不攏嘴，她讓桃兒奉茶招待兩人，自己則進了內室，出來時手裡抱了兩疋布料。

「為了我兒的婚事，給兩位添麻煩了，這兩疋布料就當做是謝禮。」

雲氏和烏娘子連忙起身接過，烏娘子一眼看出那是出自蜀地的散花錦，推辭道：「我們倆就費了幾句口舌，當不得這麼重的謝禮。」

雲氏雖不懂布料，但聽烏娘子這麼說，也知道這布疋的品質很好。「郭姐姐，烏娘子說的對，這散花錦妳還是自個收著，或者是顏娘過門後給她做衣裳吧。」

見兩人都不肯要，姜母道：「都給我收著，顏娘那，老婆子還有些好東西留給她呢。」說完，將布疋往兩人懷裡一塞，繼續道：「妳們要是再推託不要，我可要翻臉了啊。」

沒辦法，雲氏和烏娘子只得收了。

為了早點將兒媳婦娶進門，姜母特意找了能說會道的烏娘子當媒人，還專門請人算了個吉祥的日子上門去提親。顏娘跟娘家人斷了親，只得請了雲氏來充當長輩，因提親只是走個過場，所以這樁婚事很順利就定下了。

接下來的問名、納彩以及納吉都合在一起辦，沒有弄得很複雜，只有送聘禮和請期是姜裕成在媒人的陪同下親自前來，以顯姜家對新婦的看重。

婚期是姜母特意去寶塔寺找大師算的，定在年底的臘月初十。兩人一個是鰥夫、一個是和離婦人，儀式上沒有頭婚那麼繁瑣和複雜，婚宴就在姜家院子辦了幾桌，請的都是自家親戚以及街坊鄰居。

雖然沒有大張旗鼓的宣揚，但臘月初十當天，還是有很多富豪鄉紳不請自來，大多都帶了貴重的賀禮，姜裕成吩咐隨從將這些賀禮登記在冊，打算等完婚後再來處理。

顏娘這邊，第二次穿上嫁衣，她沒有了第一回時的忐忑不安，端坐在銅鏡前，任由喜娘在自己臉上折騰。

「新娘子皮膚真好，又白又嫩，像豆腐一樣。」喜娘忍不住誇讚。

顏娘笑了笑沒說什麼，倒是一旁的丫丫大聲道：「娘子用的都是自家鋪子賣的膏子，這膏子可好用了，好多人都搶著買呢。」

她揚著頭，臉上充滿了自豪的神情。

喜娘笑了笑。「新顏坊的大名我也聽過，沒想到是娘子開的，娘子看著年紀輕輕的，做生意倒是一把好手。」

「妳太客氣了，我哪那麼厲害，都是靠大家賞臉和掌櫃的能幹才把生意做起來。」

自從海棠離開後，顏娘和雲氏根本不是做生意的料，原本打算將雲慧慧升為掌櫃，但又怕蘇太太挾私報復，只得另請他人。

好在新請的掌櫃是個做生意的好手，為人又真誠可靠，顏娘和雲氏便把鋪子交給他打理，只時不時的去鋪子上轉一圈，並不管生意上的事。

說笑間喜娘已經將顏娘裝扮好了，顏娘照了照鏡子，心裡頗為滿意。

吉時未到，她還得在屋裡等著，過了一會兒，雲氏牽著滿滿進來了，一看見顏娘，滿滿就小跑到她面前。

小姑娘第一次見娘親打扮成這樣，揚著頭道：「娘，妳今天真好看。」

顏娘將女兒抱在膝上坐著，柔聲道：「滿滿今天也好看。」

當著人的面被誇了，小姑娘害羞的將頭埋在顏娘胸口，雲氏連忙將她抱了下來，柔聲道：「滿滿，今天是妳娘的好日子，這喜服可不能弄皺了。」

滿滿聽話的點了點頭。

又過了兩盞茶的時間，外面傳來一陣嗩吶聲，烏娘子急急忙忙的跑進來。「新郎官來迎親了，新娘子準備好出門。」

一時間屋內變得有些忙亂，雲氏乘機將滿滿帶了出去。

迎親的過程很順利，顏娘蒙著蓋頭，被姜裕成用紅綢牽著，跨過火盆、拜了天地，等耳邊的熱鬧聲散去，她已經坐在姜家早就準備好的婚房裡。

四周靜悄悄的，顏娘有些不習慣，等了一會兒，外面傳來一陣笑鬧聲，緊接著就是開門聲，原來是姜裕成和烏娘子進來了，還有一些跟來看熱鬧的人。

姜裕成用秤杆掀開了顏娘的蓋頭，顏娘只覺得眼前一亮，心裡跟小鹿亂撞似的。這時有人端了一盤餃子上來，烏娘子用筷子夾了一個餵顏娘，顏娘輕輕咬了一口。

烏娘子見她咬了，大聲問：「生不生？」

顏娘點頭。「生。」

周圍突然爆出一陣大笑。

顏娘愣了愣，等反應過來，臉一下子紅到了耳根。

烏娘子放下筷子，笑著對其他人道：「好了好了，咱們出去吧，新娘子臉皮薄，等會兒新郎官可要怪罪我們了。」

姜裕成無奈的笑了笑，目送著眾人離去。

等到所有人都走光了，他走到顏娘面前。「外面還有客人要招待，妳在房裡等我。」

顏娘紅了臉，低下頭應了一聲：「好。」

姜裕成勾了勾嘴角，心情很好的出去了。

過了一會兒，房門又被打開了，進來的是伺候在姜母身邊的丫鬟桃兒，手裡端著一個托盤。

「夫人，這是大人怕您肚子餓，特意讓奴婢送來的。」

顏娘探頭瞧了一眼，只見托盤上放著一碗麵，看著很清淡的樣子，上面還臥了一顆荷包蛋，便點了點頭，桃兒將麵放在桌上出去了。

看著這碗清湯麵，顏娘心裡升起一股暖意，原來人與人真的是不同的。她小口小口的吃著麵，一邊吃一邊下定決心，她一定會同他好好過日子的。

數九寒天，一碗熱湯麵下肚，顏娘覺得整個人都暖和起來了。她將碗擱在托盤上，過了一盞茶的時間，桃兒便進來收拾碗筷。

等到外面賓客漸漸散去，姜裕成才帶著一身酒氣回房，跨門檻的時候一個趔趄差點摔倒，顏娘趕緊上前攙扶。

姜裕成衝她笑了笑，用手輕輕拍了拍她的胳膊。「多謝娘子伸以援手。」

聽到「娘子」兩個字，顏娘只覺得全身的血液都湧了上來，臉上熱辣辣的，她忙低下頭，不敢正眼去看已經跟她拜過堂的男人。

姜裕成沒想到她會如此羞澀，跟以往見著的樣子完全不同，這倒讓他不敢再做什麼孟浪的舉動。

顏娘扶著姜裕成還未走到床前，就被姜裕成拉著手走到了桌邊。桌上擱著一壺酒，姜裕成取了兩個酒杯斟滿酒。「今日飲下這杯合巹酒，望我夫妻二人日後情比金堅，攜手共白頭。」

顏娘輕輕頷首。

兩人一起端起酒杯，手臂纏繞互餵對方飲下合巹酒，酒水辛辣微苦，飲酒的人卻感覺甘甜芳香。

接下來兩人各自去洗漱收拾，夜還長，他們將在這漫漫長夜裡將彼此交付給對方，完成這世間夫妻之間最親密的儀式。

翌日，天還未亮，顏娘便醒了，睜眼後滿目鮮紅映入眼簾，桌上那對嬰兒臂粗的紅燭還未燃盡。顏娘愣了愣，直到旁邊傳來一陣輕微的響動，她才反應過來，昨日她又嫁人了。她悄悄的往旁邊看了一眼，姜裕成睡得正香，想到他昨夜瘋狂的舉動，顏娘不由得臉紅心跳。如果不是昨夜，她可能一輩子都不能體會敦倫之樂。

兩人是新婚卻不是初婚，該知的都知道，並不像別的新婚夫妻那樣手足無措。姜裕成的耐心很好，他會顧及顏娘的情緒，每次都要得到她的允許才會繼續。

不知是昨日那碗清湯麵的緣故，還是因為昨夜他的極盡溫柔，顏娘覺得她的心裡似乎已經種下了名為喜歡的種子，要不了多久就會生根發芽，長成參天大樹。

這種喜歡跟少女時的喜歡不一樣，而是一種怦然心動和由衷歡喜，以及被人捧在手心溫柔以待的喜悅之情。

她盯著他看了一會兒，嘴角不由得勾起一抹笑意。她又朝外看了看，天色又亮了一些，約莫卯時了，她趕緊起身收拾。今日是嫁進姜家的第一日，依俗她要去灶房準備朝食。

她剛一動，姜裕成也醒了，他睡意惺忪的看著她。「多睡一會兒吧。」

顏娘笑著搖了搖頭。「時候不早了，妾得去準備朝食了。」

姜裕成本想說朝食有桃兒負責就是，突然想到她才進門，按照習俗，今天的朝食的確該由她來準備。見她起身，他也沒了睡意，索性也跟著起床。

顏娘見狀問：「夫君也不睡了嗎？」

姜裕成笑了笑。「妳我已是夫妻，我怎能讓妳一人忙碌，走吧，我陪妳去準備朝食。」

顏娘訝異的看向他，以為自己聽錯了。姜裕成一邊繫袍子一邊道：「姜家小門小戶，不講究高門大戶那些刻板的規矩，日後妳跟我說話，不必自稱妾。」

穿好袍子後，他見顏娘還站在原地不動，十分自然的牽起她的手一起朝灶房走去。顏娘腦子暈乎乎的像是作夢一般，等到了灶房都還沒回過神。

姜裕成熟門熟路的坐在灶前燒火，他對顏娘道：「米在牆角的罎子裡，麵在旁邊第二層櫃子裡，其餘的東西我也不清楚，妳自己找找。」

顏娘順著他的話找到了米、麵，她打算煮一鍋雜糧粥，攤一碟雞蛋餅再炒一個醋溜白崧。她手腳麻利，動作有序，不到半個時辰朝食就做好了。

灶房裡傳來一陣誘人的香味，姜裕成吸了吸鼻子，忍不住誇讚道：「娘子真是心靈手巧，為夫有口福了。」

顏娘臉又紅了，心裡卻十分開心。

姜母的時間掐得很準，顏娘剛將朝食端上桌，她便起身了。顏娘本來是要去伺候婆婆起床的，姜裕成依舊是用姜家沒有這種規矩為由制止了她。

丈夫都這麼說了，顏娘只能聽從。可是等她看到姜母牽著滿滿一起出來時，一下子愣住了。

「娘！」看到顏娘，滿滿跟脫了韁的小馬駒一樣衝了過來。

顏娘抱著女兒，疑惑的看著姜母。

姜母笑咪咪道：「昨日滿滿鬧著要找妳，我想著你們新婚不方便，便讓桃兒把她帶到了我這裡。昨晚也是跟我睡的，這丫頭不認床，一沾枕頭睡得跟小豬似的。」

姜母是真的很喜歡滿滿，說起她的事，滿臉的笑意是遮都遮不住。

滿滿嘟了嘟嘴，搖頭奶聲奶氣道：「姜祖母，滿滿不是小豬。」

姜母聞言笑意更甚，招手將滿滿喚了過來，抱著她逗道：「可昨晚聽見妳打呼嚕了，小豬睡覺也打呼嚕。」

滿滿睜大眼睛看著她，臉上寫滿了驚訝和無措。

姜母噗哧一聲笑了，輕輕點了點滿滿的小鼻子。「剛剛姜祖母是逗妳玩的，滿滿不是小豬，滿滿是乖孩子。」

滿滿聽了這話開心的笑了。

顏娘看著她們的互動，心裡又是感激又是慶幸。

嚐了顏娘的手藝後，姜母讚不絕口，她的目光在兒子兒媳身上來來回回了好幾遍，心裡越發的滿意這樁婚事。

用完朝食後沒多久，冷茹茹與賀文才帶著賀長生過來了。姜家親戚少，人丁單薄，夫妻倆是特意來姜家湊人數的。

新婚夫婦在成親第二日要向父母長輩敬茶，姜母端坐在上首，左側是姜憲的牌位。

顏娘和姜裕成跪在墊子上，各自端了一杯茶。顏娘雙手將茶奉上，道：「娘，請喝茶。」

姜母「哎」了一聲將茶盞接了過去，微微抿了抿後交給桃兒，然後掏出一個紅封並一對翡翠鐲子給顏娘。

「這是成兒祖母當年給我的，我今天把它們交給妳，希望妳跟成兒好好過日子。」

顏娘受寵若驚的看了姜裕成一眼，姜裕成道：「娘給妳的，妳就收著吧。」

顏娘連忙接了鐲子和紅封，跟姜母道了謝後，奉上自己做的鞋襪。

顏娘的手藝姜母自然是滿意的，她將東西擱在膝上，望著兩人道：「老婆子別的要求沒有，只希望你們夫妻努力，早日為姜家開枝散葉。」

顏娘和姜裕成齊齊答道：「是。」

接下來顏娘又給前頭的冷氏冷嬌嬌上香敬茶，這是繼室對原配表示尊重的規矩。

最後是認親的環節，顏娘給冷茹茹準備的是一個繡著竹報三多、梅獻五福花樣的手爐棉罩。寓意喜報多子、多福、多壽，她這胎懷得不易，顏娘希望她能夠平安順利的生產。

給賀文才準備的是繡著四季長春花樣的筆袋。賀文才是讀書人，這個花樣是以四合如意形為輪廓，內置枝葉繁茂的月季花象徵四季長春、花繁葉茂、前程似錦之意。

給長生的是一個如意形狀的銀質長命鎖，上面打了「長命富貴、福壽萬年」八個大字，下面還墜著八個小鈴鐺。長生生來體弱多病，送長命鎖給他，是希望他身子康健、一生平安順遂。

冷茹茹瞧見了顏娘送給兒子的長命鎖，眼眶不由得紅了，怕沖了喜事，她忍住湧流而來的淚意，心中默默記下顏娘這一份情意。

滿滿跟著顏娘到了姜家，也算是姜家的一分子，不管是姜家母子還是冷茹茹夫妻，都給了小丫頭見面禮，就連最小的長生也送了東西給她。

兩姓聯姻，良緣締結，從此同為一家人。

成婚三日後，姜裕成銷了婚假去縣衙了，顏娘則在家裡操持。原先姜裕成沒成親時，姜家內院由姜母管著，現在顏娘嫁進來了，姜母便交給她來管，自己則帶著滿滿四處串門，一副含飴弄孫、自得其樂的樣子。

姜家除了幾個主人，就只有兩個下人，一個是伺候姜母的桃兒，另一個就是車夫兼門房鄢伯，兩個都是簽了死契的。顏娘原先雇傭的楊娘子母女合約還未到期，顏娘徵得婆婆同意後，讓她們進了姜家，原先租住的房子便退了。

楊娘子原本還有些忐忑不安，以為顏娘嫁人後會辭退她們，顏娘讓她們搬進姜家後，她的心才落下來。為了報答顏娘的恩情，她比以前更勤快了，有什麼活計總是搶著幹，有時候連桃兒都說，楊娘子來了後，她閒著的時候更多了。

於是，顏娘便讓桃兒專門伺候姜母，家裡的事情楊娘子做，有時候太忙了她也搭把手，至於丫丫，就做一些燒火之類的輕鬆活兒。

這樣安排下來，姜家明顯改變了很多，等姜裕成休沐回來就發現，家裡窗明几淨、乾淨整潔，下人和幫傭各自分工、井然有序，連娘親臉上的笑容都更多了，人看著也年輕了幾歲。

他很喜歡這樣的改變，對顏娘的喜愛與滿意更甚了。

晚間兩人回房後，姜裕成忍不住擁住顏娘，柔聲道：「我不在家的這半旬，多謝娘子在家裡操持。」

顏娘臉上微熱。「這都是我該做的。」

姜裕成沒說話，手卻輕輕的拍了拍她的背。顏娘輕輕的靠在他的胸前，安靜的感受著這一刻的溫馨與安寧。

過了一會兒，她抬頭道：「夫君，我想讓滿滿改姓姜。」

姜裕成慢慢鬆開她，臉上帶著訝異的神情。

「只改姓，不入姜家族譜的。」顏娘以為他生氣了，連忙解釋。

姜裕成卻笑了。「入族譜也沒什麼，反正姜家由我做主。」

顏娘有些不敢相信，姜裕成又說：「我娶了妳，滿滿也就是我的女兒，改姓和入族譜都是小事。」

顏娘心裡十分感動，但沒有藉著這個機會讓滿滿入姜家族譜。

她為女兒改姓，是因為以後她還會有其他的孩子，她不想滿滿受委屈，更不想她的孩子們分屬不同的姓氏。

姜裕成是重諾重情之人，在答應為滿滿改姓之後，隔日便帶著顏娘母女去了縣衙，藉著職務之便將她們添入自家戶籍冊上。

自姜裕成祖父母、父親去世後，姜家的戶籍冊上只有他們母子和冷茹茹姐妹倆。後來冷茹茹出嫁、冷嬌嬌病逝，姜家戶籍冊上只剩下姜母和姜裕成兩人，看著實在是人丁單薄。添上顏娘母女的名字後，總算是熱鬧多了。

顏娘只認得幾個字，自己和女兒的名字她都認得，看著自己和女兒都被冠上了姜姓，頓時有了一種強烈的歸屬感，這是以前為凌家婦沒有的感覺。

收好戶籍冊，姜裕成蹲下身抱起滿滿，逗她道：「小丫頭，日後妳便是我的女兒了，來，叫聲爹爹。」

滿滿睜著大眼睛，疑惑的看向顏娘。

顏娘笑著點頭。「滿滿，妳以後就是姜清芷了，該喚姜大人一聲爹爹的。」

滿滿眨了眨眼，衝著姜裕成大聲喊道：「爹爹！」

孩童的聲音清脆悅耳，聽得姜裕成眉開眼笑。

「爹爹，為什麼我先前叫凌清芷，現在又叫姜清芷呢？」還沒等他笑夠，滿滿突然提出的問題，讓他不知道該怎麼回答。

小小的人兒滿臉都是不解。

顏娘斂起笑意，想要跟女兒解釋，誰知姜裕成卻輕輕搖了搖頭。「她現在太小了，等她大一點我們再告訴她真相。」

顏娘剛到嘴邊的話只得咽了回去。

第九章

顏娘和滿滿第一次來虞城縣，姜裕成趁著縣衙沒事，打算帶著她們母女出去逛逛。虞城縣比陵江鎮大得多，也要繁華得多。

街上人來人往，穿衣著裝要比陵江鎮的百姓富有，街道兩旁店鋪林立，四周還散佈著一些小攤販，因為接近年尾，人們都忙著置辦年貨，不管是店鋪裡還是小攤販處，都是熱鬧至極。

滿滿被姜裕成抱著，一眼就看到前面有賣糖人的，嚷嚷著要吃。顏娘一聽到「糖人」兩個字，心就突突地跳，上一回中秋節，她帶著滿滿去看燈會，小丫頭也是嚷著要吃糖人，結果卻被拐子抱走了。

姜裕成知道她在害怕什麼，騰出一隻手來拉她。「放心，有我在呢。」

溫熱的觸感讓顏娘心中安定了許多，一家三口緩步來到賣糖人的攤子前，老闆是個頭髮花白的乾瘦老頭，見有客人上門，停下手中的動作道：「客人想要什麼圖案自己轉吧。」

攤子旁邊擺著一個轉盤，上面刻了很多動物圖形。

「我喜歡那個大鳥。」滿滿指了指插在草垛子上的那只碩大的鳳凰糖人。

姜裕成抱著滿滿蹲下身。「滿滿，喜歡什麼就自己轉。」

滿滿用力的轉了一下，轉盤飛快的轉動起來，指針最後停在了鳳凰糖人上面。滿滿開心極了，伸手就要去拿糖人，誰知那老闆卻出聲道：「客人可否看清指針到底指的是鳳凰，還是錦雞？」

顏娘和姜裕成均是不解，順著老闆的話仔細看了一眼轉盤，原來那指針看著像是指著鳳凰，其實卻落在了鳳凰與錦雞中間。姜裕成又湊近看了看，木頭指針偏向錦雞那邊一些。

「是我們看錯了。」他爽快的承認道，接著又問老闆：「那鳳凰糖人多少錢，我買了。」

老闆突然笑了。「還望客人體諒，小老兒的糖人只依著轉盤來賣。」

姜裕成剛想開口，就聽他道：「小老兒憑著這門手藝走南闖北三十餘年，這轉盤上的鳳凰糖人也只賣出去過一回。活了這把年紀，倒是悟出了一些道理，命中該有終須有，命中無時莫強求。」

聽了這話，姜裕成不由得皺眉，明明眼前這個老頭只是個賣糖人的小販，說出這句話時卻莫名有了一種世外高人的模樣。

不過這話還真不好聽，若是換了別的人，可能要找老頭論理，姜裕成卻沒當一回事。他低下頭問滿滿：「妳轉到了錦雞，咱們只能要這個了。」

滿滿念念不捨的看了鳳凰糖人一眼，聽話的要了錦雞。

等一家三口離開糖人攤子後，那賣糖人的老闆卻開始收攤了，隔壁賣湯麵的大嬸好奇的看了他好幾眼，心裡嘀咕道：這老頭攏共才出了三天攤，三天也只賣了一個糖人出去，也太不會做生意了。

「老闆娘，來一碗陽春麵，多放蔥。」

這時有客上門了，麵攤大嬸便不再關注糖人老闆。

姜裕成帶著妻女在縣城內逛了一圈，在縣衙用過午食後，顏娘就帶著滿滿回了陵江鎮。她前腳剛走，後腳凌老爹和溫氏就找到了縣衙裡來。

「大姪子，你可要為我家元娘做主啊！」一見到姜裕成，溫氏就拉著他的袖子大嚎。

被人突然碰觸，姜裕成不由得皺了皺眉，正要問話，溫氏便被凌老爹拉開了。「姜大人，我家老婆子沒眼色，要是冒犯了你，還請你見諒。」

姜裕成輕輕撫了撫袖子上的褶皺，抬頭看向他們。「二位來縣衙幹什麼？」

溫氏剛要說話，被凌老爹搶了先。「大人，那孫家欺人太甚，孫富為了娶一寡婦，竟誣衊我女兒元娘與人私通，還說要休了她。裕成，你和二郎是同窗好友，看在二郎的面子上，一定要幫幫我們啊！」

姜裕成聽完後搖頭。「抱歉，這是孫凌兩家的家務事，官府不便插手。」

溫氏一聽，火氣蹭蹭的往上竄，口不擇言道：「什麼不便，我看是因為娶了聶氏那賤人後，就不把我家二郎當同窗了吧。是不是那賤人說了什麼，你才不肯幫忙？」

溫氏的話激怒了姜裕成，顏娘是他明媒正娶的妻子，如今被一個老婆子如此侮辱，他哪裡還忍得下這口氣，當即將兩人呵斥一頓後趕了出去。

溫氏和凌老爹被衙役押著扔到了縣衙外，衙役不屑的看著兩人道：「撒潑撒到衙門來了，要是不想挨板子就趕緊滾。」

凌老爹和溫氏被嚇到了，半天都沒回過神，兩人被扔出來時動靜不小，經過此處的路人都對他們指指點點。

凌老爹臉色沈如墨，呵斥老妻道：「壞事的老娘們，怎麼就管不住妳那張嘴呢，現在是咱們有求於人，妳罵那聶氏幹什麼？」

「我怎麼不能罵那賤人了？也不知那賤人使了什麼本事，被休了還能嫁到姜家去，也不怕被剋得沒了性命。」

溫氏心氣不順，原本她也打過主意將凌三娘嫁給姜裕成，要不是出了葛家女喪命的事，可能早就找人遊說去了。在她看來，顏娘又醜又胖，還是一個帶著孩子的下堂婦，姜裕成一定是瞎了眼才看上這樣的女人。

溫氏越想越氣，忍不住衝著縣衙大門吐了一口唾沫。「我呸！得意什麼，還不是撿了我兒不要的破爛貨，現在當個寶貝似的，日後有你後悔的。」

見她粗魯刻薄，凌老爹臉上閃過一絲不易察覺的厭惡。「妳能不能消停一些，現在最要緊的是元娘的事情。」

一聽到「元娘」兩個字，溫氏有些急了。「他爹，這姜裕成不肯幫忙，我們不如去找二郎吧。」

「胡鬧，二郎遠在梧州，等咱們到了那兒，孫富跟那寡婦兒子都生出來了，反倒會害了元娘。」凌老爹堅決不贊同去找凌績鳴，遠水救不了近火，他決定讓凌三娘去找顏娘說情。

這一日，顏娘剛從鋪子裡回來，凌三娘就上門了。

自從她與凌績鳴和離後，兩人已經快三年未見，顏娘訝異了一下，還是笑著將她請了進來。

待兩人坐下後，顏娘問道：「三娘，這幾年妳過得可好？」

凌三娘面上有些不自在，扯了扯嘴角。「還行吧，去年嫁了人，夫家也在這鎮上。」說完，她又仔細的將顏娘打量了一遍。「看來二嫂日子過得不錯，姜大人待妳一定很好，我今日來……」

她的話還未說完，就被顏娘打斷：「三娘還是叫我名字吧，如今我已是姜家婦，當不得這聲二嫂。」

凌三娘這才發現自己口誤，訕訕道：「都怪我忘了改口，請顏娘姐姐見諒。」

顏娘沒有接這話，道：「妳今日上門不是特意來找我說話的吧，有什麼就直說。」

三年未見，凌三娘已經不是以前那個凌三娘了，顏娘從她閃爍不定的眼神中看出來，她心中必有所求。

見顏娘問得那麼直接，凌三娘一時不知該怎麼開口，躊躇了一會兒下定決心道：「顏娘姐姐，這次我來找妳是為了我大姐的事。我大姐被孫家的人誣陷與人私……私通，還說要休了她，我想請顏娘姐姐看在我們姑嫂一場的分上，讓姜大人替我大姐做主。」

顏娘聽完原由後，臉色一下子沈了下來。

「三娘，妳知道妳在說什麼嗎？」她一瞬不瞬地盯著她。「凌元娘的事我不會幫忙，若要找人做主，還是去縣衙遞狀紙吧。」

凌三娘聽了後心涼了半截。「顏娘姐姐，我也是無法了才來找妳的，妳就大人有大量，幫幫我大姐吧。」

顏娘冷笑道：「我不會幫一個想要害我女兒的人，再說了，依著凌元娘的性子，孫家未必會誣陷她。」

聽了這話，凌三娘騰地一下站了起來。「聶顏娘，妳這是什麼意思？不幫忙就算了，為何還要壞我大姐名聲，沒想到妳竟然這麼卑鄙無恥。」

「凌三娘，究竟是我無恥還是凌元娘不守婦道，」顏娘冷著臉道：「妳自己去問問她。」

凌三娘看著她那張變得冷凝的臉，頓時生出一股落荒而逃的感覺來。

顏娘不肯幫忙，凌三娘最後與她鬧得不歡而散。

回到凌家後，溫氏立刻湊上來。「怎麼樣，那賤人答應了沒？」

聽到「賤人」兩個字，凌三娘惱道：「娘，人家現在已經是知縣夫人了，妳別賤人賤人的叫，要是傳到了姜知縣耳朵裡，大姐的事就沒人幫忙解決了。」

溫氏瞥了小女兒一眼，嘀咕道：「我也就在自家人面前說說而已。」

凌三娘拿她沒辦法，只得跟凌老爹道：「爹，聶顏娘還記恨大姐毒害滿滿的事，她不肯幫忙，還讓大姐自己上衙門遞狀紙。」

凌老爹聽了不滿道：「妳大姐當初鬼迷心竅做了錯事，我們也懲罰過了，她怎麼還記著這事？」

「要我說，那賠錢貨一生下來就該掐死，要是沒有她，咱們凌家哪裡會多出那麼多的是非。」溫氏最恨的就是顏娘母女，聽到顏娘因為女兒不肯幫凌元娘，氣得破口大罵。「那賤人就是故意見死不救，爛心肝的破爛玩意兒，一輩子生不出兒子骯髒貨色！」

凌老爹不耐煩的衝她吼道：「妳罵罵咧咧的有什麼用，現在最重要的是怎麼讓孫家鬆口。」說完又一個勁地埋怨溫氏：「要不是妳慣得元娘無法無天，也不會走到今天這一步。」

凌三娘想起顏娘的話，忍不住問道：「爹、娘，大姐是不是真的做了對不起姐夫的事？」

「妳聽誰說的？妳大姐怎麼可能做那種事？她是被孫富那畜生冤枉的。」溫氏尖聲反駁。

凌三娘狐疑的看了溫氏一眼，沒來由的對她的話產生了懷疑。「娘，妳剛剛為什麼不敢看我，難道大姐真的做了什麼？」

溫氏心虛的撇過頭，凌老爹嘆了口氣低聲道：「三娘啊，不管元娘做沒做那些事，她都是妳的姐姐，她要是被休回來，妳在杜家又能好過嗎？」

一聽這話，凌三娘便知道凌元娘並不是無辜的，顏娘說的都是真的。她不敢置信的後退了好幾步，完全不能接受事情的真相。

原來孫家那邊沒有冤枉凌元娘，凌元娘與外男私通恰好被孫富撞見了。孫富被戴了綠帽子，實在是忍不下這口氣，拚著得罪家裡有人做官的岳家，也要將不守婦道的妻子休掉。

凌元娘當然不肯，痛哭流涕的懇求孫富，讓他看在孩子和夫妻多年的情分上原諒自己一回，還說一定會跟姦夫斷得乾乾淨淨。這邊孫富還沒答應，誰知孫富老娘就聽到了兩人的對話，當場被氣暈了過去。

等她醒過來後，孫老娘對凌元娘又打又罵，要不是看她有個當官的弟弟，絕對會拉著她去浸豬籠。

孫老娘也是個潑辣的，凌元娘嫁進來後，兩人經常因為雞毛蒜皮的小事鬧得不可開交，但誰都沒能吵贏對方。後來，凌元娘生了孫家的長孫，又有娘家撐腰，才慢慢的占了上風。

再後來凌績鳴中了進士，孫老娘徹底熄了火，不再輕易和她對上。

孫富是一個老實忠厚的人，凌元娘卻覺得他過於木訥，漸漸地對他有些看不上了，尤其是看到凌三娘的夫君杜大郎幽默風趣又十分溫柔體貼的時候，再對比人前不愛多言的孫富，凌元娘只恨不得跟三妹換了夫君。

凌元娘心裡存了這樣的心思，每次見了杜大郎總會多瞧上幾眼，瞧著瞧著心裡越不是滋味了。

在中秋節燈會上，她與孫富走散了，遇到了跟杜大郎有五、六分相似的季元康，這個相似不是相貌上的相似，而是脾氣和品性相似。

凌元娘長得不差，雖然不如二八少女嬌羞清純，卻有已婚婦人獨有的曼妙風情。兩人在一盞蓮花燈下相遇，也不知那季元康使了什麼手段，勾得凌元娘心馳神往。

從那以後，兩人便好上了，季元康是花叢中的老手，最愛的就是成過親的婦人。在他看來，未經人事的少女哪有已婚少婦放得開。

被孫富捉姦那天，季元康與凌元娘邀約相見，季元康提出了一個大膽刺激的想法，說是要同她去孫家，在孫富與她的房間玩上一回。凌元娘一聽嚇得心怦怦直跳，自然是不肯答應。

那季元康也不惱，摟著凌元娘哄了好一陣，在他甜言蜜語的攻勢下，凌元娘鬼使神差的答應了。

於是季元康趁著孫富與孫老娘不在家的時候，偷偷溜到了孫家，兩人正在蜜裡調油的時候，孫棟睡醒了，他迷迷糊糊走到爹娘房間外，聽到裡面傳來陣陣奇怪的聲音。

他喊了兩聲娘，沒人應答，就這麼傻站在門外。

恰好這時候孫富回來了，孫棟一見著他就指著房門道：「爹，娘在哭呢！」

孫富臉上充滿了疑惑，難道妻子在娘家受委屈了？

他抱著兒子來到門口，剛一靠近就聽見裡面傳來女子嬌嗔笑鬧聲，還夾雜著著男人油腔滑調的笑聲。孫富腦海裡緊繃的那根弦瞬間斷裂，猛的一腳踢開房門，撞見的那一幕如同重錘落地狠狠的砸在了他的心上。

屋內的兩人聽見動靜，驚慌失措地扯過被子蓋在身上，凌元娘看著丈夫那張怒氣騰騰的面孔，嚇得臉都白了。

孫富將兒子眼睛捂住，抱著他去了孫老娘的屋子，讓他乖乖的待在那裡。隨後他又折了回去，屋裡只有凌元娘一個人在，那男人卻不知所蹤。

孫富沈著臉一步一步走到床前，凌元娘剛開口喊了一聲夫君，接下來被孫富一巴掌搧倒在地。

「為什麼！為什麼！」孫富忍不住大聲質問：「為什麼要偷人？孫家哪裡對不起妳，我孫富哪裡對不起妳？」

凌元娘也不回答，只捂著臉痛哭。

孫富又問：「姦夫是誰，你們什麼時候勾搭上的？」

凌元娘還是不肯說。

見她這副模樣，孫富越看越覺得噁心。

「這日子是沒法過了，妳收拾東西回娘家去吧。」意思是要休了她。

凌元娘一聽懵了，反應過來後哭著爬到孫富腳邊。「夫君，我知道錯了，你不要休了我，求你看在孩子的分上不要趕我回娘家。」

孫富嘶吼道：「妳還有臉提孩子？妳和別的男人廝混的時候，妳的孩子就站在門口聽著！老子辛辛苦苦的在外做工，妳在家裡偷男人，妳怎麼能那麼不要臉？」

接著又是狠狠的一巴掌。

凌元娘絲毫不敢反抗，這樣暴怒的孫富她還是第一次見，嚇得連哭都忘記了。

這時候，孫老娘也回來了。

兒媳婦一早就帶著孫子回了娘家，而他們母子原本是要去孫富舅舅家的，走到半路聽人說見到了一個鬼鬼祟祟的人竄到了他們家後院，想到家裡沒人，孫老娘怕家裡被偷，連忙讓兒子先趕回來再說。

一進家門就聽見了兒子暴怒的吼聲以及兒媳婦的哭聲，孫老娘剛想推門就瞧見孫子在她房裡扒著門框朝外看。

她朝他招了招手，孫棟立即跑了過來。

「棟兒，你爹娘咋的了？」

孫棟搖了搖頭。

孫老娘也沒打算從他這裡問出什麼，她起身走到門口，側耳聽著屋裡的動靜。當她聽到兒子質問兒媳婦為什麼要偷人的時候，猶如數九寒天被人潑了一桶冷水。

「凌氏，我兒說的話可是真的？」孫老娘氣得發抖，推門大聲問道。

見到孫老娘，凌元娘身子不由得一抖，孫老娘一看便知這事沒有冤枉她，氣得抄起手邊的東西往她身上砸。

「我打死妳個不知羞恥的東西！我兒哪裡對不起妳，妳要背著他偷人？妳這個挨千刀的破爛貨，當初就不該娶妳回來！妳還有臉哭，做出這樣的事來，合該一頭撞死，免得髒了我孫家的地，賤人！破爛貨！不要臉的騷蹄子……」

孫老娘打著打著便使不上力了，孫富連忙扶著她。孫老娘朝凌元娘吐了一口唾沫，對兒子道：「你去小河村喊凌家人來，今天必須要把這賤人休出門。」

孫富沒有絲毫猶豫，提腳就走，凌元娘見狀抱著他的腿哭求道：「夫君，求求你不要去，求求你不要休了我，我知道錯了，我再也不敢了。」

孫老娘狠狠的剜了兒子一眼。「還杵在那裡幹什麼，要你老娘親自去嗎？」

孫富將凌元娘一腳踢開，扭頭去了凌家。

凌老爹和溫氏見女婿來請，以為女兒出了事情，忙不迭的跟著來了孫家。見到女兒狼狽的模樣，溫氏當場就要發火。

誰知孫老娘將凌元娘偷人的事情說出來後，溫氏和凌老爹臉色一下子變得青白交加。

溫氏將凌元娘拉到自己身邊，劈頭蓋臉就是一頓臭罵，罵完後剛想跟孫富求情，就聽凌老爹道：「這事雖然是元娘不對，可女婿也是有責任的。」

孫老娘一聽，氣得發抖。「你這話什麼意思，難道那姦夫是我兒替她找來的？」

凌老爹搖頭。「妳先消消氣，我並不是這個意思。」說完又看向孫富。「元娘前些日子回娘家，跟我和她娘提起，說你最近跟一個寡婦走得近，她心裡難受得很，也許正是因為如此，才一時昏頭做了錯事。」

孫富一張臉紅透了，不是羞愧而是氣憤。「我跟那陶娘子什麼也沒有。」

凌元娘有了爹娘的撐腰，也不像之前那麼害怕了。「你說你跟她什麼都沒有，為什麼那麼熱心的幫她做事？」

孫老娘指著凌元娘罵道：「妳這小娼婦胡說什麼，我兒幫那陶寡婦做事，是收了銀錢的！」罵完，她對孫富道：「你今天必須把她給我休了，我孫家容不得凌元娘這般不知廉恥的婦人。」

孫富當天還是沒能休了凌元娘，凌老爹拿凌績鳴來壓孫家母子，凌元娘依舊留在孫家，孫富和孫老娘只得暫時忍了這口氣。

又過了幾日，孫富實在是忍不了了，連臉面都不要，將凌元娘與人有染的事情告到了孫家族長那裡。族長一聽那還得了，幾百年來，孫家也沒出過這般無恥的婦人，這不是給祖宗蒙羞嗎？

於是族長做主寫了休書給凌元娘，凌元娘卻撒潑不肯認，還當著族人的面大罵孫富和孫老娘。族長又將凌老爹和溫氏請了過來，凌老爹依舊拿凌績鳴來壓孫家族長，族長卻絲毫不留情面。

孫家族長有一個做官的女婿，官職比凌績鳴還高兩級。

在孫家族長這裡碰了壁，就算再不甘心，凌老爹和溫氏也只好先將女兒帶回去。

回到家後，老倆口又馬不停蹄的去了虞城縣縣衙找姜裕成幫忙，誰知姜裕成根本不見他們。

姜裕成不肯出面，孫家那邊不依不饒，凌元娘只好留在了娘家。長女聲名盡毀，溫氏和凌老爹愁白了頭。

凌老爹將凌元娘喚到跟前，沈著臉問：「那男人是誰？」

「我只知他姓季名元康，其餘的便不知道了。」凌元娘抽抽噎噎答道。

凌老爹氣得想給她一巴掌。「妳這個孽障，我凌家的臉都被妳丟光了，連那人的身分都不知，竟然也敢跟人通……私會。」

到底是自己的女兒，凌老爹臨了還是換了個好聽一點的說法。

凌元娘只知道埋著頭低聲哭泣。

凌老爹恨長女不爭氣，卻更恨姜裕成不講情分袖手旁觀。

這事兒折騰了一個多月，有些風言風語傳到了凌三娘的夫家，凌三娘受了影響不得婆婆待見，只能回家跟爹娘哭訴，話裡話外都在埋怨凌元娘連累了她。

而這個時候，凌元娘卻被發現有了身孕，由於懷上那幾日跟孫富和季元康都有過來往，她也不知道孩子是誰的。

但她卻打著讓孫富認了這個孩子的主意，保證以後跟孫富好好過日子，再也不跟其他男人亂來。孫富和孫老娘以及孫家宗族的族長都不同意，他們認為這個孩子就是凌元娘與人私通的罪證，要是凌家人還要糾纏不休，那麼就將此事公佈於眾。

凌老爹和溫氏雖然心疼凌元娘，卻不得不顧及凌績鳴和凌三娘的臉面，最終同意了孫家休妻，但要求孫家不能將這件事情傳到外面。

孫富與孫老娘以及族長都做了保證，但知情的其他孫家族人卻管不了這麼多，有個跟凌元娘不對盤的婦人，聽到丈夫酒後說了凌元娘被休的原因後，轉頭就回娘家宣揚了此事。

自此以後，流言就跟長了腿一般，附近幾個村子大致上都知道了，溫氏和凌老爹倍感羞恥，整日待在家裡不敢出門，對凌元娘也越來越不待見。

又過了一些時日，凌三娘揹著一個包袱哭哭啼啼的回來了。溫氏和凌老爹問她原因，她哭得上氣不接下氣道：「還不是因為大姐，我婆婆說她不守婦道，我是她的妹妹，跟她從小一起長大，指不定日後會受了她的影響，做出讓杜家蒙羞的事情，於是讓我和大郎和離。」

溫氏一聽，腦子砰的一下炸了，急忙問：「那妳跟女婿和離了？」

凌三娘哭著搖頭。「沒有，大郎說婆婆正在氣頭上，讓我回家來住幾日，等婆婆氣消了就來接我。」

這時候凌元娘從裡屋走了出來，嘲諷道：「妳也真是豬腦子，妳以為他們是讓妳回來住幾日這麼簡單？還不是想趁著妳不在，商量如何將妳趕出杜家。」

落到如今這個地步，凌元娘仍不覺得這是自己造成的。在她看來，如果不是三妹嫁給了杜家大郎，她也不會生出一些不該有的心思，最後還斷送了自己的名聲和家庭。

看到凌三娘被婆家趕了回來，她心裡沒有半點愧疚之情和姐妹情誼，反而還感到痛快無比。都是一母同胞的姐妹，憑什麼她被休回家，凌三娘還能在婆家開開心心的過日子？

凌三娘面對凌元娘的嘲諷，氣得順手將手裡的包袱朝她扔了去。「妳這話是什麼意思？要不是因為妳，我會被婆家嫌棄嗎？凌元娘，妳還有沒有心，是妳做錯了事情牽連了我，不僅不愧疚，還淨說些戳人心窩子的話。」

凌元娘躲了躲，包袱散落一地，一根鑲嵌著碧綠色珠子的髮簪掉了出來，凌元娘彎腰拾起，舉著看了幾眼。「這髮簪還不錯，正巧我還缺一根。」

說完，就將髮簪插在了自己的頭上。

凌三娘見狀氣得眼睛都紅了，衝到她面前將髮簪扯了下來，罵道：「凌元娘，妳還要不要臉？」

她的動作太大，凌元娘被帶了個踉蹌。溫氏呵斥小女兒道：「三娘，妳姐姐還懷著身孕呢，不就一根簪子嘛，給她戴一下又不會少點什麼。」

凌三娘又怒又氣。「娘，她做了那麼丟人的事情，妳竟然還偏袒她，這個家裡只有她和二哥是妳親生的，我是撿來的對吧？」

說完不等溫氏開口，又舉著簪子道：「這髮簪是大郎送我的，她往自己頭上插是怎麼回事，難道一個姦夫還不夠，又把主意打到我夫君的頭上了？」

凌三娘氣狠了才說出這些話，卻無意間猜中了凌元娘的心思，但凌元娘肯定不會承認，只做出一副被冤枉了的樣子，委屈道：「三妹，我只是覺得這簪子好看而已，妳何必把我跟妹夫湊在一起，難道還嫌我們凌家名聲不夠臭嗎？」

凌三娘剛要反駁，就聽凌老爹吼道：「都給我閉嘴！一個兩個都不是省心的東西，早知道有今天，當初生下來就該把妳們掐死。」

一聽這話，凌三娘和凌元娘眼裡都噙滿了淚水。

溫氏也有些眩暈，她扯了扯凌老爹的袖子。「他爹，現在不是生氣的時候，家裡已經有了個元娘，三娘萬不能再被休回來啊。」

凌元娘聽到她娘話裡嫌棄的意思，擦了擦眼淚轉身回屋了，凌三娘還在一旁抽泣。

凌老爹見么女哭得傷心，心裡也很難受，只得安慰道：「妳也別哭了，好好在家裡待幾天，爹不會讓杜家休了妳的。」

聽了這話，凌三娘的抽泣聲小了許多。

凌老爹給凌績鳴去了一封信，隔了兩日凌績鳴的回信到了。

他在信中交代，說梧州縣衙還缺一名主簿，他打算交由妹夫杜大郎來擔任，讓杜大郎帶著凌三娘去上任。信中末尾還表達了對凌元娘的不滿，讓爹娘好生管教她，不要讓她再做出辱沒凌家名聲的事情。

第二日，杜大郎便來了凌家接凌三娘回去，溫氏知道是兒子許了他好處，他才會來凌家，說話間不免帶出了一些不滿。「不是說要休了我家三娘嗎，如今得了好處又捨不得了？」

杜大郎被岳母這一刺，臉上有些掛不住。「岳母，我並未有休棄三娘的意思，只不過是怕三娘鬱結於心，才讓她回來散散心的。」

溫氏哼了一聲，不再說什麼。

凌老爹問：「二郎在信裡都跟你交代清楚了吧？」

杜大郎點了點頭。

凌老爹又道：「你要記住，你這主簿的位置是靠二郎得來的，得了好處就要善待三娘，我不希望看到我的女兒再哭著跑回來。」

杜大郎對著溫氏和凌老爹保證。「請二老放心，小婿一定不會讓三娘受委屈的。」

得了杜大郎的保證，凌三娘在跟著夫君回去前，溫氏又拉著她囑咐了很久，說來說去都是讓她放硬氣一些，要是夫妻間有什麼爭執，就去找二哥凌績鳴做主。

凌三娘點了點頭，表示自己記住了。

又過了幾日，凌三娘和杜大郎收拾行李去了梧州。而回到娘家的凌元娘卻越來越煩躁，她沒想到二弟一出手就幫凌三娘解決了麻煩，而自己出事的時候，凌績鳴卻連插手的意思都沒有，讓她就這麼被休回了娘家。

想到這裡，她不由得怨恨上了自己的親弟弟。

她帶著哭腔跟溫氏訴苦：「娘，我在這裡實在是待不下去了，只要一出門，外面的人都對我指指點點，我真怕哪天忍不住一根白綾吊死了。」

除了兒子，溫氏最疼的就是長女，看著女兒憔悴不堪的臉色，心一揪一揪的疼，她勸道：「元娘啊，這段時間就先別出門了，好好的在家養胎，過些日子就沒人再議論了。」

凌元娘搖頭。「娘，不會的，只要我留在這裡，就一定會有人說道的。」她又指著自己的小腹道：「還有這個孩子，要是生下他，我一輩子都得被人罵。」

「元娘，妳千萬別做傻事，劉大夫說了，要是落了胎，以後妳都不能再生孩子了。」溫氏一聽，急忙勸道：「這孩子生下來後送人養，以後也不影響妳再嫁的。」

凌元娘並不想聽這些，繞了半天她娘根本都沒弄清楚她的意思，她一著急就直接說了出來。「娘，我們去梧州吧，去了梧州就沒人知道我的事情，要是有人問起孩子的事情，我就說這孩子是遺腹子，我是剛剛死了丈夫的寡婦。」

溫氏愣了，半天沒回過神。

凌元娘拉著她的手臂換了個說法。「娘，為了二弟讀書，你們辛苦勞碌了半生，如今他做官了，也該將妳和爹接過去享享福才是。再說了，三妹和妹夫去了梧州，我們也去的話，一家人就團聚了。」

溫氏最終還是被凌元娘說動了，就像凌元娘說的那樣，憑什麼兒子做了官，她還要留在老家，早就應該跟著兒子去享福了。

她又去勸凌老爹，凌老爹起初不為所動，但在一次出門回來後，沈著臉讓溫氏收拾行李。溫氏一邊收拾東西，一邊問：「他爹，你在外面受氣了？」

凌老爹哼了一聲，惱道：「那聶光宗欺人太甚。」

他今日去鎮上鋪子查帳，回程時卻遇到了聶老爹，自從顏娘與凌績鳴和離後，凌聶兩家便成了仇人。

仇人見面分外眼紅，聶老爹用凌元娘不守婦道的事情諷刺凌老爹，凌老爹反諷聶家有眼無珠，不認顏娘這個做了官夫人的女兒。

兩人你來我往，唇槍舌戰，雖然把對方氣得臉紅脖子粗，卻都沒有占到什麼便宜。凌老爹怒氣沖沖的回來了，臨近家門的時候，想起老妻勸自己搬去梧州的事情。

要是沒遇到聶老爹，凌老爹還不會動搖，今天被聶老爹一頓諷刺，他覺得留在老家反倒不是什麼好事了。

凌家打算舉家搬到梧州去，家裡的田地和房子還好辦，陵江鎮的鋪子卻不好處理。梧州雖然跟虞城縣只隔了一個滄縣，但一來一去在路上也要花一天的時間，這樣一來，回陵江鎮查帳便有些遠了。

凌老爹和溫氏合計了一番，決定將鋪子轉手賣了。溫氏的雜貨鋪子位於東街中段，位置還不錯，一聽說她要賣了鋪子，好些人上門打聽。

鋪子搶手，價高者得，溫氏的鋪子很快便轉手了。辦妥了所有的事情後，凌老爹和溫氏帶著女兒凌元娘投奔兒子去了。

這些時日凌家發生的事情顏娘也有所耳聞，都是從烏娘子那裡聽來的。烏娘子繪聲繪色的講起凌元娘被孫富捉姦在床的事情，彷彿事發當場她就在那裡一樣。

顏娘聽了覺得大開眼界，沒想到凌元娘還真的如此膽大妄為，竟然敢跟姦夫在自己家裡偷情。轉念一想，這也沒什麼好奇怪的，畢竟她連唆使幼子投毒的事情都幹得出來。

烏娘子在姜家待到晌午才回去，顏娘看了看天，轉身去了灶房。

姜母前些日子著了涼，這兩天身子才好轉，許是清淡的食物吃多了沒胃口，病好以後，整個人瘦了一圈，顏娘打算親自下廚給婆母做一些酸爽開胃的菜。

陵江鎮傍水而建，魚蝦數量繁多，鎮上的百姓隔上幾日便會買魚來吃。顏娘早上讓楊娘子去碼頭買了一尾新鮮的鯉魚，打算做一道酸甜可口的糖醋魚。

楊娘子將鯉魚處理洗淨後，就等著顏娘來炸魚了。

顏娘還未走近灶台，一股魚腥味便撲面而來，緊接著肚子裡一陣翻江倒海，她忍不住用手捂住嘴，趕緊離灶台遠了一些，魚腥味才沒有之前那麼重了。

楊娘子看著這一幕，似驚似疑。

剛開始她以為是魚沒處理乾淨，但又覺得不對，這魚她反反覆覆洗了好幾遍，內臟和血污全部都扔了的，應該不是魚的問題。

她又仔細的看了顏娘兩眼，她這副模樣，倒像是有了身孕似的。她剛想問，就聽顏娘道：「我沒事，這糖醋鯉魚怕是要楊娘子來做了。」

楊娘子確定了自己的猜想，笑著道：「夫人趕緊回房歇著吧，等飯菜做好了，我讓丫丫來報一聲。」

顏娘點了點頭，跟她交代了幾句，轉身出了灶房。楊娘子看著她慢慢走遠的背影，心裡不由得感嘆，夫人還真是好命啊！

自從生了滿滿以後，顏娘的月事變得很準，這個月月事遲了幾日，她便想著可能是有了身孕，只是怕弄錯了，所以一直捂著沒說。

距離上次已經過去了半旬，月事依舊沒來，再加上先前聞到魚腥味差點嘔吐，顏娘確信自己有了姜裕成的骨肉。

這是一件開心的事，但顏娘還沒想好怎麼跟婆母說，更不知道該如何面對女兒。

心裡存著事，午食時顏娘便沒有什麼胃口，姜母看了擔憂的問道：「顏娘，怎麼不夾菜，是哪裡不舒坦嗎？」

顏娘搖了搖頭，正要說話時，滿滿夾了一筷子糖醋魚過來，魚腥味透過酸甜的醬汁散發出來，顏娘連忙捂住嘴。

姜母看了哪裡還有不明白的，她按捺住狂喜的心情，低聲問：「顏娘，妳是不是有了？」

滿滿聞言眼也不眨的望著母親。

顏娘臉上爬上了紅霞，在婆婆與女兒的注視下，輕輕的點了點頭。

姜母一聽大喜，擱下筷子起身。「大喜事啊，我得趕緊將這個好消息告訴成兒。」

顏娘連忙道：「娘，要不等看了大夫再跟夫君說吧，我怕自己弄錯了。」

姜母嗔怪的看了她一眼。「不會弄錯的，妳就是懷上了我姜家的血脈。不過，為了保險起見，還是讓劉大夫過來瞧一瞧。」

午食過後，姜母請了劉大夫過來，劉大夫把完脈後，笑著對姜母和顏娘說了句恭喜。姜母一聽，頓時笑得合不攏嘴，她立即讓鄒伯去縣衙報信，將顏娘有孕的消息帶給姜裕成。

鄒伯出門後，姜母對顏娘道：「顏娘啊，以後家裡的事情妳就不要做了，好好的養胎，老婆子就等著抱孫子呢。」

顏娘身子僵了一下，不敢問要是這一胎是女兒怎麼辦？只得順從的點了點頭。

天快黑時，姜裕成回到了陵江鎮。下午鄢伯來報信，說顏娘有了身孕，他聽了以後還有些不敢相信。他今年二十四歲，他好幾個同窗這個歲數時孩子都上私塾了。為了儘快趕回來，他忙了一下午，連水都沒喝幾口，總算忙完了。

回到家裡，還沒進屋就感受到了喜悅的氣氛，姜母拉著他開心道：「兒啊，你總算是有後了，娘就算立刻死了也瞑目了。」

姜裕成有些無奈。「娘，您胡說什麼呢，您一定會長命百歲的，以後還要看著孫兒娶妻生子的。」

姜母頓時來了精神，點頭道：「我兒說的對，我要好好活著，還要等著孫子給我生一打重孫子呢。」

聽著他們母子的對話，顏娘心中的憂慮更深了。

姜裕成也注意到了她的反常，還以為她哪裡不舒服了，直到晚上臨睡前，她才忐忑不安的將自己的憂慮說了出來。

聽了她的擔心，姜裕成先是愣了一下，接著又突然笑了。

「娘子的擔心是多餘的，姜家歷來子嗣單薄，就算是女兒也很珍貴。」他輕輕拍了拍顏娘的手。「俗話說先開花後結果，要是這一胎是女兒，下一胎也許就是兒子。」

顏娘嘆了口氣。「萬一一直都是女兒呢？」她倒不是重男輕女，而是姜母的執念讓她有些害怕。

姜裕成思索了一會兒道：「如果真這樣，那我們就好好撫育女兒們，待她們長大後，前頭幾個大的，為她們挑個疼人的夫君，最小的女兒，就招一個女婿上門，延續咱們姜家的血脈。」他祖母就是家中獨生女，後面還不是招了他祖父為贅婿。

姜裕成的話讓顏娘愣怔不已，她連姜裕成日後納妾的情形都想到了，卻沒想到他會說出招婿的話來。她抬頭看了他一眼，不管這是他認真的想法，還是用來安慰自己的套話，顏娘都很開心。

這一夜，夫妻倆並排躺在床上，說了很多交心的話，顏娘心裡得到了安慰，一夜好眠。

第二日一早，姜裕成要回縣衙辦公，臨走時他跟姜母囑咐了幾句，委婉的讓她不要在顏娘面前提想要孫子之類的話，免得顏娘憂思過重，對大人和孩子都不好。

姜母聽了有些不快，覺得顏娘懷孕後變得嬌氣了，姜裕成又說了很多好話哄她，把她哄開心了才出發去縣衙。

顏娘並不知道有這麼回事，但她發現姜母明顯變了很多，不再一味的說想要孫子，有時候也會說想要一個像滿滿一樣的孫女。

顏娘哪還有不明白的，一定是夫君回縣衙前跟婆母說了什麼，為的是減輕她的心理負擔。想到這裡，她像是吃了蜜糖一般甜滋滋的。

自從有孕後，顏娘便很少出門了，查帳、製藥膏的事情便由雲氏接手，又過了兩個月，雲氏要上京為兒子籌備婚事，於是將鋪子全權交給招來的掌櫃打理。

六月底朝廷頒發了一道禁令，嚴禁朝廷官員、家眷經商，也就是說官員及其家眷名下不能有商鋪，違令者輕則沒收商鋪，重則罷官不用。

這樣一來，新顏坊便不能再掛在顏娘和雲氏的名下，自禁令發佈之日起，很多商戶就盯上了新顏坊，其中顏娘最熟悉的是烏娘子和蘇太太。

蘇太太自上一回使了手段得了膏方，又讓兒子在京城開了鋪子後，就再也沒有買過新顏坊的東西，自然跟顏娘也沒有任何交集。

顏娘不想將新顏坊交給這種品行不端的婦人，首選當然是烏娘子，她去了一封信詢問雲氏的意見，雲氏卻遲至七夕仍未曾回信。

七夕是牛郎織女鵲橋相會的日子，也是民間的乞巧節。蘇太太邀請了陵江鎮上比較有名望的幾戶人家去蘇家一起「拜織女」，顏娘和姜母也在受邀行列。

姜母年紀大了不想去湊這個熱鬧，於是婉拒了。輪到顏娘時，顏娘本不想去，蘇太太卻親自上門來請，盛情難卻，顏娘只好答應。

七月初七這一日傍晚，顏娘帶著女兒到了蘇家，發現鎮上有頭有臉的幾戶人家的太太都在，大家笑語晏晏的聊著天，見到顏娘後，紛紛起身跟她見禮。

蘇太太將自家大孫女蘇婉喚了過來，讓她帶著滿滿去小女孩們玩耍的地方。顏娘不想女兒離開自己身邊，蘇太太卻笑著道：「姜夫人，孩子們跟著我們怕是會覺得無趣，我這孫女一向穩重，有她照看令千金，萬不會有事的。」

顏娘看了蘇婉一眼，見她約莫十歲左右，長得眉清目秀，被祖母當著眾人誇讚，也只是微微一笑，臉上帶著跟年齡不符的沈穩。

顏娘將女兒交給她，也讓丫丫跟著一同前往。

滿滿跟著蘇婉去了她的青玉院，丫丫捧著一個裝有喜蛛的木盒跟在她們身後。

剛走到青玉院外，就聽到裡面傳來嘻嘻哈哈的笑鬧聲，蘇婉帶著滿滿走了進去，原本還在玩鬧的女孩們都靜了下來。

蘇婉牽著滿滿的手給眾人介紹：「這是凌妹妹，知縣大人家的千金。」

蘇婉話音落下，有個梳著雙丫髻的女孩突然大聲道：「什麼知縣千金，我娘說了，她就是個拖油瓶，不然為什麼姓凌不姓姜啊？」

她話音剛落，又有兩個女孩兒附和：「拖油瓶，拖油瓶。」

說話的都是蘇家的幾個姑娘，雙丫髻是蘇婉二叔的女兒蘇萍，另外兩個是蘇萍的兩個庶妹。蘇婉沒想到她們這麼不懂事，正要開口訓斥，卻聽滿滿大聲道：「我以前姓凌，但我現在姓姜，我不是拖油瓶。」

怕別人沒聽清似的，她又重申了一遍。「我爹我娘和祖母都說我是他們的寶貝，不是拖油瓶。」

蘇萍哼了一聲，不屑道：「別以為妳改了姓就是知縣千金，妳娘現在肚子懷的才是姜家的孩子，妳只不過是親爹不要的小可憐。」

滿滿一聽這話，不客氣的反擊回去。「妳才是親爹不要的小可憐。」

蘇萍是蘇二少爺的女兒，卻不是唯一的女兒，蘇二少爺不喜蘇二奶奶，連帶的對她所出的子女也不怎麼重視。

兒子還好些，畢竟只有蘇二奶奶生的一根獨苗，女兒就沒那麼好運了，他嫡出、庶出女兒好幾個，最寵愛的不是蘇萍，最嫌棄卻非她莫屬。

滿滿這話無疑是戳到了蘇萍的痛處，她怒氣騰騰的衝上前推了滿滿一下，嘴裡還罵道：「不要臉的小賤蹄子，竟然敢說我！」

滿滿被她推倒在地，嚇得大哭起來，蘇婉和丫丫趕緊將她扶了起來。

蘇婉沈了臉，呵斥道：「二妹妹，妳瘋了不成？」

「干妳何事？」蘇萍一臉不屑的樣子，根本不理會蘇婉。

滿滿還在哭，丫丫按捺住心中的怒意，壯著膽子大聲道：「妳們欺負滿滿小姐，我要去告訴夫人。」說完，牽著滿滿往外走。

蘇婉見祖母交給自己的事情辦砸了，心裡十分著急，情急之下拉住滿滿懇求。「姜妹妹，都是我二妹妹不懂規矩，我在這裡給妳賠禮了，妳讓妳家丫鬟不要去前面好嗎？」

滿滿嘟著嘴抽泣道：「我手好疼，我要去找我娘。」

說完將手伸了出來，蘇婉一看頓時吸了口涼氣，只見她白白嫩嫩的小手有好幾處擦破的地方，有的傷口處還沁出了血絲。

丫丫一看更著急了，拉著滿滿就走，蘇婉見狀只好快步跟上。

顏娘心神不寧的聽著蘇太太與其他女眷談笑，蘇太太將話題轉移到她身上，她敷衍了兩句便不說話了。烏娘子離她最近，見狀問道：「夫人是在擔心滿滿嗎？」

顏娘輕輕點了點頭。

烏娘子安慰道：「有丫丫那丫頭跟著，不會有事的。」

誰知她話音剛落，一陣孩童的哭聲傳來，顏娘忍不住站了起來。在場的太太夫人們都聽到了，大家都在擔心的張望。

蘇太太臉色有些難看，她讓蘇嬤嬤去看看情況，隔了差不多半盞茶的樣子，蘇嬤嬤回來了，身後還跟著滿滿和丫丫。

滿滿被丫丫牽著哭個不停，顏娘心裡一慌，急忙上前詢問，丫丫將先前在青玉院發生的事情原原本本的說了出來，聽得顏娘惱怒不已。

丫丫又說蘇萍推了滿滿，還讓滿滿受傷了，顏娘看了看女兒擦傷的小手，頓時紅了眼眶。她柔聲安撫了女兒幾句，起身對蘇太太道：「蘇府規矩大，既然看不起我們母女，我們走便是。」

說完，帶著滿滿和丫丫準備離開。

蘇太太哪能讓她們就這麼走了，連忙賠禮道：「姜夫人消消氣，都是我蘇家的不是。」顏娘不為所動，蘇太太看了滿滿一眼又道：「令千金傷了手，須得看大夫，正好府上有大夫，不如先讓他診治過後再說？」

顏娘按捺住惱意，還是以女兒為重暫時留了下來。大夫來得很快，滿滿的傷口不是很嚴重，擦了藥後不能見水，幾日便能痊癒。

接著蘇太太又讓人把蘇二奶奶和蘇萍帶了過來，當著顏娘的面把蘇二奶奶罵了個狗血淋頭，讓蘇萍給滿滿道歉，還罰她禁足一個月。

顏娘一臉冷淡的看著蘇太太的唱作唸打，心裡充滿了不屑，在蘇府待了半個時辰後，她帶著女兒回了家。

第二日，蘇太太、蘇二奶奶婆媳還帶著禮物上門，被姜母夾槍帶棒諷刺了一頓，婆媳二人也沒臉繼續留在姜家。這樣一來，兩家的樑子算是結下了。

顏娘怕跟蘇家結仇會影響姜裕成，姜裕成卻道：「我姜裕成的女兒，不是隨便什麼人都能欺負的。」

見顏娘憂心忡忡，他安撫道：「一個用銀子買來的虛職而已，蘇家不足為懼。」

顏娘見他是真的不在意蘇家，心裡的大石落下。打那以後，姜裕成更疼愛滿滿了，不知情的人見了，包準以為兩人是親父女。

七月初十，雲氏終於回信了，她在信裡說道同意將新顏坊轉給烏娘子，還說自己只要現銀不占股。

顏娘照著她的意思辦了，烏娘子得了新顏坊，將雲氏的現銀結了出來。輪到顏娘時，顏娘只要了一半現銀，另一半折成兩成乾股。

鋪子歸到了烏娘子名下，顏娘徹底閒了下來，每日好吃好喝的待在家裡養胎。此時她已經快五個月了，肚子卻大得像七個月的樣子，姜母不放心，請了大夫上門把脈，那大夫把完脈後笑著道：「恭喜老夫人，夫人懷的是雙胎。」

姜母一聽欣喜極了，欣喜過後又不敢置信的問：「真是雙胎？」

大夫點了點頭。「夫人身體底子好，連帶著肚子裡的孩子也非常健康。」

「吃食上可有什麼要注意的？」姜母不放心的問道。

大夫答道：「飲食上跟平日沒什麼差別，只記住不能吃太多，避免胎兒過大不好生產。」

姜母點了點頭，將大夫的話牢牢記住。

得知顏娘懷的是雙胎後，姜母當晚便作了一個夢，她夢見自己站在姜家村自家的院子裡，一個白鬍子老頭牽著兩個胖墩墩的男童進來。

她正要問他們是誰時，就見兩個男童齊齊撲進她懷裡，祖母祖母的叫個不停。等她抬頭去看門口時，那個白鬍子老頭卻沒了蹤影。

姜母從美夢中醒過來後，愣了好一陣才起身。吃完朝食後，她對顏娘道：「昨夜我做了一個好夢，估摸著是姜家祖宗顯靈了，正好九月十五是妳公公的冥壽，等成兒休沐時，我們回姜家村一趟吧。」

顏娘當然沒意見，等到了姜裕成休沐那日，一家人坐著馬車回了姜家村。

姜家的房子空著沒人住，屋裡有一股霉味久久散不去，顏娘聞著難受，胃裡頓時又是一陣翻江倒海。

里正得知姜裕成一家回來了，忙不迭的來請，姜裕成見顏娘待在屋裡不舒服，於是帶著她們去了里正家歇息。

一家四口在里正家待了一會兒，而後去了姜家祖先的墳頭祭拜，姜母在姜父的墳前唸叨了很久，結束時眼眶紅紅的，顯然是哭過。

姜裕成勸了她兩句，她道：「你不知道，娘這是開心，想讓你爹和姜家的祖先們知道，今年咱們姜家要添丁進口了。」

聞言，姜裕成點了點頭，然後扶著母親上了馬車。

顏娘的肚子大得嚇人，姜裕成打算祭拜完祖先後就直接回陵江鎮，誰知馬車剛駛出村口，就被人攔住了。

攔馬車的不是別人，是姜家一個除了五服的嬸子，那嬸子披頭散髮一身狼狽的樣子，跪在地上大喊，要姜知縣替她做主。

姜裕成還沒來得及問她，後面又跟上來一大群人，都是姜家的族親。姜裕成只好讓鄒伯將車子趕回里正家，又讓本家嬸子也跟著來。

「求姜大人為民婦做主。」在里正家，本家嬸子再一次跪了下來，跪下後還砰砰砰的磕了幾個頭。

姜裕成親自將她扶了起來，放緩聲音問：「五嬸子，發生了什麼事情，妳慢慢說與我聽。」

五嬸子望著他卻突然放聲大哭起來，越哭越激動，一句完整的話都說不清楚，姜裕成耐心的等到五嬸子道出原委。

五嬸子是改嫁到姜家村的，嫁過來的時候還帶了一個女兒，如今這女兒長大了，五嬸子的婆婆便起了另外的心思，攛掇五嬸子的丈夫姜五叔將繼女許給隔壁村的一個財主做妾。

這事兒原本是瞞著五嬸子的，誰知母子倆的談話被五嬸子的二兒子聽到了，他悄悄的告訴了五嬸子，五嬸子當時就跟丈夫吵了起來，堅決不同意他們將自己的女兒送去做妾。

姜五叔母子卻捨不得財主家的豐厚聘禮，財主來接人的時候，他們將五嬸子關在屋子裡，等人被接走後，才將她放了出來。

五嬸子擔心女兒，連夜跑到那財主家裡想要帶女兒回來，卻被財主的家奴打了一頓，五嬸子失魂落魄的回到家，姜五叔發現她去找過財主，又將她關了起來，還不許兒子接近她。

今天姜裕成帶著母親和妻女回來，五嬸子聽到婆婆和妯娌議論了幾句，想盡辦法逃了出來，為的就是讓當官的姜裕成替她主持公道。

五嬸子說完這些後，她的婆婆胡婆子惱羞成怒的指著她大罵：「我呸，妳那女兒三歲就來了我姜家，我兒好吃好穿的把她養大，如今又送了她去過好日子，妳竟說我和五郎賣了妳的女兒，真是不識好歹的白眼狼，下作的破爛玩意。」

「你們賣了我的女兒還顛倒黑白，今天我就算拚了這條賤命，也要為桃花討回公道。」五嬸子恨恨的盯著婆母和丈夫，一臉決絕的樣子。

姜裕成的視線在五嬸子和姜五叔以及胡婆子身上來來回回了好幾遍，最後他喚了里正上前，讓他去鄰村將財主和桃花帶過來。

過了約莫兩炷香的樣子，里正帶著財主劉大旺回來了，卻不見桃花的蹤影。五嬸子一臉焦急的詢問：「我的桃花呢，我的桃花怎麼沒回來？」

姜裕成冷著臉盯著里正。「本官不是讓你將桃花也一起帶過來嗎？」

里正正欲回話，被那劉大旺搶了先，他腆著臉笑道：「回大人，桃花身子不適，小民便讓她在家歇著，大人有話儘管問小民就是。」

姜裕成瞥了他一眼，對里正道：「去他家將桃花帶過來。」

那劉大旺見狀，急忙道：「大人，桃花已是小民的妾室，大人此番做法怕是不妥吧？」

里正還在猶豫，姜裕成已在姜家族親裡面另挑了兩個年輕力壯的小夥子，讓他們陪同里正走一趟。

那劉大旺見他們離開，心中惱意頓生，卻是敢怒不敢言，心裡盼望著家裡的妻子能夠把人藏好，不被他們找到就行。

但結果終究讓他失望了，當里正帶著兩個姜姓小夥上門，劉大旺正房連忙讓婆子將桃花架出來，扔在門口讓他們趕緊帶走，彷彿怕惹上什麼不得了的麻煩似的。

里正仔細看了桃花一眼，才發現事情有些不對，桃花的模樣看著不大正常。她微閉著眼睛，靜靜地靠在牆邊，面龐蒼白得沒有一絲血色，額頭佈滿了細密的汗珠，牙齒緊緊的咬著嘴唇，像是在忍受什麼痛苦的事情。

這時候也顧不得男女之別，里正吩咐其中一個小夥將桃花揹起，一行人急匆匆的往姜家村趕。

第十章

姜家村，翹首以盼的五嬸子最先看到里正一行人，見桃花被人揹著，她跌跌撞撞的跑上前。「桃花，妳這是怎麼了，桃花，妳別嚇娘啊，桃花……」

揹著桃花的小夥子道：「五嬸子，妳先讓我把桃花放下來吧。」

五嬸子這才回過神，連忙往旁邊挪了幾步，桃花被放下來後，虛弱的靠在五嬸子身上，旁邊一個熱心的嬸子見狀，連忙拖了張椅子來。

那劉大旺見桃花被人揹了回來，背上頓時生出一股涼意，桃花變成這副模樣，都是他下手不知輕重造成的。他有些忐忑不安，一時怪妻子沒用，讓他們將人帶了過來，一時想著不能讓他們知道桃花經歷了什麼。

心一橫，指著揹桃花回來的小夥疾言厲色道：「桃花是我的妾室，你這賊人竟敢輕薄她，我不會放過你！」說完，又朝著姜裕成跪下，大呼道：「大人，請您為小民做主啊。」

姜裕成面無表情的看著劉大旺演戲，桃花那副模樣明顯是被折磨過。他讓人請了大夫來，所有事情推後，等大夫來了再說。

大夫來得很快，向姜裕成行了禮後便被人拉去給桃花診脈，在診脈的過程中，大夫的眉頭越皺越緊，臉色也越來越難看。

「這姑娘有孕時服用了虎狼之藥，流產後又沒有調養，才造成如今這氣血兩虧、虛弱多汗的症狀，就算是養好了身體，子嗣上怕是……」大夫沒有隱瞞，將桃花的脈案直接說了出來。

五嬸子聽了這話心如刀割，她好好的女兒，被人賣了作妾不說，還被折磨得不成人樣，以後還不能再有孩子，一輩子都毀了。

「你這個畜生！畜生！」這一刻，仇恨吞噬了她的心，她瘋了似的掄起放在牆角的掃帚，大力的朝著劉大旺揮過去。

劉大旺平日養尊處優，哪裡比得上常年勞作的農婦，只能狼狽的躲閃著，五嬸子氣瘋了，掃帚如雨點一樣密密麻麻的砸在他的身上，她一邊打一邊罵，發洩著自己悲憤的怒火。

沒有人上前阻止，在場的人基本都是看著桃花長大的，見到一水靈靈的小姑娘被折磨成了這樣，不由得對劉大旺生了幾分憤怒。

姜五叔和胡婆子害怕極了，五嬸子這不要命的瘋狂舉動嚇到了他們，生怕五嬸子會來打他們，母子倆縮得遠遠地。

等五嬸子打得沒力氣了，那劉大旺身上的衣物也破爛得不成樣子，臉上全是掃帚傷的血痕，他痛哭流涕地懇求姜裕成為自己做主。

姜裕成將姜五叔、胡婆子喚上前。「姜柳氏狀告你三人逼良為妾，你們認還是不認？」

姜五叔和胡婆子心裡一驚，拒不承認，胡婆子哭天搶地道：「冤枉啊，都是那劉大旺看上了桃花，硬逼著我們將人賣給他的，我們都是被他逼的。」

姜五叔也連忙附和。「對的，對的，是劉大旺逼我將桃花賣給他，還威脅我，如果不答應要我吃不了兜著走。」

母子倆你一言我一語的控訴劉大旺，劉大旺氣得直哆嗦，他爭辯道：「我是看上了桃花不假，但還不是你們母子倆貪錢，主動將人送到我家的？還說人賣給了我就由我處置，你們家絕不會有任何不滿。怎麼，仗著知縣大人在，竟敢翻臉不認人了？」

不管劉大旺怎麼爭論，姜五叔和胡婆子都一口咬定是被他逼迫的，劉大旺氣得差點吐血。姜裕成面無表情的看著三人狗咬狗，等他們爭得累了，才開口：「姜柳氏，妳那女兒隨妳到姜家，是否改姓，是否上了姜家族譜？」

五嬸子連連搖頭。「回大人，桃花雖然跟我到了姜家，卻仍舊跟著她那死去的爹姓金，也沒有入姜家的族譜。」

姜裕成點了點頭，又問姜五叔是否屬實，姜五叔不敢撒謊，只得承認。

姜裕成繼續審問劉大旺，劉大旺不敢隱瞞，一五一十的將自己的罪行交代了。

「既然桃花姓金，又未入姜家族譜，算不得姜家人，姜五根和胡婆子私自將她賣給劉大旺，犯了賣良為妾的罪行，姜五根杖二十，拘役兩年，胡婆子杖十，拘役一年；劉大旺逼良為妾，且傷及人身，罪不可恕，杖三十，拘役五年，並賠償金桃花五十兩銀。」姜裕成當著姜家村眾人的面宣佈。

他的話音剛落，五嬸子忽然捂著臉大哭起來，哭了一會兒，又朝姜裕成跪下，磕頭道：「多謝大人為民婦和小女主持公道，大人的恩情，民婦永生永世也不敢忘。」

姜裕成上前將她扶起，道：「五嬸子，這都是我該做的，妳無須如此。」

五嬸子還想說什麼，卻聽姜裕成道：「鄉親們，無論兒子還是女兒，都是父母的親骨肉。如今世道清明、天下太平，大家都能吃飽穿暖，無須賣女賣兒維持生計，我希望你們都能好好對待家中女兒，不要讓今天的事情重演。這三人的下場你們也看到了，若有再犯，嚴懲不貸。」

聽了這話，大家都不出聲了，還是里正最先應聲，他家有兩個女兒，如今都是待嫁的年紀，他一向疼愛她們，當然不會做出損害女兒名聲的事情來。

里正應聲過後，又有幾個應了，在場的人都開始譴責賣女的惡行，姜裕成聽了十分欣慰。

在姜家村折騰了一天，回到陵江鎮後天都黑了，草草吃過飯後，顏娘和姜裕成打算歇息。兩人並排躺著，顏娘輕輕勾了勾丈夫的手指，姜裕成立即回握。

「夫君，我覺得自己很幸運，再嫁還能夠遇到你這樣的好人。」想到五嬸子和桃花的遭遇，顏娘不由得心生感嘆。

姜裕成翻身面對著她，將她的手放在自己胸口，柔聲道：「我平生最看不起那些輕視女人的人，妳是我的妻子，我既然娶了妳，就應該好好待妳。至於滿滿，她現在姓姜，是我姜裕成的女兒，我絕不會讓她成為第二個桃花。」

顏娘知道他是重諾之人，只要他承諾的事就一定會兌現，所以並不擔心他會成為姜五叔那樣的人。

自從嫁給他，她才知道，人與人是不同的，從前凌績鳴因她貌醜體胖而對她不屑一顧，厭惡至極，現如今她臉雖沒那麼難看，卻依舊肥胖，姜裕成對她不但沒有厭煩，還非常溫柔體貼，不知上輩子做了多少好事，才能遇到這樣好的夫君。

想著想著，肚子裡的孩子突然動了，顏娘忍不住叫了一聲。

姜裕成連忙問她怎麼了，顏娘笑著將他的手放到隆起的小腹上。「孩子們調皮，剛剛踢了我一下。」

姜裕成一聽來了興趣，趴到顏娘肚子上，帶著希冀輕聲道：「孩子們，來跟爹爹打個招呼。」

說來也怪，姜裕成話音剛落，顏娘的肚子上便出現了一個凸起的小包，似乎是聽懂了父親的話，隔著肚皮同他打招呼。

姜裕成又驚又喜，不停的同孩子們隔著肚皮交流，兩個孩子的小腳丫動得十分頻繁，著實讓他感受到了初為人父的新奇與喜悅。

姜裕成在人前人後都是一副老成持重的樣子，顏娘還是第一次看到夫君孩子氣的模樣，這樣的他看著又增添了幾分吸引人的特質。

第二日一早，姜裕成就回了縣衙。快到晌午的時候，冷茹茹抱著剛滿四個月的次子過來了，身後還跟著長子長生。她的氣色看著不大好，走路時步子有些虛浮，再一看長生，他也是抿著嘴一副不高興的樣子。

姜母連忙詢問，冷茹茹眼眶一下子紅了，氣憤道：「我婆婆實在是太過分，竟然逼著長生他爹納妾。」

「妳說什麼，賀文才要納妾？」姜母聞言騰地站起來，惱怒道：「怎麼，是欺負我姜家沒人了？」

姜母克制不住心中的怒火，熟睡的長安被吵醒，哇哇大哭起來，冷茹茹連忙抱著兒子輕哄，長安在母親懷中很快又睡著了。

姜母讓桃兒將長安抱下去，繼續追問冷茹茹。「說吧，究竟是怎麼回事？」

冷茹茹擦了擦眼淚，道：「半個月前，我婆婆將新寡的外甥女瓊枝接了過來，我還以為她是心疼瓊枝，接她來家裡是為了讓她散散心。我一邊要照顧兩個孩子，一邊還要顧著瓊枝，就怕怠慢了她。誰知，今天早上婆婆告訴我，決定聘瓊枝給長生他爹做二房，還逼著我點頭答應。我不願意，就帶著長生和長安回來了。」

聽了這話，姜母氣憤極了，嚷嚷著要去賀家找賀母問個清楚。顏娘連忙勸道：「娘，您先別急，咱們還不知道姐夫的意思呢。」

姜母忍住怒火問道：「那賀文才是什麼意思，他也想納妾嗎？」

冷茹茹搖頭。「我婆婆說起這事時長生他爹還不知道，不過我這麼一走，他肯定是知道了，我也不知道他會怎麼做。」

姜母慢慢冷靜下來，讓鄒伯給姜裕成傳信，讓他晚上回來一趟。

賀母提出讓賀文才納妾的話後，冷茹茹就帶著兩個兒子回了娘家。賀文才回來後才知道母親竟然有這麼荒唐的想法，他責怪了母親幾句，讓她趕緊將表妹瓊枝送走，然後急匆匆的追冷茹茹母子去了。

賀母被兒子不留情面的責怪，頓時又委屈又氣惱。「這就是我的好兒子，為了他媳婦，竟然這麼對我說話。」

趙瓊枝連忙勸她：「姨母，表哥也是擔心表嫂和兩個姪兒才這般的，您就不要生氣了。」

賀母拍了拍外甥女的手，嘆息道：「只有瓊枝妳才惦記我這個老婆子，妳那表哥娶了媳婦忘了娘，哪裡還記得生他養他的親娘。

「原本當初我看中妳大姐做我賀家的兒媳婦，誰知妳表哥非要娶冷氏，我實在是拗不過他，才讓冷氏進了門。可真讓她嫁了進來，我才後悔不已，也不知姜家是怎麼教養女兒的，冷氏潑辣無禮不說，還極為善妒。

「長生生下來就病歪歪的，也不知能不能長大成人，我想著妳表哥年近三十了，想要為他納一房妾室，讓他膝下有個健康的孩子承繼香火，那妒婦卻死活不肯，還鬧得妳表哥跟我離了心。現在想起來，我還氣得不行。」

賀母不停的跟外甥女抱怨，趙瓊枝安慰道：「姨母，表哥他們現在不是有長安了嗎，您就別再操心這些事情了。」說完又低下頭。「您也看見了，表嫂不願意表哥納妾，表哥又只聽表嫂的，姨母，日後您就別把我和表哥湊一起了，我怕表嫂不高興。」

「她有什麼不高興的？我忍了這麼些年，早就忍不下去了，她生的兩個孩子只跟她親，我這個祖母算什麼？」她拉著趙瓊枝的手道：「瓊枝，要是妳能為我生一個白白胖胖的大孫子，我作夢都會笑醒。妳就放心的待在賀家，剩下的姨母來擺平。」

趙瓊枝臉色緋紅，聽話的點了點頭。

她喪夫新寡，婆家人嫌她命硬剋夫，將她趕了出來。娘家被繼母把持著，根本沒有自己的一席之地；長姐遠嫁，路途遙遠她無法過去，只能來投靠姨母。

賀家雖然不是富豪之家，但家底豐厚，大表哥賀文才是有功名的讀書人，她嫁過人又是守寡之身，能夠成為大表哥的二房夫人，下半輩子也有了依靠。

趙瓊枝不排斥做妾，但賀文才卻非常厭惡。他雖然經常跟姜裕成埋怨冷茹茹潑辣，心裡卻是真的很喜歡她，所以才一而再再而三拒絕了母親為他納妾的提議。

兩人成親十一載，育有兩子，又不是沒有人繼承香火，為什麼還要納妾？冷茹茹被賀母氣走後，賀文才立刻追到姜家。

姜母聽說賀文才來了，冷著臉讓鄢伯不許放人進來，賀文才在姜家大門外等了許久，見沒人開門，只好調頭去縣衙找姜裕成。

姜裕成早就收到了母親的傳信，看到表姐夫一臉愁悶的樣子，問道：「你對你那表妹真的沒有其他的想法？」

賀文才苦著臉道：「我和茹茹成親的時候，瓊枝才六歲，我一直把她當親妹妹看待，你說，我能納自己的親妹妹做妾嗎？」

姜裕成了然的點了點頭，又問：「如果換一個人呢，不是你的表妹，而是一個長得既好看又溫柔的女子，你會動心嗎？」

「子潤，你就不要再試探我了，我從未有過納妾之意。」賀文才直接戳穿好友的意圖。「納妾乃亂家的根源，你看我二弟就知道了，自從收了二房，我那弟妹與他每日鬧個不休，我光看著就怕了，又怎麼會把自己推入泥潭中呢？」

聽了這話，姜裕成讚賞的看了他一眼。「既然你沒有納妾的心思就好辦了，回去直接告訴你娘你不願意就行。至於你那表妹，你和表姐給她出份嫁妝，再幫她找個寬厚的人家，如果她是個聰明人，一定知道該聽誰的。」

姜裕成這番話讓賀文才打定主意，一定要將表妹趙瓊枝嫁出去，不然家宅不寧的就是他了。待姜裕成下值後，兩人一起回到了陵江鎮。

賀文才是跟著姜裕成回來的，鄢伯沒有攔他。姜母心裡存著怒氣，看到他當然沒有好臉色，冷茹茹也跟不認識他似的，見他回來，眼皮都沒抬一下，兒子長生喊了一聲爹後，也不再理他，只專心的和滿滿玩耍。

氣氛很尷尬，賀文才訕訕的摸了摸鼻子，湊到冷茹茹身邊。「娘子，妳還沒消氣啊？」

冷茹茹將頭轉到一邊不予理會，姜母冷哼了一聲。「怎麼，只允許你賀文才納妾，就不許我們茹茹生氣？」

賀文才連忙搖頭。「舅母，我真沒想納妾，都是我娘胡說的，您放心，我回家後保證跟我娘說清楚，讓她以後都別提這兩個字，快快幫表妹找個好人家嫁了。」

姜母聽了這話，臉色緩和了很多。「既然你已經有了解決的辦法，那就把事情處理好了再來接茹茹娘仨回去。」

賀文才將求助的眼神投向好友加小舅子，姜裕成衝他微微頷首。

他對姜母道：「娘，您要是執意將表姐留在家裡，豈不是給了姐夫的表妹可乘之機？依我看，不如讓表姐和長安跟著姐夫回去，長生留在家裡陪您如何？」

這話引起了姜母和冷茹茹的警覺，姜裕成說的對，要是那趙瓊枝趁著冷茹茹不在的時候耍花招，到時候事情就再也沒有轉圜的餘地了。

不待冷茹茹開口，姜母就替她作了決定。「茹茹帶著長安跟文才回賀家，長生留在家裡陪老婆子我。」說完，又對兒子道：「待會兒吃完飯，你親自送他們回去，讓他們看看，茹茹也是有娘家的人。」

姜裕成連忙應了母親的要求。

一旁的冷茹茹紅了眼眶，哽咽道：「舅母，謝謝您。」

姜母聽了，拍拍她的手，安慰道：「傻孩子，一家人說什麼謝字，妳舅舅和嬌嬌臨終前都囑咐我們好好照看妳，要是看妳受了委屈視而不見，我百年之後該怎麼向他們交代？」說完用帕子替她擦了擦淚水。

吃完飯後，姜裕成要送冷茹茹和賀文才回賀家，上馬車前，冷茹茹對顏娘道：「顏娘，妳在鎮上認識的人多，要是有合適的人家替我留意著，若成了，定會給妳一份厚重的媒人謝禮。」

顏娘笑著道：「表姐放心吧，我明天就去找烏娘子，看看她有沒有合適的人選。」說完這句後，又湊到她耳邊低聲道：「表姐回去後千萬要收斂性子，不要跟婆母爭論，一切由姐夫開口就行。」

冷茹茹是個急性子，顏娘怕她跟賀母再起衝突，讓夾在中間的賀文才不好處理，反倒給了那表妹機會。

冷茹茹知道顏娘是好意提醒自己，對她笑了笑。「嗯，我知道怎麼做，眼看妳就要生了，一定顧好自己的身子。」

顏娘點了點頭。

第二日，顏娘特意去新顏坊找烏娘子，她沒有告知趙瓊枝的身分，只說親戚家有一個新寡的女兒，問烏娘子有沒有合適的人家。

烏娘子思索了一陣，激動的拍桌子道：「還別說，我這裡真有這麼一個人。」

顏娘一聽來了精神，烏娘子道：「這人是我夫君本家的一個堂弟，叫戚文江，妻子去世四年了，一直沒有續弦。」

顏娘試探道：「那他跟他的妻子感情一定很好吧，不然不會為她守這麼久。」

「誒，哪能吶？他與他那亡妻徐氏根本沒有感情。」烏娘子擺手道：「當年，徐氏洗衣裳的時候不小心掉進水裡，文江剛好從那處經過，出於好心將她救了起來，沒想到卻被她賴上了，死活鬧著要文江負責。

「文江是個厚道人，知道徐氏被自己抱著從水裡上來對她的名聲有礙，於是答應跟她成親。誰知徐氏與文江成親不到七個月，就生下了一個孩子，文江當然知道這孩子不可能是他的，於是要跟徐氏和離。徐氏不肯，還以上吊要脅，我那堂嬸子為此氣病了，文江將徐氏和那孽種一起送回了徐氏的娘家，沒想到隔了三天就聽說孩子沒了，徐氏也瘋了，又被送了回來，文江看她可憐，便沒趕她走，也沒跟她和離。

「四年前的一個晚上，徐氏不知怎地突然清醒了，哭著給文江和堂嬸子磕了三個頭，然後從家裡跑了出去，一根白綾吊死在同村二狗家的大門上。這時大家才知道，徐氏孩子的生父就是二狗，而那孩子也是二狗弄死的，徐氏恨極了他，所以才吊死在他家門口。徐氏死了，按理說文江應該解脫了，不過堂嬸子找媒人給兒子作媒，看了好幾個姑娘，文江都不願意，為了他的婚事，我那堂嬸子頭髮都急白了……」

顏娘越聽越覺得此人頗為適合，回去後便跟姜裕成提了。

回到賀家後，冷茹茹避開婆婆，找了趙瓊枝來談話，趙瓊枝是個聰明人，冷茹茹的提議讓她很心動。畢竟表哥賀文才明顯不喜歡她，表嫂冷氏更是對她厭惡無比，就連十一歲的表姪賀長生都對她不喜，整個賀家，只有姨母真心希望她嫁過來。

若她真進了賀家，有姨母護著是沒人敢欺負她，但姨母百年之後呢，又有誰來幫她？她也想過，嫁過來後籠絡住表哥的心，生個帶有賀家血脈的孩子，可表嫂冷氏怎麼會同意，姨母只提了一句讓表哥納妾，她就氣性大的直接帶著孩子回了娘家。

如果有機會嫁給他人做正妻，她是不會選擇做妾的。表嫂提議結親的那人，是個無兒無女的年輕鰥夫，跟她這個守寡之人身分上是相配的，只是不知道那人的品性如何。

她的擔憂冷茹茹看在眼裡。「放心吧，我和妳表哥會去打聽清楚的。」

趙瓊枝朝她道謝，冷茹茹擺手。「妳不必謝我，我也是為了不讓別的女人來分享我的男人，不讓我的孩子多出一些同父異母的兄弟姐妹。」

冷茹茹是個嫉惡如仇的性子，趙瓊枝差點破壞她和賀文才的夫妻感情，儘管她答應嫁人，她依舊不肯給她好臉色。

賀文才瞞著賀母去戚掌櫃的老家打探了一番，得來的都是戚文江為人心善、性情溫和之類的誇讚，而且戚家家底還算豐厚，趙瓊枝嫁過去，不用像其他婦人一樣辛苦勞作。

他將打探來的消息告知趙瓊枝，趙瓊枝略微思索了一陣便答應了。而戚家那邊，烏娘子用她那三寸不爛之舌勸服了不願娶妻的戚文江，兩人在望江樓遠遠的見了一面，戚文江便點頭應了。

等到所有事情都談妥後，賀文才才將此事對母親和盤托出。賀母聽了當場愣住，隔了一盞茶後，氣得拍桌子。「你們一個兩個的，翅膀都長硬了，這麼大的事情也敢瞞著我。」

賀文才連忙道：「娘，您消消氣，我們也是想給您一個驚喜嘛。」

「哼，驚喜，我看是驚嚇還差不多。」賀母氣惱的瞪了他一眼。「就算你不願意娶你表妹做二房，也不能胡亂把她嫁出去吧。」說完，又冷著臉看向冷茹茹。「冷氏，我知道妳不喜歡瓊枝，妳攛掇文才沒經過我的同意就將瓊枝許人，是不是仗著娘家兄弟做了官，就不把我這個婆婆放在眼裡？」

冷茹茹低下頭。「媳婦不敢。」

要是換了以前，冷茹茹會跟她據理力爭，但經過顏娘的勸說，她不再跟婆婆硬碰硬了。賀母碰了個軟釘子，心裡更氣了。

賀文才見妻子被母親斥責，連忙充當和事佬。「娘，您別生氣了，那戚文江兒子打聽過了，是個可以託付終身的可靠之人，表妹嫁給他做正妻，可比做我的二房強多了。」
他撓了撓頭。「您也知道，家裡女人一多容易生齟齬，到時候家宅不寧我才虧大了。您看二弟一家，哪天不是烏煙瘴氣的，連您自個都不願踏足一步。」
賀文才的話說到了賀母的心坎上，當初兄弟倆先後娶妻，兩個兒媳又接連有孕，懷胎十月瓜熟蒂落，大兒媳生了個病歪歪的孫子，二兒媳成氏倒生了個健康的，可惜是女娃。她為了賀家的香火愁白了頭髮，最後決定給兒子納妾。
長孫雖然體弱，好歹是個男娃，暫且不急。老二這邊還沒有兒子，於是賀母做主給二兒子納了一房好生養的妾室。成氏月子都沒坐完，家裡就多了個女人同自己爭奪丈夫，那人是賀母的娘家親戚，她月子裡嘔氣太多，身子養了好幾年才養好。
那妾室運氣好，只一晚就懷上了賀二的骨肉，十個月後，生下了二房唯一的兒子。妾室仗著自己生了賀二的長子，三天兩頭的作妖，氣得成氏病了好幾回。
後來還是賀母看不下去，敲打了妾室一番，並把妾室生的兒子抱給成氏撫養，妾室的氣焰才消了下去。
但那妾室並不服氣，私底下小動作不斷，成氏也不是好惹的，兩人常鬥法弄得二房烏煙瘴氣，賀母一瞧見兩人就頭疼，於是遠避到大兒子這邊來，想孫子了便讓人將他帶到大房來。
想到二房的事情，賀母不由得腦仁疼，若是大兒子家變成老二家那般模樣，她可就真的不能安享晚年了。

哎，算了吧，兒孫自有兒孫福，要是外甥女願意再嫁，她也就不反對了。

賀母將趙瓊枝喚了過來，問起她願不願意再嫁。賀文才和趙瓊枝早就通過氣，姨母問起來的時候，她雖然有些害羞，但還是堅定的點了點頭。

賀母見狀，心下了然。

趙瓊枝和戚文江一個願嫁一個願娶，烏娘子成了兩家的媒人，選定了黃道吉日後，戚家上賀家提親了。

賀母見到戚文江後，將他仔細打量了一番，見他一表人才又平易近人，再瞧戚堂嬸，也不像是刻薄難相處的婆婆，對這樁婚事感到很滿意。這樣一來，覺得大兒媳瞧著順眼多了。

婚期定在冬月二十，賀母請人算過，那天是難得的黃道吉日。趙瓊枝是從賀家出嫁的，當天一早，姜母便帶著滿滿去賀家了，顏娘懷著身孕不便觀禮就留在了家裡。

因是雙胎，她的肚子大得嚇人，走動時必須有人扶著，不然晃悠悠的站都站不穩。有時候看著她那幾乎要被撐破了的肚子，姜裕成時常感到心慌，只要做完手頭上的事情，他總會趕回來陪她。

相處的日子多了，兩人的感情也隨之升溫，顏娘能夠感覺到，跟剛成親時相敬如賓比起來，他對她多了幾分男人對女人的那種喜歡。每當想起這些，顏娘總覺得心裡像喝了蜜一樣甜滋滋的。

顏娘坐在榻上給小肚兜收尾，這是她給還未出世的孩子做的，她不由得笑了笑，要不是身子不爭氣，兩件小肚兜也不至於花了幾個月才完成。

自從月分大了，姜母便不讓她再碰針線，今天趁著她不在，顏娘才有機會做這些。兩件小肚兜無論是顏色還是材質都是一模一樣，看著它們，顏娘似乎看到了兩個長得一模一樣的小娃娃。

「哎呀……」肚子一陣鈍痛傳來，她的面色變得十分蒼白。「來人，來人啊……」

楊娘子就在外面，聽到顏娘的聲音，立即跑了進來。

「夫人，您這是怎麼了？」她焦急的去扶顏娘，覺得顏娘的情況有些不對勁。

「快去請穩婆來，我要生了。」劇烈的疼痛刺激著顏娘的神經，她緊緊的抓著軟榻上的墊子，努力讓自己鎮定下來。

楊娘子大驚，夫人這肚子剛滿八個月，怎麼現在就要生了呢？她顧不得多想，急忙讓丫去前街請穩婆，又讓鄢伯去縣衙通知姜裕成。

顏娘不是頭胎，她知道孩子沒那麼快生出來，先吃了點東西墊肚子，以防生產的時候沒有力氣。穩婆很快趕到，她查看了顏娘的身體後，對楊娘子道：「宮口快開完了，孩子馬上就要出來了。」

「怎麼那麼快？」楊娘子驚呼。

穩婆道：「二胎不比頭胎，生產時本就要快一些。」

顏娘疼得滿頭大汗，濕漉漉的頭髮胡亂貼在她的額頭上，鼻翼一張一翕，急促的喘息著。她很想藉大叫來緩解疼痛，穩婆道：「夫人先保持體力，待會生的時候才好生。」

顏娘胡亂的點了點頭，死死的咬著嘴唇不讓自己出聲。

穩婆一直關注著宮口的情況，等到全開後，對顏娘道：「夫人可以使力了。」

顏娘照著她的話做了，感覺肚子裡的孩子一直在往外擠，每擠一下她的身體就像是要裂開一樣，太疼了，比生滿滿的時候還要疼，顏娘的淚水不停往外湧，這個時候，她無比希望能夠見到姜裕成。

而被她念著的姜裕成，聽到鄢伯報信後，顧不得手上的事情，飛一般的往家趕。剛到大門口，就遇到了同樣急著趕回來的姜母。

「你跑快些先去看顏娘，我隨後就來。」姜母焦急的催促著兒子。

姜裕成點頭，急匆匆的往產房跑去。

姜裕成趕到的時候，正好趕上長子的出生，嬰兒洪亮的啼哭聲直擊他的心房。他聽見穩婆的聲音。「恭喜夫人，第一個孩子是個男孩兒。」

他急忙推門進去，正好看見穩婆將孩子交給了一旁的楊娘子。見他進來，楊娘子急忙道：「大人，產房污穢之地，您不該進來的。」

姜裕成沒有理她，徑直走到顏娘床邊，柔聲道：「娘子，我回來了。」

顏娘剛生完第一個，此時已經筋疲力盡，看到姜裕成後，蒼白的臉上有了血色。「夫君，你出去等吧，這裡味道太重了。」

姜裕成搖頭。「我就在這裡等。」

一旁的穩婆見狀，開口道：「大人，您最好先出去，否則會影響到夫人生產。」

姜裕成聽了看向顏娘，顏娘點了點頭。「夫君，聽穩婆的吧。」

姜裕成雖不情願，但為了顏娘和孩子只能妥協。

他出去等了不到一刻鐘，第二個兒子也出生了。

姜母滿頭大汗的趕到，聽到穩婆說兒媳婦給自己生了兩個孫子後，開心得差點暈過去。她按捺著激動的心情，進入產房看了顏娘和孩子，出來後對姜裕成道：「我們姜家有後了！這都是你媳婦的功勞，你一定要好好待人家。」

姜裕成點頭。「娘，您放心吧。」他在心中承諾，這一生永不負她。

顏娘為姜家一舉誕下兩個男孫，成了陵江鎮上最熱鬧的談資。提起這位二嫁的知縣夫人，沒有人不羨慕她的好福氣，更有甚者，每日都會在姜家門口轉幾圈，為的就是能夠沾染一些有福之人的福運。

雙生子出生在冬日，為了不讓孩子被凍著，洗三禮只是簡單的辦了辦。姜家上下包括顏娘這個母親在內，一致認為滿月酒辦隆重一些即可。

滿月那一日，除了受邀的親朋和左鄰右舍，還多了很多不請自來的賓客，姜裕成在聚福樓置辦了幾桌酒席宴請男賓。女眷們則聚集在姜家，一來是為了慶賀姜大人喜得麟兒，二來是為了看看知縣家的雙生子，沾一沾喜氣。

陵江鎮已經有幾十年沒降生過雙生子了，當顏娘和姜母一人抱著一個大紅襁褓出來時，大家紛紛湧上前觀看。只見大紅襁褓裡，兩張一模一樣的小臉正熟睡著，褪去了出生時候的紅色，臉蛋又白又嫩。

兄弟倆似乎感受到了外界的熱鬧，左邊的那個噘了噘嘴，發出哼哼唧唧的聲音，緊接著，右邊那個也跟著噘嘴不滿，動作一致得讓人驚奇。

姜母怕人多打擾到了寶貝孫子們，讓他們見了賓客一面後，就將兩個孩子抱到後面去了。

見過雙生子的人都很羨慕，有婦人誇讚說：「看兩位公子的面相，天庭飽滿、地閣方圓，日後也是做官的命。」

她話音剛落，旁邊就有人附和：「小公子們可真有福氣，生來便是官家子，別人哪有這般能耐。」

「要我說呀，還是姜夫人命好。嫁給姜大人後，丈夫體貼，婆母和氣，如今又生下了雙生子，加上前頭的那個女兒，可不就是兒女雙全的富貴命嘛！」

「……」

葛秀才的娘子站在人群中，聽著大家對雙生子及顏娘毫不吝嗇的稱讚和逢迎，心裡跟吃了黃連一樣苦澀。如果她的芳娘還活著，哪裡輪到聶氏得意，顏娘擁有的一切都是從她女兒手中搶去的。

這一刻，她無比痛恨丈夫當初的決定，若是選擇將芳娘葬進姜家祖墳，芳娘也不會孤零零的埋在荒涼的山頭，連個祭拜香火的人都沒有。

這般想著，她心裡慢慢升起了一個大膽的念頭。

滿月酒結束後，賓客們都陸續散去，姜母和顏娘送完客後才注意到，葛秀才的娘子還未離開。

因著對葛芳娘的愧疚，姜母待葛秀才娘子很是客氣。她親自給她斟了一杯茶。「都怪老婆子忙昏了頭，若是有失禮之處，還請秀才娘子見諒。」

葛秀才娘子連忙擺了擺手，表示自己不在意，她看著姜母，一連張了好幾次嘴，都沒有勇氣將自己的提議說出來。

姜母見她猶豫的樣子，直接問：「秀才娘子是不是有事要跟我說？」

葛秀才娘子緊緊攥著手裡的帕子，在姜母的注視下點了點頭。

「老夫人，有些話我實在是很難說出口，但為了我那苦命的女兒，我還是想跟您商議一下。」

姜母和顏娘都很驚訝，葛芳娘已經死了快兩年，葛秀才娘子到底是什麼意思？

葛秀才娘子深吸了一口氣道：「老夫人，您也知道，當初若不是姜家來提親，我那女兒也不會年紀輕輕就喪了命，雖然姜大人答應我夫君，日後會照看我家大郎，但我還是放心不下我的芳娘。

「如今姜大人另娶新婦，又得了一雙兒子，可憐我那女兒孤零零的埋在地下，連個繼承香火的人都沒有。老夫人，我希望您是不是能出面，將芳娘的牌位迎進姜家，並且將其中一位小公子記在她的名下，讓她有個承繼香火的後人，也算是了了這段孽緣。」

「不行，我絕不同意。」姜母還未從震驚中回過神來，就聽顏娘毫不猶豫的拒絕。「我的孩子絕不可能認其他女人做娘。」

葛秀才娘子眼眶紅了，指著顏娘道：「聶氏，我沒跟妳說話，我徵求的是老夫人的意見，妳沒資格拒絕。」

顏娘冷哼。「孩子是我生的，我憑什麼沒有資格做主？倒是妳，妳是姜家什麼人，又有什麼資格來斥責我？」

葛秀才娘子被她噎得說不出話來，她一臉哀怨的看向姜母。「老夫人，您看看聶氏對待長輩的態度，她仗著生了兩個兒子就這般無禮，您也不管管嗎？」

姜母看著眼前這個瘦弱的婦人，心中第一次生出了除愧疚、憐憫以外的情緒——厭惡。葛芳娘的確是在出嫁時被害的，但真正的罪魁禍首是她秀才娘子的大嫂啊，要不是他們葛家強制拆散這一對小兒女，哪裡會發生這起悲劇？

葛秀才娘子不知道姜母心裡的想法，還在逼迫她答應自己的提議。姜母搖了搖頭。「當初是葛秀才提出讓我兒照看妳家大郎，如今妳又舊事重提，我是不會答應的。」

「老夫人，您怎麼能這麼絕情，我所求不多，只是為了讓我的芳娘能夠有個容身之所而已，就這點要求，您也不肯答應嗎？」

「妳這是強人所難，我不能答應。」

「老夫人！」葛秀才娘子淒厲的喊道：「芳娘之死，姜家也有責任，你們這般狠心絕情，就不怕報應到子孫後人身上嗎？」

她的話讓姜母變了臉色，葛秀才娘子這是在詛咒她的兒孫啊，姜母不忍了，鐵青著臉道：「妳給我滾出去！我姜家容不了妳這種心腸歹毒的人。」

顏娘也被氣狠了，在婆婆發話後，扯著葛秀才娘子的衣裳往外拽。葛秀才娘子不停地掙扎。「聶氏，妳放開我，放開我！」

顏娘毫不理會，將她推到門外，然後砰的一聲關緊大門。

葛秀才娘子靠著大門坐下放聲大哭，引得四周的百姓駐足觀看。姜裕成回來的時候，就瞧見自家大門周邊圍了一圈人，指指點點的不知道發生了什麼事。

他心裡一緊，連忙快步上前，旁邊有人認出來是他，喊了一聲：「姜大人回來了，大家讓一讓。」

百姓們自動讓開一條道，姜裕成走了過去，被人群圍著的婦人也聽到了，抬起頭看向他。

這婦人看著有些眼熟，姜裕成想了好一陣才記起，這是差點成為自己岳母的葛秀才娘子。

葛秀才娘子見到他後跪在他面前，大聲哭道：「姜大人，您可憐可憐我那苦命的女兒吧，求您給她一個容身之所，讓她能夠受到後人的香火祭拜。」

姜裕成皺了皺眉。「妳這是何意？」

葛秀才娘子又把之前對姜母說的話重複了一遍，聽得姜裕成心生惱意。「補償葛家的條件兩年前就定好了，妳現在所提的，我絕不會同意。」

圍觀的百姓聽了葛秀才娘子的話都很吃驚，很多人都覺得她是在癡心妄想，也有人覺得她會有這種想法很正常，畢竟葛芳娘當初差點就成了知縣夫人。

一時間四周議論紛紛，連姜母和顏娘都被驚動了。

有熱心的人去通知了葛秀才，當葛秀才帶著幾個兒子趕來的時候，姜裕成的脾氣已經到了爆發的邊緣。

「葛秀才，你葛家是想反悔嗎？」他沈著臉看向葛秀才。

葛秀才擦了擦額頭上的汗，急忙擺手道：「姜大人，我絕無此意，都是內人胡言亂語，大人可不要信她啊。」他在趕來的路上大致聽說了一些，他也沒想到她會闖出這麼大禍來。

聽到葛秀才的話後，姜裕成臉色緩和了一些。「既然沒有反悔，那就把人帶回去，我不希望再發生這樣的事情。」

葛秀才連連點頭，給長子使了個眼色，父子倆一左一右的架著葛秀才娘子打算回家去。

葛秀才娘子卻不甘心，聲嘶力竭的吼道：「放開我！放開我！我的芳娘才是知縣夫人，我的芳娘生了一對兒子，我的芳娘才是最有福氣的人。聶氏，都是妳，都是妳搶了我女兒的一切，該死的人是妳、是妳啊……」

在場的眾人包括姜家人，都被她瘋狂的樣子震住了，這葛秀才娘子怕是魔怔了。葛秀才急得滿臉通紅，死死的捂住妻子的嘴罵道：「妳瘋了不成，這些話也能亂說，我看妳是前兩天摔壞腦子了吧。」

說完又跟姜裕成賠罪。「姜大人，內人腦子不清楚，剛剛那些話都是她胡言亂語，我們葛家絕沒有這種心思。」

葛秀才的長子也道：「我娘前兩天摔了一下，碰到了頭，可能有些不清醒，還請姜大人饒她一回。」

姜裕成背手而立，一言不發。圍觀的人群都靜了下來，大家都在猜想姜裕成到底會怎麼處理這件事。顏娘怕他難做，主動站了出來。「在這裡，我要說清楚兩件事，其一這陵江鎮的百姓都知道，我嫁與姜大人時，葛小娘子已經芳逝兩年之久，不存在我搶了她的親事一說；其二，我的兩個兒子是我十月懷胎生下的，只要我在一天，就絕不允許他們改口叫其他女人一聲娘親。」

說完走到葛秀才娘子面前，湊到她耳邊道：「葛小娘子是被妳這個當娘的害死的，若當初妳沒有決絕的阻撓她與于三寶見面，于三寶不會死，方氏也不會為了替兒子報仇而對葛小娘子下毒手。所以，是妳的偏見和愛慕虛榮葬送了她年輕的生命，這根本怪不得別人。」

葛秀才娘子雙目猩紅，在聽到顏娘那番話後，突然發出一聲淒厲的喊叫：「芳娘不是我害死的，不是我……」接著兩眼一閉暈了過去。

——未完，待續，請看文創風842《下堂婦逆轉人生》2

2020年4月出版

吃貨小廚娘

文創風 839～840

吃得飽，沒煩惱。
作為一個吃貨，哪怕穿越到陌生的年代，
她依舊樂天的深信，能靠著一手好廚藝養活一家人。
美食萬歲！美食拯救世界！

不負愛與美食／記蘇

作為一個爆肝設計師，熬夜趕稿是家常便飯，
但熬到眼前一黑，睜開眼發現自己穿越了，還真是第一次……
沒什麼特殊技能，也沒得到空間或是金手指護體，
還得負責養兩個年幼的弟妹，她的新人生還真艱難哪！
好在她是個吃貨，不只說得一口好菜，更煮得出滿桌佳餚，
尋常的野菜、山產到了她手中，三兩下就能料理出人間美味，
小試身手做出的料理，受到街坊鄰里大力讚揚，
讓她對靠賣吃食養家更有信心，
靠著獨門配方，柯采依的小吃攤生意紅火，發家致富不是夢！
從上輩子到這一世，她一心只想賺錢擺脫苦日子，
戀愛結婚從來不是她人生的必須選項，
不過良緣來了，她不好好把握也說不過去。
只是在這講求門當戶對的年代，她一個小孤女拿什麼配他？
好歹也要等自己事業有成，才好站到他的身邊——

文創風
841

下堂婦逆轉人生 1

國家圖書館出版品預行編目資料

下堂婦逆轉人生 / 饞饞貓著. --
初版. -- 臺北市 : 狗屋, 2020.04
冊 ; 公分. --（文創風）
ISBN 978-986-509-098-2（第1冊：平裝）. --

857.7　　109001924

著作者	饞饞貓
編輯	李佩倫
校對	周貝桂
發行所	狗屋出版社有限公司
地址	台北市104中山區龍江路71巷15號1樓
電話	02-2776-5889～0
發行字號	局版台業字845號
法律顧問	蕭雄淋律師
總經銷	知遠文化事業有限公司
電話	02-2664-8800
初版	2020年4月
國際書碼	ISBN-13　978-986-509-098-2

本著作物由起點中文網（www.qidian.com）授權出版

定價250元

狗屋劃撥帳號：19001626

網址：love.doghouse.com.tw　E-mail：love@doghouse.com.tw